KB242195

—— 해를 옷 입은
여인과 설교문 ——

해를 옷 입은
여인과 설교문

해를옷 입은 여인과 설교문

펴 낸 날 2025년 08월 29일

지 은 이 백병엽
펴 낸 이 이기성
기획편집 권희연, 서해주, 최인용
표지디자인 권희연
책임마케팅 이수영, 김정훈
펴 낸 곳 도서출판 생각나눔
출판등록 제 2018-000288호
주   소 경기도 고양시 덕양구 청초로 66, 덕은리버워크 B동 1708호, 1709호
전   화 02-325-5100
팩   스 02-325-5101
홈페이지 www.생각나눔.kr
이 메 일 bookmain@think-book.com

해를 옷 입은 여인과 설교문

백병엽 지음

생각나눔

해를 옷 입은 여인은 원래 박사학위 논문을 위한 논문집으로 출간되었는데 신학도들과 평신도를 위해 계시록의 깊은 비밀인 요한계시록 12장 '해를 옷 입은 여인'의 제목으로 책을 발간하게 됨을 알립니다.

해를 옷 입은 여인은 계시록의 은유법을 알기 쉽게 해석하여 풀어서 정의하였습니다.

누구나 알기 쉽게 해석하여 (창세기 3:15) 여자의 후손과 뱀의 후손과의 싸움이 원시 복음으로 나타났고, 원시 복음에 계시록 12장에 해를 옷 입은 여인으로 연결되어, 하나님의 섭리인 창세기의 원시 복음이 계시록 12장 해를 옷 입은 여인으로 최종 정리되는 놀라운 섭리를 잘 나타내고 있습니다.

창세기는 알파요. 계시록은 오메가입니다.

창세기 원시 복음(창 3:15)이 (계시록 12:5) 해를 옷 입은 여인(진리)이 낳은 남자아이(예수그리스도)가 만국을 철장 권세를 가지고 다스린다고 확증적 논술을 통해, 이단의 유혹을 이길 수 있는 유일한 책으로 펴내게 됨을 기쁘게 생각합니다.

해는 하나님을 상징하면서 진리로 해석하며, 진리가 낳은 아들이 예수요, 예수께서 이 세상을 질그릇 깨뜨리듯 깨뜨리고 그리스도의 나라 (천년왕국)를 세우신다는 계획을 이 책을 통하여 알게 될 것입니다.

이 철장 권세가 다니엘에 등장하는 느브갓네살이 꿈꾼 금신 상을 뜨인돌(예수그리스도) 이신 예수께서 금신 상을 부순다는 비밀이 계시록에서는 예수께서 철장 권세로 다스리신다는 말씀은, 다니엘서와 계시록이 일맥상통함을 알리고 있습니다.

이 책을 읽어보시면 이단의 유혹이 얼마나 잘못된 해석인지 쉽게 알아볼 수 있어 이단을 물리치는데 커다란 도움이 될 것입니다.

계시록 설교를 어려워하시는 목회자님이나 신학도 여러분!

이 책을 읽어보시면 하나님의 섭리가 一目瞭然(일목요연. 한 번 보고 대번에 알 수 있을 만큼 분명하고 뚜렷함) 하게 빨리 깨닫게 됩니다.

해를 옷 입은 여인이 은유법으로 '진리'입니다

머리에 열두 면류관은 예수님의 열두 제자를 상징하고 해(진리)를 옷 입고, 달을 밟고 서있다.

요한 사도는 말씀하셨습니다. 이것은 예수그리스도의 출현을 알리는 것입니다. 이 진리가 낳은 남자아이는 예수님이시며, 만국을 철장 권세로 다스리신다를 예고하시고, 하늘로 들려 올라갔더라(승천을 의미) 뱀은 분하여 물을 강같이 토하나 땅이 삼키더라. 그러므로 진리를 따르는 크리스천들은 용의 무리로부터 보호받게 되며, 그리스도께서 통치하시는 나라, 새 예루살렘성에서 세계 만민 크리스천들이 천 년 동안 왕 노릇 한다는 제사장의 나라를 나타내고 있습니다. 해를 옷 입은 여인이 전 세계 크리스천들에게 던지는 메세지를 통해 하나님께서 역사하시는 큰 의미를 깨닫는 기회가 되시길 축복합니다.

부록으로 첨부한 기도문과 설교문은 본인이 신학교를 다니면서 틈틈이 써 두었던 리포트 겸 목회자가 갖추어야 할 설교문 등을 책으로 발간함으로써 신학도들에게 도움이 되고자 설교문과 기도문을 선보이게 되었습니다.

설교문 작성은 초보자가 처음 대할 때 무척 고민이 되며 힘들어하는 부분입니다.설교문을 작성할 때 성경에서 본문을 정하고, 본문 내용에 맞는 제목을 정합니다.그리고 서론, 본론, 결론을 정해서 글을 쓰면 됩니다.

결론에 다다를 때 우리의 결단을 쓰면 설교가 돋보입니다.

설교문을 작성할 때 자신의 생각보다는 하나님의 뜻을 전하는 게 설교입니다.

기도문도 서론, 본론, 결론으로 이어져서 잘 마쳐야 합니다.

교회의 번영을 위해 먼저 기도하고, 각 부서의 발전과 목사님께 영적인 힘을 주서서 교회를 잘 이끌어 달라고 기도 후 성도들의 각 가정에도 하나님의 축복이 임하여 교회 공동체가 하나 되기를 기도로 마무리합니다.

이 책을 통한 감추어진 섭리가 믿는 자들의 가슴에 새롭게 자리 잡아 영혼의 양식이 되시길 기원하며 인사말을 마칩니다.

목차

인사말 · 5

제1장) 해를 옷 입은 여인 · · · · · · · · · 15

  1. 해를 입은 여인의 모습   16

제2장) 설교문 · · · · · · · · · · · · · · · 109

  1. 성 막   110

법궤 모형 설명	110	법궤 안의 3가지 물건	113
법궤 재료의 의미 분석	111	성막 안의 성소	114
순 금	111	성소 안 들여다보기	114
법궤의 길이, 너비, 높이	112	성소 안 3가지 기구 설명	115
믿음의 눈으로 본 법궤	112		

  2. 성경과 5대 제국   118

앗수르	118	헬 라	121
바벨론	120	로마 제국의 고찰과 멸망	122
페르시아	121		

3. 새 예루살렘　　　　　　　　　　　　　　124

예루살렘 입성　　　128　　　3차 포로귀환　　　131

1차 포로귀환　　　131　　　새 예루살렘으로 방향 전환 132

2차 포로귀환　　　131　　　시온에 대해 바로 알자　136

4. 땅끝까지 전도하라　　　　　　　　　　139

5. 다윗과 골리앗에서 삼위일체 발견　　　151

삼위일체로 푸는 법(法)　151

6. 갈멜산 전투　　　　　　　　　　　　　153

7. 노동의 연가　　　　　　　　　　　　　155

8. 로마 정치 배경　　　　　　　　　　　　156

1단원 박해자 사울　157　　　5단원 이방인들
　　　　　　　　　　　　　　가운데에서 전도　163

2단원 사울의 회심　158　　　6단원 유대인과 이방인　164

3단원 바울이 전도에
착수함　　　　　　160　　　7단원 바울과 실라가
　　　　　　　　　　　　　　투옥됨　　　　　　166

4단원 바울과 바나바를
안수함　　　　　　161　　　8단원 데살로니가에서
　　　　　　　　　　　　　　당한 반대　　　　　168

9단원 베뢰아와 아덴에서의
바울 170

10단원 고린도에서의 바울 171

11단원 데살로니가
사람들에게 보내는 편지들 173

12단원 고린도에서의
아볼로 174

13단원 에베소에서의 바울 175

14단원 바울의 시련과 승리 177

15단원 고린도에 간 바울 179

16단원 고린도 교회들에게
보내는 두 번째 편지 180

17단원 바울이 고린도를
다시 방문함 183

18단원 예루살렘을 향한
바울의 마지막 여행 184

19단원 장로들과 만남,
바울의 예루살렘에서
기부금 전달 186

20단원 죄수가 된 바울 188

21단원 가이샤라에서의
심문 190

22단원 바울이 가이사에게
항소함 192

23단원 아그립바 앞에서
연설함 193

24단원 항해와 파선 195

25단원 로마에 도착함 197

26단원 로마에서의 체류 200

27단원 가이사의
왕실 가족 203

28단원 바울이
자유를 얻음 204

29단원 마지막으로 체포됨 206

30단원 네로 앞에 선 바울 208

31단원 바울의 마지막 편지 210

32단원 바울과 베드로의
순교 212

바울 신앙의 정신과
본인의 견해 214

9. 십자가의 도(**1**)   216

10. 십자가의 도(**2**)   218

11. 십자가의 도(**3**)   221

12. 할 례   224

  하나님과 아브라함이   기독교에서 본
  언약하신 장면   224   시오니즘(Zionism)   230

  할례 받을 대상   225   정리 및 맺는말   230

  논증   227   맺는말   239

13. 아비가일 4행시   241

14. 아비가일 축도   242

15. 알렉산드리아 신학과 영지주의   243

16. 욥의 신관론 신앙관   245

욥의 시험의 목적은
이러하다   246

주요 내용   247

엘리바스의 신관   249

엘리바스의 변론의 특징   249

빌닷   250

소발의 뜻   251

소발의 신앙관   252

엘리후의 변론의 특징   252

엘리후의 신관   252

엘리후의 변론이
세 사람과 다른 변론은   253

엘리후의 변론의 특징   253

17. 알파와 오메가   255

예수님의 사역   262

18. 영광의 주만 바라보며   265

19. 어부의 가녀린 기도   267

20. 인(印) 하나님의 도장   268

21. 피 뿌린 옷   274

22. 피 뿌린 옷 2 277

　주요단어해설　277

23. 主 祈禱文 주 기도문 285

　주기도문이란?　286　　　주기도문의 요약　296

　주기도문의 분석　292　　　주기도문의 서론, 본론, 결론 297

　우리들의 간구(petition)　294

24. 오병이어와 칠병이어 298

25. 맥추감사절 기도문 300

26. 칠월 마자막 주 기도문 302

27. 8월 주일 대표 기도문 303

제1장

해를 옷 입은 여인

1. 해를 입은 여인의 모습

1) 해를 입은 여인은 발아래 달이 있다.
2) 머리는 열 두 별의 관을 썼다.
題目에 해를 입은 여인이란
해(발광체인 하나님을 상징하다)

(창세기 1:1, 1:14)

태초에 하나님이 천지를 창조 하시니라. 하나님이 이르시되 하늘의 궁창에 광명체들이 있어 낮과 밤을 나뉘게 하고 그것들로 징조와 계절과 낮과 해를 이루게 하셨다.

천지를 창조하신 하나님은 광명체를 궁창에 두셨다. 광명체란? 창세기 1:16 하나님이 두 큰 광명체를 만드사 큰 광명체로 낮을 주관하게 하시고 작은 광명체로 밤을 주관하게 하시며 또 별들을 만드시고 17절 하나님이 그것들을 하늘의 궁창에 두어 땅을 비추게 하시며 창세기 1:16-17절을 참조하면 두 광명체와 별이 등장한다. 낮을 주관하는 광명체는 해이고 밤을 주관하는 광명체는 달과 무수한 별이라.

대표적인 두 광명체는 낮을 주관하는 해, 하나님을 상징하고 밤을 주관하는 달은 예수님을 상징한다. 달과 별들은 함께하며 밤을 다스린다.

참 신기한 것은 밤을 다스리는 달과 별이 함께 한다는 것이다. 해를 입은 여인의 모습에서 잘 살펴보면 그 발아래 달이 있다. (달은 예수님을 상징하는 광명체이다) 해는 성부 하나님 달은 성자 하나님의 位格자리를 나타내고 있다. 달을 자세히 보면 달과 함께 밤을 지배한다. 유난히 밤하늘엔 별들이 많다.

별이 많다지만 해를 입은 여인이 머리에 쓴 관에는 12별이 있다. 12별은 신약에 오셔서 3년 동안 복음의 공생 사역 기간 동안 12제자와 함께 하셨다는 사실은 누구나 기독교인이면 잘 안다. 해를 입은 여인이 머리에 12별의 관을 썼으니 12별은 12제자를 의미하고 있다.

계시록은 묵시 문학으로 되어 있지만 은유법을 동원해 계시록을 요한이 써 내려갔다. 해는 하나님을 상징하고 그 발아래 달이 있다. 달은 예수님을 상징하나 해 아래 있다. 달은 예수님을 상징하나 해 아래 있다. 해를 위(位) 자리에서 성부 하나님 해 아래 달은 성자 하나님 예수시라. 성령 하나님은 빛이시다 해와 달 두 광명체가 있다지만 빛이 없으면 광명체라고 말할 수 없다. 무용지물이다.두 광명체가 빛을 내어야 비로소 광명체이다. 빛은 두 광명체를 보조하는 성령 하나님이신 것이다. 해는 성부 하나님이시다.

낮을 주관하시는 하나님 성부 하나님. 밤을 주관하시는 하나님 성자 하나님. 두 광명체를 보조해주는 성령 하나님. 이 셋이 3位(자리위)라 한다면 性情(성정:타고난 본성, 성질과 심정)이 같기에 은유법을 동원해 삼위일체이다. 해, 달과 함께 하는 빛 되시며 도우시는 성령

하나님 또한 달은 많은 별을 거느리고 밤을 주관하고 그중에 12별을 해를 입은 여인의 12별 모양의 관을 쓰셨으니 예수님은
  12제자와 함께 初臨(초림)에서 보셨던 것을 요한은 묵시를 받아 기록했다. 해를 입은 여인의 정체가 조금이나마 윤곽이 드러나는 순간이다.

  해에 대하여 세상사는 어떻게 말하고 있는지 여러 각도에서 찾아서 기록해보자. 해는 태양(SUN)이라고 한다. 성경에 요셉은 해와 달과 11개의 곡식단이 요셉에게 절을 한다. 여기서 해는 아버지 야곱, 달은 어머니(라헬은 요셉의 어머니), 구약(창세기 야곱 기록사)에는 해가 아버지이고 어머니는 달, 요셉의 어머니(라헬)로 상징한다.

  이스라엘에서는 하나님이 창조주이시며 유일신이기에 태초에 하나님이 창조하시고 요한복음 1장 1절에서는 태초에 말씀이 계시니라. 이 말씀이 하나님과 함께 계셨으니 이 말씀은 하나님이시라고 말씀하신다. 태초부터 계신 자가 하나님은 스스로 계신 자라고 성서와 신학은 말하고 있다.

  이스라엘에서 하나님은 태초부터 계신 자 스스로 계신 자이며 해(태양) 은유법으로 지금 해를 입은 여인 논문에 출현하는 해가 상징적 하나님이다. 태양신이 하나님이 아니다. 이스라엘에서 태양신은 없고 스스로 계신 자 여호와 하나님의 계시다.

  애굽나라(이집트)를 가보자. 애굽에서 태양은 무엇을 상징하나?

두란노 닷컴에서 애굽의 태양신을 치신 하나님이라는 제목이 서두에 뜬다. 출애굽기 10:21절-25절까지가 줄거리다. 애굽에 내린 아홉 번째 재앙은 태양이 빛을 잃는다. 흑암으로 변하는 재앙이다. 애굽의 숭배하는 신으로서 태양신 레(Re)호루스(HDRUS)라고 학자들은 말한다. 태양신이 애굽의 신이라지만 무익한 존재다.태양을 하나님께서 공격하셔서 재앙을 내리니 태양이 빛을 잃어 광명체가 無광명체로 된다.

그리스(1세대 태양신) 헬라(2세대 태양신)는 아폴론이고 일본의 일장기는 태양을 뜻한다. 북한에서 1997년 4월 15일 김일성 주석의 생일을 태양절로 제정하고 해마다 큰 명절로 기념해왔다. 로마도 태양숭배사상이 강하다. 태양은 이스라엘 외에서 태양은 최고로 여기고 있다. 애굽도 태양신, 로마 태양사상, 일본의 일장기 태양, 북한의 태양절 등 태양은 최고란 뜻으로 각국에서 우상화하고 있음을 각 나라의 역사를 통해서 알 수 있다.

두 번째 달은 성자 하나님 태양이 갖고 있는 상징적 의미는 최고 첫째란 뜻으로 쓰이고 달은 두 번째 밤을 지배하는 광명체이다.

성자 하나님이 먼저, 두 번째는 성자 하나님 예수 그리고 세 번째 빛되신 밤하늘의 별은 성경 하나님을 뜻한다. 태양과 달 두 광명체가 있다지만 빛이 없다면 無광명체가 된다. 성부와 성자와 성경은 삼위일체임을 광명체 속에서도 발견할 수 있다.

광명체란 무슨 뜻인가? 빛은 하나님이 있으라 하는 명령으로 생겨 났다. (창세기 1:3) 빛이 있으라 하니 빛이 있었다. 그러므로 빛은 하 나님의 피조물이다. 광명체를 한자로 쓰면 光明體(빛 광 밝을 명 몸 체)이다.

빛이란 피조물이 하나님의 명령에 의해 세상이 왔고 어둠 속에서 빛이 되어 밝음을 선사해 주는 물체의 몸 이것이 광명체이다. 전자 에 기술했듯이 두 광명체이다. 두 광명체 중 큰 것을 태양이라 하며 낮을 관장하고 두 번째 것은 달이라 하며 밤을 관장한다. 위와 같 이 광명체에 대해서 알아보았다. 어떤 신학자는 發光體(발광체)라고 도 한다. (필 발 빛 광 몸 체) 빛을 발하는 물질 발광체나 광명체나 이 름만 다르지 내용은 똑같다. 두 가지 발광체가 우주를 다스린다. 하 나님과 예수님 성령님이 온 천하 우주를 관장하는 표현이 광명체이 며 창세기는 흑암에서 광명체가 피조물로 나타나 세상에 광명을 주 고 있음을 시사한다.

해를 입은 여인에서 여인의 의미를 알아야 해를 입은 여인이라는 의미가 풀린다. 은유법적 묵시 문학인 계시록은 해를 은유로 입고 온 여인이다, 라고 말하며 이 여인은 발아래 달을 두고 있고 머리 의 특징은 열두 별의 관을 썼다고 표현되었다. 여인은 무언가를 낳 을 수 있는 뜻을 가지고 있다. 아이를 낳는다의 은유의 여인으로 상 징화되어 요한계시록 12장에 등장한다. 이 여인은 해를 입었고 달 을 거느린 형상과 열두 별의 관을 쓴 여인으로 나타났으니 하는 일 을 보면 (계 12:5) 이 여자가 아들을 낳으니 이는 장차 만국을 다스릴 남자라고 계시록은 기록하고 있다. 해를 입은 여인은 남자아이를 낳아야 한다. 낳는다, 생산한다. 천주교에서는 해를 입은 여인을 성모마리아라 한다. 예수의 육신의 어머니를 인용해 계시록 12장 해를 입은 여인이 성모마리아라고 한다. 성모마리아가 신약에 등장할 때 예수님의 육신적 성모이기에 성모를 들어 계시록 12장 해를 입은 여인을 해석하나 옳지 않다. 그 이유는 신약에 등장하는 예수님은 성육신으로 오셔야 하는데 예수님을 잉태할 여성을 찾다가 구약의 예언서에서 말하듯 (사 7:14) 보라 여자가 잉태하여 아들을 낳으리니 이름을 임마누엘이라 하리라 예언했다. 임마누엘 하나님이 우리와 함께 하신다. 우리는 하나님의 백성인 그리스도인을 지칭한다. 하나님이 하나님 백성 그리스도인과 함께하며 그가 하나님의 아들이시며 세상을 구원하신 자 예수다.

구약(사 7:14)의 예언 속 여인이 예수의 어머니라 천주교는 자기들의 언어로 성모마리아라고 쓰고 있으며 그 어머니 성모마리아가 계시록의 해를 입은 여인이라고 주장한다. 그러나 기독교의 시각에서는 해를 입은 여인이 성모마리아가 아니라고 반박하며 어떤 학자는 광야 교회, 어떤 학자는 은혜교회(조영래 著) 라고 주장한다. 교회는 무엇인가 말씀을 선포하는 곳이다. 구약에서는 예루살렘 성전이 등장한다. 거기에서 제사장이 율법을 선포하며 제사를 주관하고 백성들을 정죄하고 죄의 크기에 따라 제사(죄를 사하는 행위)를 죄의 크기에 따라 소, 양, 비둘기 등으로 짐승을 정하며 짐승을 잡아 제사 지내고 피를 제단에 뿌린다. 이것이 구약 교회다.

신약에서 교회는 말씀을 선포하는 곳인데 교회의 머리 되시는 예수님, 즉 예수님 말씀이 복음이 교회가 된다. (골로새서 1:18) 그는 몸인 교회의 머리시라. 그가 근본이시오. 죽은 자 가운데서 먼저 나신이시니 이는 친히 만물의 으뜸이 되려 하심이요. (골로새서 1:18절) 교회의 몸이며 머리이신 예수가 교회인데 광야교회나 은혜교회는 남자아이인 예수를 낳았다는 학설은 옳지 않다. 천주교에서 주장하는 학설: 해를 입은 여인이 성모마리아라는 것은 옳지 않다. 모두가 어긋난 해석이다. 해를 입은 여인이 누구냐? 무엇인가 낳는데 분명히 남자아이를 낳아야 한다. 여자아이가 태어났다고 해석하면 그것은 적그리스도요 이단이다.

여자가 낳은 아이가 장차 철장 권세를 가지고 온다. 철장 권세에서 철장은 쇠막대기이다. 철장(鐵杖, 쇠로 만든 막대기나 지팡이) 권세를 가지고 세상 끝날에 등장하는 남자이며 그 아이를 하나님과 그 보좌 앞으로 이끌려가더라. 하나님 품에 올라갔다. 예수께서 부활하신 후 하늘로 승천하신 것을 묵시 문학은 말해주니 해를 입은 여인이 낳은 남자아이는 예수가 틀림없다.

오늘날 계시록 12장을 잘못 풀어서 만국을 철장으로 다스릴 남자아이는 OO성전의 유OO, 시O지, 이O OO는 거짓이다. 이유인즉 계 12:5에 여자가 낳았는데 하나님 보좌로 올라간 적이 없는 유OO, 이OO. 그들이 철장 권세 가진 자가 될 수 없다는 것은 계시록 12:5은 논증해 보이고 있다. 하나님과 보좌가 없는 기록이 빠져 우격다짐으로 해석해 그럴 듯하지만 하나님 앞에 해를 입은 여인이 낳은

남자아이는 보좌로 올라갔다. 그래서 이들이 주장하는 것은 거짓이
된다.

사도행전 1:9을 보십시다. 8절에 성령이 임하면 권능을 받아라.
권능을 받고 예루살렘과 온유대와 사마리아 땅끝까지 이르러 내 증
인이 되라 하시더니, 9절 이 말씀을 마치시고 저희 보는 데서 올려
가시니 구름이 저를 가리워 보이지 않게 하더라.

예수께서 승천하시는 장면을 제자들 앞에서 보이셨습니다. 예수님
혼자 승천하면 거짓 증언이 될 수 있으므로 이스라엘 역사가 말하
지 못하게 10절 흰옷 입은 두 사람이 두 증인이 되어 함께 올라가며
이르길 갈릴리 사람들아 어찌하여 서서 보느냐 너희 가운데서 하늘
로 올리우신 이 예수는 하늘로 가심을 본 그대로 오시니라. (계 12:5
절) 철장 권세 받은 남자아이가 보좌 들려 올라가듯 행 1:9에 예수
는 하늘로 올라갔고 10절 올라가신 예수는 올라 가신대로 다시 온
다. 재림을 약속하셨다. 사도 요한이 본 이상은 해를 입은 여인이
아들을 낳았는데 철장 권세를 받은 자라 하며 철장 권세는 전지 전
능자의 능력이 임하여 세상을 좌지우지 다스리는 남자아이다. 그러
므로 철장 권세 남자아이 예수는 하나님 보좌로 들려지더니 권세를
가지고 다시 와 철장 권세를 다스리시니 천 년 동안 그리스도의 나
라를 다스릴 자라는 주인공 재림 예수시라. 이단들의 이야기는 틀렸
다. 유OO, 이OO은 아니고 예수 그리스도시다.

계시록 12:5과 행 1:9 짝된 구절이다. 짝이 되어 있다는 성경 구

절을 함께 봅시다. (사 34:16) 너희는 여호와의 책을 찾아 읽어 봐라. 이것들 가운데서 빠진 것이 없으리니. 이는 여호와의 입이 이를 명령하셨고 그의 영이 이것들을 모으셨음이라.

　논문에서 논증은 성경 속에 감추어진 비밀이 짝 된 말씀을 찾아 내어서 논증으로

　삼으면 훌륭한 논문집이 탄생 된다. 논증이 없다면 믿을 수 없고 누가 연구한 작품이라 할 수 있으리오. 발광체 광명체인 해와 달 별이 빛을 잃으면 무익함이요 광명체로서 기능을 잃는다. 해는 하나님을 상징하고 달은 예수님을 은유적으로 상징하고 별은 두 광명체와 함께하니 셋이 모여 삼위일체다.

　해를 상징하는 애굽을 보라 아홉 번째 재앙이 해를 잃는 재앙으로 애굽에 임하자. 어찌하겠느뇨. 바로가 손을 들다가 그래도 말을 안 들으니 열 번째 재앙을 통해 이스라엘 민족을 모세를 통해 홍해를 만나게 하시고 출애굽을 시켰다. 애굽의 태양사상은 헛된 것이라.

　여호와 하나님 앞에서 헛것이고 태양이 빛을 잃으니 애굽 천지가 깜깜한 밤을 만나게 되었다. 유일신 하나님께서 애굽을 치시니 바로가 굴복하더라. 아멘. 해를 입은 여인이 점점 더 가까이 모습을 드러낸다. 해가 하나님을 달은 예수님 별은 성령님을 상징하는 은유이다. 하나님께서 보좌에 앉아 계시고 예수님 성자 하나님은 우편에 계신다. 그리고 보좌 앞에 7영이 있고 그 둘레에 24장로가 있더라.

하나님과 예수님 아버지와 아들로 표현되어 있고 그들의 뜻을 전달하시는 영이 성령 하나님이시니. 각각 셋이지만 하나를 이루고 있음을 보여주고 있다. 하늘의 모형도에서 하나님과 예수님을 보았다. 이 천상의 세계는 무엇으로 이루어졌다고 보는가. 그것은 진리이다. 초림 때 예수님이 오시고 예수께서 떠나시고 그 뒤에 다른 보혜사이신 진리의 성령이 오신다. 하늘나라는 진리의 나라이다. 하나님은 진리요. 예수님도 진리이시라. 성령님도 진리이다. 창세기에 태초에 하나님께서 천지를 창조하셨다. 창조하실 때 말씀으로 창조하신다. 말씀은 진리이다. 예수님도 진리이다. 요한복음 1:1에 태초에 말씀이 계시니 이 말씀은 하나님과 함께 계셨다. 말씀이 하나님이시다. 요 1:14 말씀이 육신되어 우리 가운데 거하시매. 우리가 그의 영광을 보니 아버지 하나님의 독생자의 영광이요. 은혜와 진리가 충만하더라. 예수님은 말씀(진리)이 육신되어 우리 가운데 거하시매 (살거居) 갈리리. 나사렛에서 예수가 육신으로 오셨다. 하나님이시며 말씀인 진리요 예수라 성경 한 구절 봅시다. (요 14:6) 나는 길이요. 진리요. 생명이니. 예수께서 천국 가는 길이요. 하나님 말씀인 진리요 세상을 창조하실 때 흙을 빚어 사람을 만들고 르하르 호흡을 불어 넣으니 (생기) 생명이라. 예수는 길 진리 생명이다. 요 14:6은 논증하고 있다.

또 하나의 논증 두 번째 (요 1:17) 율법은 모세로부터 말미암아 주어진 것이요. 은혜와 진리는 예수 그리스도로 말미암아 온 것이다. 예수 그리스도가 진리이다.

성경에는 세 번째 진리는 자유케 하신다 (요 8:32) 진리를 알찌니 진리가 너희를 자유케 하리라. 예수님은 진리이니 자유케 하시는 권세를 갖고 계신다. (요 8:35-36) 종은 영원히 집에 거하지 못하되 아들은 영원히 집에 거하니 36절 그러므로 아들이 너희를 자유케 하리라.

(요 8:32) 진리가 자유케 하신다. 왜 진리이니까. 자유케 하시나? 진리가 하나님 말씀이요. 태초에 말씀으로 세상을 창조하였나니 말씀은 진리이다. 하나님도 진리 예수님도 진리 성령님도 진리이다. 성령님이 인리라는 논증 (요 16:13) 그러하나 진리의 성령이 오시면 누가? 진리의 성령 그 진리의 성령이 너희를 진리 가운데로 인도하신다. 그가 스스로 말하지 아니하고 오직 들은 것을 말하시며 장래 일을 너희에게 알리시리라. (요 16:13) 진리의 성령이 오신다. 그러므로 성령님은 진리이다. 하나님, 예수님, 성령님. 삼위일체는 한 계통인 진리이다.하나님의 나라는 진리이다. 조금 전 말했듯이 천국의 모형은 진리로 이루어졌다.

[논증 1] 논증으로 갑니다.

(갈 4:26) 위에 있는 예루살렘은 자유자니 곧 우리의 어머니가 예루살렘의 뜻 예루 마을 나라 살렘은 평화 예루살렘은 히브리어로 해석하되 왼쪽에서 오른쪽으로 해석 살렘예루로 해석해야 우리와 반대로 살렘은 평화 예루는 마을 또는 나라 평화의 나라 천국인 예루살렘은 평화의 나라 거룩한 도성이다. 예루살렘은 자유자니 우리의 어머니라. 예루살렘이 평화의 나라이지만 (슥 8:3) 여호와가 이같이 말하나라. 내가 시온에 돌아왔다. 즉 예루살렘 가운데 거하리니 예루살렘은 진리의 성읍이라. 하나님께서 진리로 계획한 도성 예루살렘 성이라 본래는 갈 4:26을 보면 이 예루살렘이 하늘나라라고

말하고 있다. (슥 4:26) 위에 있는 땅이 아니라 (하늘) 예루살렘(천국)은 자유 자니 우리의 어머니라. 예루살렘이 진리의 성읍 진리의 나라인데 왜 어머니냐? 어머니는 자녀를 낳는다. 생산한다는 뜻을 담고 있다. 그래서 위에 있는 천국 예루살렘은 자유자니 우리의 어머니다. 우리의 어머니, 하나님, 자녀들의 어머니. 어머니가 누굴 낳느냐? 우리를 낳았지. 무엇으로? 말씀으로 낳으셨다. 말씀이 진리이다.

진리가 우리를 낳는 과정을 소개합니다.

[논증 1] 시편 2:7 내가 여호와의 명령을 전하노니 여호와께서 내게 이르시되 너는 내 아들이라 오늘 내가 너를 낳았다. 무엇으로? 진리로. 그래서 예수는 하나님의 아들이다. 어떤 이들은 하나님이 예수를 피조물처럼 만들었다. 시2:7 읽으신 분이라면 하나님이 예수를 진리로 낳았다고 기록되어 있다. 진리는 하나님 자녀를 낳았다.

[논증 2] 요 3:5 물과 성령으로 나지 아니하면 하나님의 나라에 못 간다. 성령으로 낳아 하나님의 자녀가 되는 것이다. 예루살렘은 자유자니 우리의 어머니요 진리로 우리를 낳았고 종의 신분이 아니라 롬8:5 양자의 영을 받아 아바 아버지라 부른다. 성령은 진리이니 물과 성령으로 낳는 예루살렘 하늘나라 갈 4:26의 위에 있는 예루살렘이 있고 진리의 나라 진리의 도성 위에 있는 예루살렘 위에 있는 예루살렘의 모형도를 닮다. 다윗왕 때 세운 도성을 예루

살렘이라 부르며 정치적 종교적 중심지요, 수도가 되었다. 예루살렘은 진리의 성읍이라고 반복합니다. 해를 입은 여인은 진리입니다. 해는 하나님을 상징하는 은유입니다. 해는 광명체 해는 빛이요 진리이며 하나님 진리를 입었기에 진리를 입은 여인이 교회가 아니라 진리(하나님 말씀을 입고 낳은 여인이 말씀으로 아들을 낳으니 2:7 낳는 과정을 설명했는데 진리를 낳다) 다시 되새깁시다. 하나님께서 아들을 진리로 낳으셨고 너는 내 아들이라 말씀이 우리를 낳고 물과 성령으로 하나님 자녀들로 거듭날 때 하나님의 자녀. 양자의 영을 받아 (롬 8:5) 아바 아빠라 부른다. 하나님께서 예수님도 진리로 낳았습니다. 피조물로 만드셨다 하면 이단입니다. 진리로 낳았다 해는 진리를 상징한다. 해는 하나님을 형상화한다. 하나님은 진리다. 해를 입은 여인은 사람이 아니라 은유인 진리 말씀이다. 이 여인이 예수를 낳았다고 바르게 이해해야 됩니다.

여기까지 전개하는 과정에서 해를 입은 여인은 사람이 아니라 해를 형상화한 진리이다. 고로 해를 입은 여인은 진리이다. 지나간 일이지만 자유자니. 진리가 우리의 어머니(낳은 그릇 도구)라는 논증을 마저 할까 합니다. (갈 4:22) 기록된 바, 아브라함에게는 두 아들이 있었다. 이삭과 이스마엘. 이삭은 본처에게서 낳은 자라 약속을 받은 약속 자며 곧 기업을 얻을 자이고 이스마엘은 아브라함의 몸종 하갈에게서 낳았으니 종의 자식이라 약속과 상관없는 자. 상속을 받지 못할 자라고 성서는 표현하고 있다. 갈 4:23을 봅시다. 여종에게서는 육체를 따라 났고 자유 없는 약속을 가진 자라 자유 있는 여자에게서는 약속으로 말미암아 기업을 이을 자다. 자유 있는 여자, 자유 자. (갈 4:26) 예루살렘은 자유 자니 우리의 어머니다. 종의 신분이 아니요. 진리가 자유케 한다는 약속이 담겨 기업을 얻는 자유 자. 진리가 우리를 낳았다. 자유하는 여자라고 갈 4:23은 말했다.

(갈 4:23) 자유하는 여자(비유 사라). 진리를 알찌니 진리가 너희를 자유케 하리라. 요 8:32 관련 성경구절입니다. 사라는 하늘에서 주신 인연으로 만인의 어머니라는 이름을 하나님께서 지어주셨다. 갈라디아서는 자유 자라 말씀하셨다.하늘의 예루살렘은 진리의 성읍이요. 하나님 예수님 성령님이 진리이며 진리의 성읍 위에 있는 예루살렘의 사람들이다. 우리도 진리로 낳음 받았으니 (롬 8:15) 양자의 영을 받아 아빠 아바지라 하나님을 부른다. 해를 입은 여인이 이제 아들 예수를 낳았다. 무엇으로 진리로 그래서 이전에 논술에서 해를 입은 여인은 진리이다. 해를 입은 여인이 낳은 남자아이가 하는 일 철장 권세를 가지고 사역을 하신다. 이제 논문은 철장 권세를 이어갑니다. 철장 권세를 구글 검색어에 넣으면 이런 표현이 나옵니다. 하나님께서는 만물에게 권세를 줄 수 없으니 자기 형상대로 지음 받은 자에게 권세를 주는 것은 영광을 받고자 하는 뜻이다.

철장 권세 애굽(이집트)의 문화. 애굽의 왕들은 대관식 때에 주변 세계에 질그릇을 깨뜨리곤 하였다 합니다. 이같이 애굽의 왕은 자신의 권세를 과시하기 위해 상징적으로 질그릇을 깨뜨렸지만 메시야는 실제로 질그릇을 깨뜨림 같이 온 세상을 다스리십니다.

서기 79년 8월 24일 아침 이탈리아 남부 지역 휴양도시에 최후의 날이 왔습니다. 나폴리로부터 12Km 떨어진 배수비오산 기슭에 세워진 항구 도시 폼페이는 로마 제국의 화려함을 잘 나타내주는 사치스러운 환락의 도시였습니다. 베수비오산은 이따금 연기를 내뿜었지만 16년 전 폭발한 뒤로는 그때까지 아무일도 없었습니다. 그 뒤로 폼페이의 경관은 더욱 잘 가꾸어갔는데 정오에 화산이 폭발해 용암이 흘러나왔습니다. 4시간쯤 지나자 인구 2만 명 도시의 2천 명 인구가 죽어 나갔습니다. 일종의 자연을 통한 심판이지요. 그리스도의 철장 권세는 악의 무리를 질그릇 깨듯 풍비박살 내는 위력을 가지고 있습니다. (인터넷 목회 정길굴립 인용)

그리스도의 나라가 세워지기 전 철장 권세는 질그릇 깨는 악의 무리를 박멸합니다. 다스리고 무너뜨립니다. 심판을 통해 이 세상을 정리하고 종이, 축이 말아 없어지듯 사라지고 철장 권세가 악을 다 제압한 후 그리스도의 나라를 불러들입니다.

철장 권세와 같은 뜻을 담은 성경 다니엘서 다니엘 2:45 관련구절입니다. 손대지 아니한 돌(뜨인 돌)이 산에서 나와서 쇠와 놋과 진흙과 은과 금을 부숴 달린 것을 왕께서 알게 하실 것이라. 이 꿈은 참되고 확실하나이다 하니.

다니엘의 꿈은 바벨론 느브갓네살이 꿈꾼 금신 상을 (단 2:45) 손대지 아니한 돌(간직한 돌이 신 예수그리스도 반석돌로 예수를 표현) 예수그리스도 반석돌로 예수는 표현.(스가랴 3:9) 여호수 앞에 세운 돌을 보라. 한 돌(예수)에 일곱 눈이 있느니라. 해설)예수와 일곱 영은 언제나 함께 하신다. 예수께 속해 있다. (슥 4:10) 스룹바벨 앞에 다림 줄 있음을 보고 기뻐하라 이 일곱은 온 세상에 두루 행하는 여호와의 일곱 눈이라 (계 5:6) 내가 또 보니 보좌(하나님)와 네 생물과 장로들(24장로) 사이에 한 어린양이 서 있는데 일찍이 죽임을 당한 것 같더라(예수는 33세에 돌아가셨다). 그 예수에게 일곱 뿔과(뿔은 영광) 일곱 눈이 있으니 이 눈은 온 세상에 두루 행하는 일곱 영이 하나님의 일곱 영이라.

(계 5:7) 그 어린양(예수)이 나와서 보좌에 앉으신 이의 오른손에서 두루마리를 취하시느니라. 그런데 거짓 선지자 유OO, 이OO 두루마리를 받아 먹었다. 거짓말이며 예수께서 하나님의 오른손에 들려 있는 두루마리를 취했다 받았다. 말세에 거짓 선지자가 작은 책(묵시의 비밀)을 받아 먹었다 주장하는 이를 보면 이 논문을 보시고 회개하고 거짓말을 하지 말아야 합니다. 계시록의 주인공은 오직 예수로 풀어야 합니다. 계시록 1:1 에수그리스도의 계시라. 이는 하나님이 그 (예수)에게 주사 반드시 속히 일어날 일들을 그 종들에게 보이시려고 그의 천사를 요한에게 보내어 알게 하신 것이라.

계시록은 예수께서 계시하시고 기록하였다. 지금 논문은 무엇을 말하냐면 예수와 일곱 영은 함께 세상 끝날까지 같이 사역한다는 것임을 말하는 것이다. 계시록의 묵시가 이루어지는 날은 예수께서 재림하시는 날이라 (계 1:7) 볼지어다. 그가 구름을 타고 오시리라. 각 사람의 눈이 그를 보겠고 그를 찌른 자들도(핍박 하는 자) 볼 것이요. 땅에 있는 모든 족속이 그로 말미암아 애곡하리니. 그러하리라.

아멘. 애곡 슬픈 곡소리. 아이고 나 죽었더니 상갓집 곡소리더라.

철장 권세 받은 예수가 (단 2:45) 손에 대지 않은 돌이 산에서 나와 왕이

꿈꾼 금신상은 부순다. (단 2:32) 바벨론 금신상의 모습은 그 우상의 머리는 순금이요. 가슴과 두 팔은 은이요. 배와 넓적다리는 놋이요. 그 종아리는 쇠요.(철의 나라 로마) 그 발은 얼마는 쇠요. 얼마는 진흙이라. 열 발가락은 열국을 말한다.

오늘날 EU 연합을 상징하는데 섞이지 않는다. (다니엘 2:34) 손대지 아니한 돌(예수)이 나와 신상의 쇠와 진흙의 발을 때려 부순다. 바벨론 느브갓네살이 꿈꾼 금신상은 예수께서 쳐부순다는 철장 권세와 연결된다. 철장 권세도 질그릇 깨듯 쳐부순다.

해를 입은 여인의 논문 중 철장 권세까지 풀어 드렸습니다. 이제는 철장 권세 잡은 자가 예수라 말씀드렸고 철장 권세는 마지막 심판을 예고합니다. 해를 입은 여인이 낳은 남자아이 철장 권세를 예수님이시다(아멘).

예수님의 대적자 용의 출현 (계시록 12:3) 하늘에 다른 이적이 보이는데 큰 붉은 용이 있어 머리가 일곱이요 뿔이 열이라. 용은 사단의 두목 우두머리를 말한다.

(계 20:2) 용은 옛 뱀이다. 용을 잡으니 곧 옛 뱀이요. 마귀요, 사단이라.(옛 뱀 에덴동산에서 하와를 유혹한 뱀. 창 3:4-5) 성경의 역사는

머리가 하나다. 나 외에는 다른 신이 없느니라. 유일신 하나님 성경의 역사는 머리가 하나다.

머리가 일곱이란 사단의 두목 우두마리가 그렇게 많다는 것이다. 일곱 머리와 열 뿔 여럿이 역사해서 그리스도를 공격하는 붉은 용이다. 계시록 12장은 그리스도와 용과의 전쟁을 예고하고 있다. (계 12:4) 용의 꼬리가 별을 끌어다가 던지고(교인 3분의 1은 땅에 추락시키는 이상을 보고 여자(해를 입은 여자가) 해산하려는데 그 아이를 삼키려 했다. 예수를 죽이려 했다. 예수가 태어날 때 유대 나라는 헤롯왕이 로마의 분봉 왕으로 있을 때 동방박사가 예수가 탄생할 것과 예수가 왕이 될 것을 예언하니 헤롯왕은 두 살 미만의 남자 아이들을 아예 없애기로 하여 남자 아이를 죽이려 하자, 요셉과 마리아는 예수를 데리고 애굽으로 잠시 피했다.

이 광경은 용이 예수를 태어나면 죽이려고 삼키고자 한다. (요한계시록 12:4) "그 꼬리가 하늘의 별 삼 분의 일을 끌어다가 땅에 던지더라. 용이 해산하려는 여자 앞에서 그가 해산하면 그 아이를 삼키고자 하"고 요한은 기록했다. 해를 입은 여인은 만국을 철장으로 다스릴 사내아이를 낳았다.

용이 예수를 죽이려 하니 (계 12:5) 예수는 하나님 앞과 보좌 앞으로 올라가더라. 예수의 승천을 예고합니다. 올라갔으니 하나님 우편에 앉아 계시는 예수님을 보십시오. (계 12:6) 여자는 광야로 도망가며 거기서 일천이백육십일 (민수기 14:34, 너희가 그 땅을 탐지한 날

수 사십일의 하루를 일 년으로 환산하여 그 사십 년간 너희가 너희의 죄악을 질찌니) 1260일이 1260년이라는 근거 자료 1260년을 광야 생활을 하며 용한테 쫓긴다. 해석 들어갑니다. 예수가 떠난 뒤 예루살렘도 불타 없어지고 이제 영적으로 586년 남유다가 바벨론에 멸망한 때로 치면 주전 538 더하기 1260일=1789. 1789년 로마 교황청이 그리스도인을 핍박하던 시기다. 이 시기에 크리스천이 일억 명 넘게 죽어갔다고 교회사는 말한다.

주 후 538년 로마가 들어서서 크리스천을 1260일 1260(영적 시간)년. (계 12:13) 용이 해를 입은 여자를 박해하는 구절입니다. (계 12:14) 여자는 독수리의 두 날개(두 증인)를 받아 광야 생활을 한다. 뱀의 낯을 피해 한때, 두 때, 반 때(1260일)를 양육한다. 알렉스 산맥 등 산속으로 숨고 로마 초기에 무덤 속 카타콤에서 예배드리고 교황이 1799년 7월 프랑스 발랑스에서 운명함으로 프랑스 혁명 덕분에 기독교가 해방되었다(로마 가톨릭으로부터). 이것을 다니엘서에 나오는 바벨론 느브갓네살이 꾼 금신상 중 철의 다리 로마가 지배하는 시대인 것이다.

용과 하나님의 군대 미가엘과 전쟁. 계 12장7은 용의 무리와 천사장 미가엘 무리가 한 판 승부 싸움을 거나 결국 용의 무리가 패하고 만다. 참고자료 (단 10:13) 그런데 바사 국군이 이십 일일동안 나를 막았으므로 내가 거기 바사국 왕들과 함께 머물러 있더니 군장 중 하나 미가엘이 와서 나를 도와주므로 계시록 12장에서 용과 미가엘의 군대가 싸운다 하늘에서도 영적 전쟁을 일으키나 하나님 천사장 미가엘이 진두지휘하며 싸우니.용의 무리가 내어 쫓기더라. 옛 역사에서 다니엘 바샤(페르시아) 왕국의 왕들과 있을 때 영적인 미가엘 천사가 나타나 도와줘서 구출함을 받았다. 다니엘 12:1에 세상 끝날에 개국 이래로 없던 큰 환난이 일어날 것이다. 다니엘서는 예언하고 있다. 환난 날에 땅에서는 용의 무리와 한 판 영적 전쟁을 치루나, 민족을 호위하는 큰 군주 미가엘이 일어난다. 하나님의 자녀들아! 용(거짓 선지자)의 무리에 시달려 죽음을 생명의 위험을 느낄 정도에 환난에 처하나, 하나님께서 대군 미가엘을 보내 평정케 하시리라.

용은 어떤 것을 말하나? (계 20:2) 용을 잡으니 곧 옛 뱀이요. 마귀요. 사단이라. 잡아 일천 년 동안 결박하여 (창 3:1) 뱀의 정체, 뱀은 여호와 하나님이 지으신 들 짐승 중에 가장 간교하니라.

하나님께서 뱀을 들짐승 가운데 가장 간교 한자 말씀하심을 우리는 주목 해야 된다. 뱀은 짐승이다, 라는 뜻을 인지하여야 계시록에 나오는 짐승이 뱀이요. 붉은 용의 머리들이라는 사실을 알기 쉽게 기록되어 있으니 어찌 기뻐하지 않으리오. 창 3:1을 看過(간과)하면 뱀이 뱀이지 하나, 자세히 보면 들짐승 중에 간교한지라. 뱀은 들에 사는 짐승이라 하나님께서 명확히 창 3:1에 말씀하셨다. 계 12:7에 뱀은 용이란 이름으로 하늘에서 하나님의 천사들과 싸우니. 천사장 미가엘이 나타나 그 무리를 내어쫓으니 땅으로 내려갔고 역사에서 바사 제국 때 다니엘이 고통당할 때 미가엘이 도와 구출하게 하셨으며 세상 끝날 때도 (단 12:1) 다니엘이 일어나 용의 무리 붉은 용 머리가 일곱이며 뿔이었다. 용들을 물리친다고 다니엘서는 예언하고 있고 이때가 개국 이래로 없던 큰 환란이 있을 때가 온다. 그러나 하나님께서 천사장 미가엘을 통해 물리쳐 주시니 크리스천들이여, 구원함을 받길 원하는 그리스도의 군사여, 걱정하지 마라. 대군 미가엘을 통해 보호해 주신다.

(계 12:9) 말씀처럼 용은 결국 내어 쫓기니 옛 뱀 마귀라. 이들이 온 천하를 꾀하는 자라. 이들의 무리가 하늘에 있지 아니하고 땅에 내어 쫓기게 된다. 이들이 마귀 용의 무리가 쫓겨날 때 하늘에서 큰 음성으로 우리 하나님의 권능과 능력과 나라와 그리스도의 권세로 용이 하늘에서 내어 쫓기니 하늘의 천사들은 승리로 잔치 분위기였다. 용들은 하늘에서 밤낮 讒訴(참소)하는 일을 주로 해왔다.

우리가 잘 아는 욥도 사탄 마귀가 하나님께 은혜받을 만한 자격이 안 된다고 참소한 일이 욥기서에 나오듯 이들은 언제나 여자(해를 입은 여인)와 그를 따르는 크리스천들을 참소하는 것을 일삼아온 무리이다. 욥도 대표적으로 참소를 당해 많은 재산을 잃고 알몸으로 재에 긁어 몸을 기왓장으로 긁도록 시험하던 참소자.

뱀이 자라서 용이 되어 하늘에서 전쟁을 치렀다. 2000년 전에 광야에서 예수께서 기도하실 때 시험 하는 자 사탄이 찾아와 예수를 40일 동안 괴롭히며 예수여 돌로 떡으로 만들어 먹어라, 성전 꼭대기에서 뛰어내려라 하니 예수께서 강력히 대응하며 "주 너희 하나님을 시험하지 말라"하시며 호통치며 사탄아 물러가라 하니 천사들이 예수님을 받들더라. 擁衛(옹위)하시더라.

말세를 만난 하나님의 백성들아 용의 무리가 얼마나 크게 대적했는지 기독교 교회사를 살펴보면 주님이 오시기 전에는 앗수르와 바벨론이 이스라엘을 엄청나게 괴롭혔던 일들을 잊지 못하리라.

역사 신학을 공부 하다 보면 세밀히 알게 됩니다. 하나님은 북이스라엘과 남 유다를 치실 때 하나님의 백성들이 여호와 하나님을 멀리 떠나 있다 하여 북이스라엘은 앗수르를 통해 남유다는 바벨론을 들어 몽둥이 삼으셔서 책망하셨다. 벌을 주었다. 북이스라엘의 멸망 시점은 기원전 722년 앗수르 제국에 의해 망했다고 역사 신학은 말하고 있다. 그 뒤 100여 년이 지나서 남유다가 바벨론에게 망합니다. 바벨론 남유다는 느브갓네살 때 기원전 586년에 예루살렘이 망했다. 이처럼 북이스라엘 남유다를 두 몽둥이로 앗수르와 바벨론을 삼아 유다를 징계하였다. 용의 무리는 그 뒤를 이어 그리스 로마 등으로 하나님의 자녀들을 계속해서 괴롭혀오고 있다. 예수님 때도 예수님이 이 땅에 오시자 헤롯왕의 지시로 유대의 두 살 미만의 아이들은 모조리 죽였다. 그러나 하나님은 예수님을 요셉과 마리아와 함께 애굽으로 피난시키셨고 그 악한 왕 헤롯이 잠잠해지자 다시 애굽에서 돌아와 나사렛에서 청소년기를 보내셨다. 예수께서 세상에 오신 것은 이처럼 사악한 용의 무리들이 세상을 장악할 때에 오셨다. 세상을 구원하러 오셨다. 오셔서 하나님의 나라를 선포하신 것은 사탄이 지배하는 세상에 시달린 하나님 백성들을 구원해내기 위해 오셨고 구속 사역이 무엇인지 암담한 하나님의 백성들에게 순금등대의 빛이 되어 세상에 희망의 빛을 비춰주시며 위로하며 싸매시며 치료하시기 위해 오셨다. 1260년 동안 용의 무리가 핍박

하더라. 이때 예수님은 죽으시고 승천하여 하나님 우편에 계셨고 이 대목을 짚고 가겠습니다. (계 12:5) 여자가 낳은 남자아이(예수님 철장 권세 입은 자)를 하나님과 보좌 앞으로 들려갔더라. 어떻게 올라갔을까요? 죽임을 당하고 부활하여 하늘 아버지 앞에 승천하셨다. (행 1:9) 전도하라 하시고 복음의 승계를 부탁하시고 올려져 가시니 구름이 그를 가리어 보이지 않게 하더라.

흥미 있는 구절을 살펴보면 (행 1:10) 올라가실 때 흰옷 입은 두 사람이 곁에 있었다는 사실을 꼭 아시기 바랍니다. 흰옷 입은 사람이 무슨 말을 했을까요?

(행 1:11) 갈릴리 사람들아. 어찌하여 하늘을 쳐다보느냐. 너희 가운데 하늘로 올라가신 예수는 너희가 본 그대로 오신다 말씀하시며 예수님의 승천의 이야기는 막을 내립니다.

왜 예수님이 하늘로 올라 가셨을까? 뱀의 눈을 피하여 하늘에 올라가셨다. 그러면 땅에는 누가 있느냐? 해를 입은 여인이 있고 해를 입은 여인이 낳은 아들 남자아이는 보좌 앞에 올라가 있다는 사실을 21세기를 사는 크리스천들께서는 잊지 마시기 바랍니다. 용의 무리는 앗수르, 바벨론, 페르샤, 그리스, 로마 5대 제국으로 이어져 용의 역할을 해낸다는 사실을 주목하고 잊지 말아야 합니다. 이스라엘과 남유다의 멸망은 악한 왕들이 하나님을 버리고 애굽의 바알신. 모압의 그모스 신, 아세라신. 그리스 제우스신을 섬기고 멸망 당할 일을 저질러 5대 제국에게 망하게 되어 있었다. 이들이 용의 무리들이다. 용은 땅에 내어 쫓기니 예수가 보좌 앞에 있으니 해를 입은 여인을 괴롭힌다. 앞서 말했듯이 해를 입은 여인 즉 진리이다.

하나님의 진리를 믿고 예수의 진리 복음을 믿는 자를 괴롭히기 시작하니 무려 1260일 1260년을 괴롭히더라. 1260일이 어떻게 1260년이냐. 계시록을 풀려면 예언을 계산하는 방식을 알아야 한다. 예언의 비밀은 성경 곳곳에 숨어 있다. (민수기 14:34) 너희는 그 땅을 정탐한 날 수인 사십일의 하루를 일 년으로 쳐서 그 사십 년간 너희의 죄악을 담당할지니. 그제서야 내가 싫어하면 어떻게 되는지를 알리라 하셨다 하라.

(민수기 14:34) 1일을 1년으로 계산하는 게 하나님의 계산법이다. 계시록 12장의 1260일 동안의 기간도 3년 반이라지만 1일은 1년으로 계산하니 1260년이 확실하다. 지금부터 1260일의 기간을 논증해드립니다. 1일은 1년입니다.

로마 교황 비오 6세가 죽은 날은 1779년 8월 29일이라. 1775년에 교황에 올라 4년간 교황 노릇하고 로마 가톨릭이 프랑스 혁명이 일어났다. 프랑스 군대 나폴레옹은 로마를 칠 때 프랑스 혁명(1789-1799년)으로 사만 명의 신부를 투옥하고 유배 처형을 당했다. 1798년 로마의 멸망에서 1260년을 배면 538년부터 가톨릭이 기독교를 지배하였다. 이것이 멸망의 가증한 물건이 된 날이다. 동고트의 지배를 받아 로마제국이 한때 약해졌으나 로마의 명장 벨리사리우스가 동고트를 몰아내고 해방되어 동로마가 힘이 막강합니다. 주후

537년만 해도 벨리사리우스는 동고트에 의해 임명되었던 교황 실베리오(제 58대 교황)를 폐위하고 교황 비질리오(제 59대 교황)를 세웠다. 죽었던 로마제국의 부활을 알린다. 바질리오가 주후 537-555년, 18년간 장기집권한 멸망의 미운 물건의 출발점이며 다시 기독교는 교황의

손에 좌지우지되는 순간 해를 입은 여인, 하나님의 진리는 교황의 눈을 피하여 산속으로 무덤 속 동굴로 박해를 피해 살아왔다. "죽었던 동로마를 부활 시킨 벨리사리우스."

동고트족은 위키백과에 이렇게 기록되었다. 동고트족(라틴어 Ostrogothi)은 동게르만 민족 중 하나인 고트족이다. 다른 一派(일파) 는 서고트족이다. 서고트족의 일파로서 로마제국의 마지막 시기에 정치적으로 중요한 역할을 담당한 민족이다. 이들은 타키투스 시대에 비스와 강 하류 지방에 단일 부족 국가를 형성하고 3세기까지 동남방으로 이동한 고트족 가운데 흑해 서북안에 정착한 게르만족의 일파이다. 4세기 후반 헤르만리크 밑에서 전성기를 이루고 370년경 동방으로부터 이동한 훈족의 지배하에 들어가지만 아틸라의 죽음에 의하여 훈 제국이 와해 되자 독립하여 457년 판노니아로 이주했다. 이어서 483년 테오도리쿠스 대왕 아래서 다키아, 모에시아로 옮기고 488년 이탈리아에 들어가 숯(전) 반도를 정복 동고트 왕국을 건설하였다.

그리고 동고트 왕국은 552년 동로마에 의해 멸망 당했다. 간략하게 내용을 설명하면 게르만 민족의 한 (一波)일파가 동로마를 지배했

으나 537년 로마 명장 벨리사리우스에 패하고 552년에 다시 동로마에 의해 멸망 당했다. 동로마의 부활의 시점인 주후 538년이 멸망의 미운 물건, 동로마 제국이 교황을 세우고 1260년을 전 세계를 지배하였다. 1260년 해를 입은 여인 진리는 용의 지배를 받아 프랑스 혁명으로 해방되는 날 1798년까지 1억 명의 그리스도인들이 가톨릭 교황의 손에 죽어가야만 했다. 세계 기독교사는 말한다. 가톨릭의 교부 성어거스틴이 교황을 떠받치고 제수이트(Jesuit) 조직과 함께 그리스도인을 억압하는 정책을 짜서 교황에게 바쳤다. 暴政폭정(포악한 정치)의 敎父교부(고위 성직자)임을 잊지 말아야 한다.

기독교의 수난사를 모르는 목회자들은 성어거스틴이 원죄론을 주장한 신학자라고는 알지만 그리스도인들을 박해하고 죽이고 괴롭힌 가톨릭 폭정의 교부임을 잊지 말기 바란다.

다음은 제수이트 (Jesuit)조직이 어떤 조직인가 살펴보자. 종교 개혁의 여파로 약해진 로마 가톨릭의 권위를 되찾기 위해 제수이트 조직을 만들었다. 최초로 창설될 때 6명의 단원으로 창설되었다. 1534년이었다. 그 당시는 힘이 약했고 종교재판소의 제약을 받아오다가 1540년 교황에게 절대적인 충성과 복종을 맹세하고 교황 바오로 3세 승인을 받아 가톨릭의 친위부대적 확고부동한 단체로 본격적인 활동을 시작하였다. 저명한 귀족의 아들로 태어난 이그나시우스는 스페인 사람으로 조직을 이끌었다.

이것이 해를 입은 여인 계시록 12장에 나오는 붉은 용의 역사임을 밝힌다. 예수께서 (계 12:5) 보좌 앞에 들려 가시고 안의 무리한 용은 해를 입은 여인 즉, 진리인 예수 믿는 자를 참혹하게 무력으로 다스리며 지배해 왔다.

참혹사를 한 마디 전합니다. 로마에서는 그리스도인들을 잡아다가 살아 있는 채로 기둥에 묶고 매달고 불태워 그 불로 로마의 거리를 불 밝혔으며 수천 명이 보는 앞에서 사자들에게 잡혀서 갈기갈기 찢겨 산 채로 사자 밥이 되게 하였습니다. 끓는 물에 끓여서 죽게도 하였고 톱으로 사람을 두 동강 내어서 죽이기도 하였습니다. 팔과 다리를 수레에 묶고 채찍질하여 말이 각자 방향으로 뛰며 크리스천의 사지를 찢는 못된 참형을 로마는 죄의식 없이 만행을 저질렀습니다. 머리를 베어서 죽이기도 하고 낭떠러지에 떠밀어 떨어뜨리기도 하고 나뭇단에 올려놓고 불사르며 저지른 일을 기독교인들은 잊지 말아야 합니다. 이것이 붉은 용의 역사입니다.

1,260일 즉, 1,260일 동안 해를 입은 여인의 그리스도 복음을 따르는 진리를 괴롭히는 것은 계시록 12장을 말하는 것입니다. 오늘날 우리는 대한민국에서 자유롭게 신앙하니 참 행복입니다. 교회 가서 맘대로 예배드리고 자유롭게 예수 이름을 외쳐대도 가톨릭 교황 세력이 안 잡아갑니다.

1,260일의 예언이 끝났기 때문이죠. 얼마나 기독교사가 참혹합니까?

우리 선진들은 사탄의 무리에 그렇게 죽어가면서 진리를 보존해 왔습니다.

1,260일간 괴롭힌 영혼들의 소리를 들어봅시다. (계 6:9-10) 다

섯째 인을 떼실 때 하나님의 말씀과 그들이 가진 증거로 말미암아 (grammar) 죽임을 당한 영혼들이 제단 아래 있어 천지 대주재시여 우리의 죗값을 갚아주소서 라고 외칩니다. (계 6:10) 큰 소리로 불러 이르되 "거룩하고 참되신 대주재여 땅에 거하는 자들을 심판하여 우리 피 값을 갚아주지 아니하시기를 어느 때까지 하시려 하나이까" 하니 제단 아래서 하나님께 하소연하는 외침을 우리 크리스천들은 듣고 계십니까?

이렇게 얼마나 원통하며 진노할 일입니까. 하나님 나라 저 거룩한 아버지 집 새 예루살렘 성 들어가기가 얼마나 어렵겠습니까. 오늘날 대한민국 크리스천은 왕궁에서 신앙 생활하는 것입니다. 핍박하는 자가 없질 않습니까. 우리의 열심을 자유자재로 보일 수 있는 환경 마련에 참 행복하다 느껴야 합니다.

(계 6:11) 각각 그들에게 흰 두루마기를 주시며 이르시되 아직 잠시 동안 쉬되 그들의 동무 종들과 형제들도 자기처럼 죽임을 당하여 그 수가 차기까지 하라 하시더라 하며 답변하셨습니다. 어떤 이단들은 하나님의 나라 자기들이 언제 이루어진다 하며 재산도 빼앗고 가정 도 파괴되게 하나 하나님의 나라는 하늘의 천사들도 모르는 게 하 나님 나라가 이루어지는 때다, 라고 성경은 말합니다.

막 13:32절로 논증합니다. 그러나 내가 오늘 그 날과 시간은 아무 도 모른다. 하늘의 천사들과 아들도 모르고 오직 아버지만 아신다. 붉은 용과 해를 입은 여인의 진리를 따르는 크리스천은 예수께서 재 림하실 때까지 용은 크리스천을 핍박합니다. 제단 아래 있는 우리의 선진들이 우리 핏값을 갚아주소서 말세에 고통을 당하는 때에 하나님의 나라 언제 이루어져 궁금해하나 하나님께서 잠시 동안 쉬라 기다려라. 너희들의 동무 종들과(순교자) 형제들도 자기처럼 죽임을 당하되 그 수가 차기까지다. 그 수가 차다 앞으로 많은 순교자들이 나와야 한다.

사실 오늘 현실을 봅시다. 중국 선교, 북한 선교에서 붙잡혀 징역살이하고 이슬람 국가에 가서 피폐하여 죽고 이것이 하나님께서 말씀하신 동무, 종들과 형제들의 수가 차기까지다. 때가 되어야 한다. 용의 핍박은 세상 끝날까지 진행되나 우리의 굳건한 믿음으로 이겨내야 합니다. 계시록 첫 장을 읽어봅시다. 어떤 자가 되어야 하나 가르칩니다. 계시록은 읽는 자와 듣는 자와 지키는 자가 복이 있다. 지키는 자가 될 때 하나님의 나라에 들어가는 것입니다. 예수만 믿으면 천국 가는 게 아니고 믿고 지키는 자가 되어야 합니다. 무엇을 지켜야 할까요. 하나님의 계명과 예수의 복음입니다. 사탄은 침노하며 훼방합니다. 세상 끝날까지 훼방한다는 사실을 잊어서는 안 됩니다. 또한 신앙 생활하기가 가장 힘든 것은 거짓 선지자가 많이 나와 크리스천들을 미혹한다는 사실입니다. 마치 선악과를 주며 말하길 "내가 주는 이 복음을 받아드려 봐. 우리 총회장님이 천국을 데려가신다." 이렇게 미혹합니다. 계시록 그거 문제 쉬워 우리 총회장님 받아먹었으니 우리와 함께하면 구원 받는다. 늦기 전에 우리 12지파에 들어와 현혹합니다.

용의 무리의 역사도 힘들고 미혹하는 여들의 유혹도 신앙하는데 가시밭길이라는 사실을 잊지 마시기 바랍니다. 그러면서도 해를 입은 여인의 진리는 우리를 끝까지 함께하며 광야로 도망치자, 하면서 오늘까지 진리가 우리를 이끌어 왔습니다. 진리가 은유로 해를 입은 여인임을 꼭 믿으시길 간절히 기도합니다. 용의 무리들은 해를 입은 여인이 낳은 남자아이를 죽여 세상에서 사라지게 하려 하나. 해를 입은 여인의 아들 남자아이 예수를 피신하여 하나님 보좌로 대피하며 성령님을 보내며 지켜주시고 사탄과의 전쟁 마지막 날에 오셔서 철장 권세로 다스리시며 사탄 마귀 없는 나라를 만드신다.

어떤 목사나 어떤 이단의 총화장이 용의 무리를 이기는 것 아니요. 오직 예수만이 철장 권세로 온 우주 만물을 다스리시니 철장으로 질그릇을 깨며 다스리는 시대가 온다. 여러분 악귀 붉은 용 일곱 머리와 열 뿔 달린 짐승들과 싸우며 신앙하니 힘드시죠. 그래도 우리를 그 척박 상황을 오직 예수만으로 이겨내시기를 주 예수의 이름으로 축복합니다.

철장 권세 잡은 자 예수

앞서 들으신 용과 해를 입은 여인 진리를 따르는 크리스도 교인들에게 영적 싸움이 세상 끝날까지 진행합니다. 그 원인을 찾아보도록 하겠습니다. 원시 복음은 창 3:15절에 이미 창세 때 예고하셨습니다. 원시시대 때의 예언이라 해서 이 말씀을 원시 복음이라 합니다.

(창 3:15절) 내가 너로 여자와 원수가 되게 하고 네 후손은 여자의 후손과 원수가 되게 하리니. 여자의 후손은 네(뱀) 머리를 상하게 할 것이요. 너(뱀)는 그(여자의 후손) 발뒤꿈치를 상하게 할 것이라 하시고 이것이 원시 복음이며 뱀과 여자의 후손과 전쟁을 하게 하리라,

예언했습니다.

원시적부터 사단과 예수 믿는 자들과 싸우게 될 것이라 선포하셨습니다. (해설을 듣고 진행하겠습니다.) 뱀은 사단이고 선악과를 따먹게 유혹하던 뱀입니다. 여자는 선악과를 낼름 먹었던 하와이지요. 그러나 육신적인 하와로 해석하면 틀립니다. 성경은 짝이 있기 때문이죠. 뱀과 여자의 후손은? 선과 악 성령의 편과 악령의 편의 싸움이지요. 여자가 하와를 자칭해서 표기했으나 여자를 아담의 처 하와로 풀면 예언의 말씀이 안 들립니다. 이어지는 계 12:5절에 출현하는 해를 입은 여인이 여자입니다. 왜 그러하냐. 해를 입은 여인이 진리이기 때문에 진리가 낳은 자가 천하만국을 다스릴 남자아이 예수이니까. 여자가 하와를 상징으로 예언했지만, 여자는 진리입니다. 진리가 낳은 여자의 후손과 뱀의 후손과 싸우리라. 싸움의 결과는 어떻게 될까요. 뱀은 여자의 후손의 발뒤꿈치를 물고 뜯는다. 발뒤꿈치를 어떻게 물을까요. 이 해석이 신기하고 묘합니다. 발뒤꿈치를 물리면 여러분은 죽나요. 죽지 않습니다. 아킬레스가 발뒤꿈치입니다. 잠시동안 고통당하지 영원히 죽지 않는 것이 발뒤꿈치 물리는 역사입니다. 발뒤꿈치를 물려는 시비 과정을 봅시다.

네가 오십도 안 먹었는데 우리 조상 아브라함보다 일찍 있었느냐. 하나님의 아들이니 당연히 일찍이 하늘에서 계셔서 아브라함보다 먼저 있었다.

다음은 두 번째 "너 예수는 갈릴리 청년 나사렛 사람이질 않느냐."

그렇습니다. 그렇지 나사렛에서 무슨 선한 것이 나겠느냐. 서기관과 바리새인이 놀랍니다. 네가 목수의 아들이지. 이 말은 성육신을 입고 오신 예수를 촌놈 나사렛 예수라 빈정대는 말입니다. 빈정대다가는 시비 거는 거죠. 다음은 예수 너는 예루살렘 성전이 46년간 지어졌는데 어떻게 허물고 3일 만에 성전을 세운다, 막말을 하느냐. 예수가 하나님을 신성 모독하네. 여러분 예루살렘 성전의 46년간 지어진 것을 부수고 3일 만에 인간으로선 3일 동안 세울 순 없습니다. 초능력자 전지전능하신 창조의 신으로는 가능합니다. 산을 옮겨서 저 딴 곳으로 옮길 수 있으나 여기서 그 뜻이 아니고 뱀한테 발뒤꿈치를 물려 죽는다. 그러나 살아나리라. 살아나서 부활의 터 위에 진정한 하나님의 교회를 세운다. 그것도 3일 만이다. 3일만은 예수께서 빌라도의 사형 선고를 받으시고 3일 동안 무덤에서 잠 주무시다 살아나는 기간이다. 이 기간이 성전을 3일 만에 세우는 시간이다. 영적인 말을 육적인 말로 알아들으니 이해가 안 되지요.

(롬 8:6) 육신의 생각은 사망이오. 영의 생각은 생명과 평안이니라. (평안) 육신의 생각으로 해석하니 예수를 못 알아보고 죽이지요. 이 생각이 사람인 육신의 생각입니다. 성경 곳곳에 하나님의 비밀이 숨겨져 있으나 못 알아보는 자가 있으니 읽어도 소경입니다. 성경 백독을 했어도 못 알아볼 수 있습니다. 성령께서 깨우쳐 주셔야 아는 것입니다. 성경의 기록은 성령으로 감화 감동 받아 하나님의 말씀을 기록했기에 성령의 감화감동 없이 알아낼 사람이 없습니다.

모세가 지팡이로 반석을 칩니다. 지팡으로 친 반석에서 물이 나와서 이스라엘 백성들이 맘껏 먹더라. 그러나 성경을 읽다 보면 반석은 예수 그리스도시라. 아하 영적으로 지팡이(말씀)으로 예수님께 고

하니, 때리니까 고하니 물이 나오더라. 영적으로 생명수입니다. 우리 성경 한 구절 보고 다음으로 넘어갑시다.

(요 7:37-39절) 누구든지 목마르거든 내게로 와서 마시라. 나를 믿는 자는 성경에 이름과 같이 그 배에서 생수의 강이 흘러나오리라 하시니. 이는 그를 믿는 자들이 받을 성령을 가리켜 말씀하신 것이라. 예수의 배에서 생수 강이 흐른다와 모세가 지팡이로 반석을 치니 물이 나왔다. 연결이 되는 이런 설교법을 이면 설교라 합니다. 사단이 예수님의 발뒤꿈치를 물었습니다. 그러면 예수가 진 것입니까. 아닙니다. 예수께서 뱀의 후손의 머리를 밟는다. 여러분 머릿속에 뭐가 들어 있지요. 뇌입니다. 뇌는 영혼이며 몸 전체를 명령하는 지휘 본부입니다. 사탄의 머리가 여자의 후손 예수께서 상하게 하신다. (창 3:15) 이 원시 복음의 예언 속히 이루어지길 간절히 소망합니다. 예수께서 십자가에 달려 발뒤꿈치를 잠시 물려 죽었다가 다시 사셨다.

창 3:15절의 예언이 여기까지 이루어졌었으며 아직 뱀의 후손의 머리는 상하지 않았다. 상했다면 사단이 없는 세상이 도래됩니다. 그때가 언제고 그 시기의 때는 알 수 없으나 예수께서 철장 권세 가지고 오시는 날입니다. 그때까지 크리스천들이 사탄에게 괴롭힘을 당합니다. 참고 인내하셔야 새 예루살렘에 들어갑니다.

(계 3:10) 네가(하나님의 백성) 나(예수)의 인내의 말씀을 지켰는즉 내가 또한 너를 지키며 시험의 때(사탄이 괴롭히는 때)를 면하게 하리니.

이는 장차(말세) 온 세상에 임하여 땅에 거하는 자(크리스천)을 시험할 때가 뱀의 후손 사탄과 크리스천과 싸움이 계속된다. 그때에 예수께서 철장 권세 가지고 오시면 끝이 난다. 그래서 인내의 말씀으로 참고 견뎌라. 뱀의 족속들과 여장 후손의 싸움은 여자의 후손이 예수께서 사탄의 무리 용의 무리가 싸워서 끝날 날이 머지않았다. 교황이 권세를 가지고 1260년 지배했으나 살아남아 지금은 복음이 지구촌 곳곳에 다 들어가고 있다. 하나님의 말씀 복음이 온 세상에 전파돼서 끝이 온다.

(마 24:14절) 이 천국 복음이 모든 민족에게 증언되기 위해 온 세상에 전파되리니 그제야 끝이 오리라. 지금 지구촌 곳곳에 거의 다 들어가고 있습니다. 우리나라가 복음 선교국 1위입니다. 열정 있는 나라입니다. 하나님의 나라가 속히 이루어지기를 소망하며 선교하는 나라가 대한민국입니다. 하나님 말씀대로 될지어다. 이때가 용의 무리 뱀의 후손과 크리스천 여자의 후손과 최후의 전쟁이 끝나는 시기이다. 원시 복음에서 여자의 후손이 뱀의 머리를 상하게 한다. 머리가 상하면 생각이 안 나는 식물인간 마냥 식물 사탄이다. 너는 최후의 싸움에서 힘센 천사의 손에 붙잡혀 무저갱(지옥이죠)에 내 던짐을 당하리라.

결국 여자의 후손과 뱀의 후손의 종말은 예수께서 이기셨다.

(계시록 20:1-3절) 또 내가 보매 천사가 무저갱의 열쇠와 큰 쇠사슬을 그의 손에 가지고 하늘로부터 내려와서 2절 용을 잡으니 곧 옛 뱀이요. 마귀요. 사탄이라. 잡아서 천 년 동안 결박하여 3절 무저갱

에 던져 넣어 잠그고 그 위에 인봉하여 천 년이 차도록 다기는 만국을 미혹하지 못하게 하였는데 그 후에 잠깐 놓이더라.

해설) 용은 창 3:15절에 하와를 미혹한 뱀입니다. 뱀이 자라서 용이 되었고

(계 12:9절) 큰 용이 내어쫓기니 옛 뱀 곧 마귀라고도 하고 사탄이라고도 하며 온천하는 꾀하는 자. (계 20:2) 그 용을 잡으니 옛 뱀 마귀라. (계 20:1) 천사가 무저갱의 열쇠와 큰 쇠사슬로 용을 잡는다. 결국 해를 입은 여인의 계 12장은 용과 해를 입은 여인 진리와의 싸움인데 예수께서 철장 권세 가지고 오셔서 승리하신다를 예언하고 있다. 천사가 무저갱의 열쇠 예수를 돕는 천사장 미가엘 천사이다. 다니엘 서와 연결합니다.

(다니엘서 12:1) 그때에 민족을 호위하는 큰 군주 미가엘이 일어날 것이요 또한 환난이 있으리니 이는 개국 이래로 그때까지 없던 환난일 것이며 그때에 백성 중에 책에 기록된 모든 자가 구원을 받을 것이라.

해설) 군주 미가엘이 일어날 것이다. 그때(말세) (계 20:1) 천사가 무저갱의 열쇠와 큰 쇠사슬 가지고 용을 잡는다. 두 성경 구절이 일치합니다. 개국 이래로 없던 환난 (단 12:1절) 그때에 대군 미가엘이 일어난다. 개국 이래로 없던 환난의 때입니다. 예수 재림 이전 적그리스도가 나타나 성도들을 핍박하는 대환난의 시기가 온다. 2024년 지금도 한국에 많은 적그리스도가 일어나 예수님의 교회를 추수꾼이다 하며 양떼를 약탈한다. 이 시기에 대군 미가엘이 일어나 영적으로 싸워주고 있다. 환난이 있을 것이라고 했다. 아 환난은 적그리스도

가 일으키는 환난입니다. 많은 군중들이 집회를 열며 한기총 물러가라, 적반하장이 기독교를 적그리스가 싸우나 기독교가 졌습니까.

우리와 함께 예수님께서 천사장 미가엘을 지켜주시며 예수님은 하나님 보좌로 가셨지만 세상 끝날까지 우리와 함께하신다. 임마누엘 신앙으로 승리하시기 바랍니다. 이 환난이 일어난다 하자 크리스천은 어떻게 되느냐. 단 12:2 그때에 백성 중에 말세의 크리스천 중에 책에 기록된 자는 구원을 받으리라 연결되는 말씀 (계 13:8) 죽임을 당한 어린 양의 생명 책에 이름이 기록된 자야. 구원을 받고 기록되지 못한 자는 짐승에게 경배한다. 용의 무리에 속한다. 용이 결박당할 때 용에게 경배하는 적그리스도의 백성들은 불못에 간다. 또 누가 구원받는가. (계 22:27절) 무엇이든지 속된 것이나. 가증한 일 또는 거짓말하는 자는 결코 못 들어간다. 불못에 간다. 오직 어린양의 생명 책에 기록된 자만이 들어가리라. 마 24:21처럼 개국 이래로 환난을 창세 이후로 지금까지 이런 환난이 없다고 표현했습니다. 한번 마 24:21절 보십시다.

이는 그때에 큰 환난이 있겠음이라 창세로부터 지금까지 이런 환난이 없었고 후에도 없으리라. 이때의 환난의 표적과 기사까지 보여준다. (마 24:24절) 거짓 그리스도들과 거짓 선지자들이 일어나 큰 표적과 기사를 보여야 할 수만 있으면 택하신 자들도 미혹하리라. 말세의 크리스천들이 영분별해야 합니다. 거짓 선지자 적그리스도는 큰 표적이나 기사를 크리스천을 모두 유혹한다. 그럴 땐 예수님의 당부 말씀 들어보세요. (마 24:25절) 그러면 사람들이 너희에게 말하되 보라. 그리스도가 광야에 있다 하여도 나타났다 해도 나가지 말고 골방에 있다 하여도 믿지 말라. 오직 예수 오직 복음만 의지하고 미혹되지 말라. 28절 주검이 있는 곳 독수리들이 모이리라. 거짓 선지자들의 모임에는 사만이니 이곳을 주검이 있는 곳이라 주검 있는 곳에 독수리가 모인다. 시체를 쪼아 먹으려 그러니 그리스도가 여기 있다 저기 있다 하여도 동요치 말라. (마 24:13절) 그러나 끝까지 견디는 자는 구원을 받으리라. 이 말씀은 계 3:10 네가(말세 크리스천) 나의(예수) 인내의 말씀을 지키면 너를 지켜 시험의 때를 면제하신다. 아는 장차 온 세상에 임하여 땅에 거하는 자들은 시험하는 때라.

(계 3:11) 내가 속히 오리니 잡은 것을 굳게 잡아 네 면류관을 빼앗지 못하게 하라. 뱀의 후손과 여자의 후손이 싸울 때 철장 권세 잡은 자가 나타나 해결하신다. 그때가 되면 대군 미가엘이 일어난다. 이때가 환난의 때다. 그리고 최후의 날에 천사가 무저갱의 열쇠와 큰 쇠사슬로 용을 잡아 무저갱에 잠근다. 사탄의 씨를 말리는 때가 온다. 오기 전엔 환난을 당한다. 그러니 그리스도가 여기 있다 하여도 지금까지는 (계시록 12:13) 용이 자기가 땅으로 내어 쫓김을 보고 남자를 낳은 여자를 박해하는 과정을 썼습니다. 이제부터 여자는 용이 박해하자 달아납니다. 광야 자기 곳으로 이 문제를 풀려면 광야를 풀어야 계 12장 해를 입은 여인의 실마리가 풀립니다. 광야란 어떤 곳인가요. 광야는 엄청난 분량의 소재가 성경에 첩첩산중 쌓여 있습니다. 지금부터 광야에 대하여 써봅시다. 구약시대의 광야로 들어가 봅시다. 구약시대의 광야! 광야의 뜻.

하나님은 이스라엘 백성을 애굽에서 가나안으로 인도했습니다.

10가지 재앙을 무결하고 홍해의 기적을 체험한 이들은 꿈에 그리던 가나안 땅을 향해 나아갑니다. 하지만 하나님께서는 열하루 길이면 갈 수 있는 쉬운 길로 이끌지 않았습니다. 무려 40년을 광야에서 지내게 합니다. 성경은 이를 민수기 14정에 나온 40일간의 가나안 정탐에 대한 부정적 반응 때문으로 설명합니다.

히브리어로 광야를 번역하면 미드바로입니다. 이는 ~로부터 ~와 함께란 의미의 전치사 인과 말씀 사건이랑 의미의 다바르란 명사의 합성어입니다. 곧 광야는 하나님의 말씀을 경험하고 하나님의 사건을 체험하는 시간이자 장소를 뜻합니다. 육안으로 볼 때 광야는 나무나 풀 생명이 자라기 힘든 역경의 장소, 척박한 땅을 가리키지요. 천국, 가나안 땅 가는 하나님의 백성들이 척박한 땅에서 혹독한 훈련을 받습니다. 그 이유는 애굽에서 살던 생각을 모두 잊게 하시며 곤고한 날. 광야 생활에서 견디기 힘들지만 오직 하나님만 의지하며 살아가자는 참된 훈련을 받는 시간입니다. 체질개선하는 시간이지만 육의 사람이 하나님의 사람으로 바뀌는 과정이 광야 생활입니다. 더울 때에 견디기 어려우니 하나님께서 구름 기둥을 세워 더위를 피하게 해주시고 밤에 온도가 내려가니 따뜻하게 불기둥으로 인도하며 이스라엘 백성을 잘 보호해 주십니다. 광야 생활은 잡념을 버리고 오직 여호와 하나님만을 의지하는 고된 훈련입니다. 우리말에 고생 끝에 낙이 온다. 고진감래라 합니다. 고진감래를 통해 젖과 꿀이 흐르는 가나안 땅에 들어간다는 하나님 아버지의 가르침이 광야의 가르침인 광야의 훈련입니다. 광야생활이 고달프니까 모세를 원망하고 하나님께 불평하고 차라리 애굽으로 돌아가겠다는 망상에 빠지나 이런 부정적 생각을 버리게 하십니다. 광야! 물이 없어 고간을 겪는 곳 애굽은 풍요로움이 있었는데 돌아가고 싶다 하며 불평하나 그런 불평불만을 빼게 하는 곳이 광야의 훈련입니다. 이곳에서 물이 모자라 고통 중에 있을 때 하나님을 원망합니다. 왜 이 고생을 시킵니까 하고 불평하자 모세가 하나님께 기도합니다. 그리고 응답을 받아 지팡이로 반석을 치자 바위에서 물이 콸콸 나옵니다. 신기하게 보인다고 생각하지만 전능자의 손이라는 것을 보여줍니다. 원망과 불평을 할 때 그 대가를 반드시 치르게 하시며 뱀을 통하여 물게 하시고 뱀에 물려 죽은 지경에 이르면 놋뱀(구리뱀)을 장대에 걸어 놋뱀을 바라본 자는 산다는 교훈을 통해 오직 여호와 하나님만 의지하라고 고된 훈련을 시킵니다. 놋뱀을 바라본 자는 산다. 지금 해를 입은 여인의 후손이 모세 때라면 놋뱀이신 예수 그리스도만 바라보면 죽음에서 해방됩니다. 누가 광야 있는 하나님의 백성을 괴롭힙니까. 용이 괴롭힌다고 계시록 12장을 말씀하십니다. 분노하는 용을 보십시다. 용이 물을 강같이 토하며 해를 입은 여인 예수의 말씀 하나님의 말씀 진리를 따르는 백성에게 떠내려가 죽게 하려 하자 땅이 도와서 용이 내뱉는 강물을 삼키니 해를 입은 여인의 백성들이 살아 나가더라 성경은 말씀하십니다. 이때 하나님의 아들 되시는 성자 하나님은 보좌에 있습니다. 해를 입은 여인이 낳은 남자아이를 보좌에 들려가더라 땅에 있으면 용이 죽이려 하고 분노하여 해를 입은 여인의 무리를 죽이려 하나, 독수리 두 날개로 광야로 데려가 하나님의 자녀 그리스도의 복음 따르는 자를 광야에서 1260일을 양육하시더라. 그래서 교황이 (동로마시 때) 586년 더 그리스도인을 괴롭혀서 1798년 1260년간 핍박하고 못살게 굴더라 입니다. 이런 연단 가운데 사는 게 진리를 따르는 그리스도인들입니다. 고난 속에서도 하나님의 자녀를 보호하십니다.

(계 6:6) 내가 네 생물 사이로부터 나는 듯한 음성을 들이니. 이르 된 한 데나리온에 밀 한 되요. 데나리온에 보리 석 되로다. 또 감람유와 포도주는 헤치지 말라 하더라.

이 말씀이 셋째 인을 떼실 때 하는 말씀입니다. 극심한 고난을 상징합니다. 한 데나리온에 밀이 한 되라. 극심한 경제위기의 고난의 시대나 한 데나리온으로 밀 한 되 밖에 못 산다. 한 데나리온은 당시 노동자들의 하루 품삯입니다. 죽도록 고생해서 1데나리온 품삯을 받으나 밀 한 되를 산다. 지금 한국의 노동자 1일 품값이 10만 원이라 칩시다. 1 데나리온으로 밀 한 되 사서 3-4인 가족이 먹고 삽니까. 이것은 화폐가치 없는 세상 경제위기의 검은 말이 역사하는 시대이다. 셋째 인을 떼실 때 장면이죠. 검은 말을 탄 자가 저울을 가졌더라. 저울은 물건을 사고 팔 때 쓰는 것으로 밀, 보리 한 되를 저울로 팔지요. 먹고 살기 힘든 세상이 온다. 왜 한 데나리온으로 밀 한 되를 산다 기록했을까요. 사도 요한이가 계시록을 적을 때 이스라엘의 주식을 먹는 게 빵입니다. 한국으로 보면 쌀이 한 되다 표현했을 겁니다. 그래서 노동자가 하루 벌어도 보리 한 되 사 먹은 처지가 잘 번다 치자. 한 데나리온에 보리 석 되로다. 이것 가지고 한 가정 식구가 먹고 살겠습니까. 기존의 흉년과 경제위기가 말세에 진행된다. 밀과 보리는 사도 요한 시대 빵의 재료로써 식량을 의미한다. 그렇게 어렵게 살지라도 하나님께서 한 말씀하시는데 (계 6:6절) 하반절 또 감람유와 포도주는 헤치지 말라 하시며 목숨을 건들지 말라 하십니다. 이때 음성이 네 생물 사이에서 나더라. 네 생물은 계시록 4장 6절 하늘 보좌에 있는 일곱영임을 믿는 자들은 바르게 살기 바랍니다. 예수께 속한 영이 일곱영이 네 생물입니다. (계 4:5) 보좌로부터 번개와 음성과 우렛소리가 나고 보좌 앞에 켠 등불 일곱이 있으니 이는 하나님의 일곱영이라.

　일곱영은 네 생물이다. 네 생물 사이에서 음성이 나면서 (계 6:6절) 감람유와 포도주는 헤치지 말라. 감람유의 비유. 감람 나무 열매의 기름으로 올리브유라고도 한다. 감람나무 열매는 주로 기름을 짜서 쓰는데 순금 등대 주발에 붓는 감람유를 성경을 의미하며 제사장이 왕을 세울 때 기름 부어 세운다. 오늘날 장로 무사 입직 때 안수 기도가 감람유를 붓는 거다, 생각하며 포도주는 무어냐 예수의 피가 포도주 생명체를 의미한다. 고로 감람유와 포도주를 헤치지 말라는 성경의 사람들의 목숨은 헤치지 말라. 어떤 때 이런 일이 일어납니까. 용이 물을 강같이 토하여 해를 입은 여인 진리 그리스도의 복음을 믿고 따르는 자들의 광야 생활에서도 살기가 힘드나 그리스도께서 계시를 통하여 감람유와 포도주 안을 헤치지 말라. 셋째 인을 떼실 때 네 생물 가운데서 음성이 들려왔다. 고난 중에서도 지켜주시는 야훼 하나님의 긍휼과 구원이 선포되어 있다. 광야 생활 참 힘듭니다. 그 가운데 청황색 말이 역사하는 때를 상기합시다.

　(계 6:8) 내가 보매 청황색 말이 나오는데 그 탄 자의 이름은 사망이니 음부가 그 뒤를 따르더라 그들이 땅 사 분의 일의 권세를 얻어 흉년과 사망과 땅의 짐승(거짓 선지자)들로써 다 죽이더라. 청황색 말의 역사 때 땅의 1/4이 죽임을 당한다. 누가 죽일까 용의 무리입

니다. 해를 입은 여인의 때 용이 강물같이 물을 토하고 진리의 백성들을 죽인다. 그러나 땅이 도와 살아난다. 하나님께서 살게 하신다. 감람유와 포도주는 헤치지 않으니 해를 입은 여인을 따르는 진리의 백성들아 잘 견디어 내가 어떻게 신앙생활을 해야 살아남을까요. 인내의 말씀과 정절을 지키고 세마포를 빨아 입는 생활 해라.

계시록은 승리하는 방법을 가르쳐 주고 있습니다. (계 3:10) 인내의 말씀으로 이겨라. 내가 시험의 때를 면하게 해준다. 시험의 때는 환란날이다. 환란날은 용이 괴롭히는 때다. 1,260일 동안 괴롭힘을 당하다가 프랑스 혁명이 일어나 나폴레옹 장군이 동로마를 점령하였고 교황은 유배되어 1799년에 죽어 해를 입은 여인의 무리가 살아남았다. 과거를 회상하듯 알프스 산맥에서 그리스도인이 용의 무리를 피해 살던 때를 떠올립시다. 이들은 왈덴스인이라 부릅니다. 알프스 산에서 신앙의 은신처가 되어 살아온 크리스천들 교황 세력의 눈을 피해 산속에서 은둔하며 살아야 했던 그들의 광경을 떠올립시다. 지금 2024년을 사는 우리는 얼마나 행복했습니까. 신앙 생활하기 참 편안하지요. 교회에서 자유롭게 신앙이 꽃 피우고 집에서 온라인으로 예배보고 참 행복합니다. 왈데스인들은 알프스 산맥에 깊은 산 속에서 로마 제국과 교황의 눈을 피해 살아야만 했으며 잘도 견뎌냅니다. 교황 세력을 용의 무리로 보면 이해가 빠릅니다. 그 산 속에서 하나님을 찬양하며 분노와 핍박을 피할 수 있는 것을 주님께 감사하였다. 감사 생활해야 합니다. 광야 생활 중 불평불만하고 모세에게 고?가 대들 때 250인이 무리 지어 대들어 땅이 입을 벌려 삼켰다 했습니다. 불평을 감사로 바꾼 왈데스인들의 신앙을 본받기 바랍니다. 때로는 원수들의 추적, 추격을 받아왔지만 험준한 1산에서 찬양하며 감사했고 로마군대들 따돌리고 신앙하는 왈데스인의 신앙을 본받읍시다. 그곳 험한 땅을 개간하고 경작하고 수확을 내고 감사하는 생활을 하는 것은 인내의 말씀, 천국이 우리의 소망이라는 것을 가슴에 품었기에 이겨낼 수가 있었던 겁니다.

가톨릭 로마군대 용의 무리를 무서워 굴복하고 신앙을 포기했더라면 기독교인은 오늘날 존재하지 않을 겁니다. 환난날에서 살아남는 것은 인내의 말씀이다 하며 계시록 3:10절은 인내하라 말씀하시며 잘 견뎌라 합니다. 믿음의 정절을 가진 자가 되어라. 믿음, 소망, 사랑의 정절을 지키는 크리스천들이 되어야 한다.

(로마서 12:12절) 소망 중에 즐거워하며 환난 중에 참으며 기도에 항상 힘쓰며 이 말씀처럼 소망 중에 즐거워하는 신앙생활이 믿음의 정절을 가지라 입니다. 믿음의 정절 그리스도인의 나라가 이 땅에 임한다니 우리는 이 믿음을 끝까지 가지고 간다. 이것이 믿음의 정절입니다. 소망의 정절은 그리스도의 나라가 이 땅에 임하는 것이 믿는 자의 소망이니 난 끝까지 소망의 정절을 가지며 지킨다. 사랑의 정절, 나는 그리스도의 나라가 임하기까지 내 이웃을 사랑하며 같은 그리스도인을 사랑하며 사탄, 용의 무리가 괴롭혀도 난 사랑의 정절을 지킨다. 이를 통틀어 정절 있는 자라 한다. 정절이란 그리스도 안에서의 가르침을 말씀하고 있다. 예수께서 생시에 하셨던 말씀을 토대로 계시록에서 하신 말씀을 토대로 읽는 자와 듣는 자와 지키는 자, 복이 있다. 이것이 계시록에서 정절이다. 계시록 자체가 예수 그리스도께서 용의 무리와 싸워 용을 잡아 무저갱에 던지고 용

을 가둔다. 가두게 되면 용과 여자의 후손과의 싸움은 예수 그리스도께서 승리한다. 승리한다는 기대가 소망이며 이 소망의 정절을 지키시고 1,260일 환난의 기간과 용의 무리가 괴롭히는 기간에는 진리의 자녀들은 핍박 속에서도 믿는 교우끼리 서로 사랑하며 믿음의 정절로 고난과 역경과 핍박을 이겨 나갑시다. 진리의 사랑 예수 안의 사람들은 대환란 고난이 따르는 것은 당연하다고 여겨야 합니다. 우리 주님 예수님께서 (계 2:10절) 죽도록 충성하라. 그리하면 생명의 면류관을 네게 주시리라. 이 말씀의 내용처럼 죽도록 충성은 안 했지만 죽기까지 죽음 일보 전까지 충성해야 한다. 내 백성들아 힘드냐. 네가 그렇게 충성하면 나 예수는 자녀들에게 생명의 면류관을 상급으로 주신다. 용이 christian 자녀를 괴롭히는 줄 안다. 이사야 선지자는 유다 왕의 명령으로 톱으로 산 육신을 켜 죽는 끔찍한 일을 당했다. 사단의 대부인 셈이다. 사탄은 사람 속에 들어가 역사한다. 신약에도 사탄의 무리들 용의 무리들한테 스테반 집사님은 돌에 맞아 순교했다. 그러나 죽어가면서 하나님 우편에 앉아계신 예수를 보았다. 밝은 웃음을 보이며 죽어갔다. 육체를 죽일지언정 예수 믿는 신앙까지 빼앗아갈 수는 없는 것이다.

초대 교회사에서 순교하신 분들 3人을 소개할까 합니다. 주기철 목사님, 손양원 목사님 순으로 소개합니다. 일제 강점기에 들어서면 일본의 신사참배 순종하지 않는다는 명목으로 한국 기독교 목사님들은 신사참배를 거부하여 일본에게 혹독한 고난을 치렀다. 주기철 목사는 1940년 2월 산정현교회에서 다섯 종목의 나의 기원이라는 주제로 설교하였는데 이것이 그의 생전 마지막 설교가 되었다. 같은 해 9월 제4차 검속으로 신사참배 반대자들을 일시에 검거할 때 체

포되었고 1944년 복역 중 고문으로 인해 건강 악화로 인해 48세의
일기로 순교하였다.

　주기철 목사의 2차 검속 때 설교 5종목의 기도 설교는 산정현 교
인들의 결단의 도가니로 몰아넣었다. 평양 대선교회 세 경찰서의 형
사 떼가 교회 안팎을 포집하였다. 그 가운데서 주기철 목사는 십자
가를 앞에 행해진 주님의 겟세마네 동산처럼 앞으로 닥친 순교를 예
견하는 설교를 하였다. “죽음의 권세를 이기게 하여 지루한 고난을
견디게 하여 주옵소서. 노모와 처자를 주님께 부탁합니다. 의에 살
고 의에 죽게 하여 주옵소서. 내 영혼을 주님께 부탁합니다. 이것은
설교보다 죽음을 앞둔 주목사의 유언이며 기도였다. 이 설교는 주기
철 목사가 얼마나 철저하게 순교를 각오하고 그것을 준비해 왔는가
를 보여주었다. 이 설교에는 죽고 난 후의 기도 부탁, 나를 위한 죽
음 언론이 부탁 모두 십자가상 그리스도의 마지막 유언의 말씀에서
찾을 수 있는 어휘들로 가득 차 있다. 주목사는 자신의 죽음을 예
언하고 있었던 것이다. 2,000여 명을 가득 메운 산정현교회 새 예배
당은 순식간에 눈물의 바다가 되었다.

　일사각오(一死覺悟) 목사의 신앙 전개를 일본 경찰인들 꺾을 수 있
으랴. 눈물을 머금으며 밖으로 뛰쳐나갔다고 전해진다. 주기철 목사
의 일사각오 설교를 전합니다. 디두모라 하는 도마가 다른 제자들에
게 말하되 우리도 주와 함께 죽으러 가자 하니라. (요 11:16) 일사각
오는 9일간 열렸다. 평양 신학교 학생 부흥회에서 주기철 목사님이
설교한 내용이다. 이 기간 중 마지막 시간인 19일에 이 설교를 하여
학생들은 물론 교수들까지 큰 감동을 주었다. 그때 설교의 내용은
일본 경찰에 압수되어 분실되었으나 훗날에 그 자리에서 설교 들었

던 김익두 목사가 줄거리를 살려 가필한 내용이 남아있다.

첫째. 예수를 위해 일사각오. 예수를 버리고 사느냐 예수를 따라 죽느냐?

"예수를 버리고 사는 길은 정말 죽는 길이요. 예수를 따라 죽는 길은 정말 사는 길이다." 그래서 예수님의 열두 제자 중에 가장 솔직하였던 도마가 우리도 주님과 함께 죽자고 일사각오를 하였다.

둘째. 남을 위해 일사각오 하였던 예수님의 일생은 자신을 위해 사신 것은 하나도 없었고, 순전히 남을 위해 사셨던 일생이었다. 이 세상에 태어나심 자체가 남을 위한 것이었고, 십자가에 돌아가심 또한 죄인을 위하심이었다. 그러므로 우리들 예수를 믿는 자들의 행위도 역시 남을 위한 희생이었다고 하셨다. 세상 사람들은 남을 희생하여 자기의 이익을 도모하지만 기독교는 자기를 남을 구원하는 신앙이다. 얼마나 값진 신앙이냐. 도마는 훗날에 1억 인도인들을 위하여 목숨을 바쳤다. 도마의 일사각오 정신은 훗날 우리가 본받아야 한다. 세 번째 부활 진리를 위한 일사각오 부활의 복음이 우리들에게 이르기까지 피로써 전해왔다. 로마 제국의 잔혹한 박해 아래 50만 성도가 피를 뿌렸다. 곧 죽어갔다. 우리가 알고 있는 성경은 피로써 써졌다. 피로써 전해졌다. 피로써 전해진 부활의 복음을 우리 또한 피로써 지키고 전해야 한다. 예수님과 함께 죽자고 다짐하였던 도마처럼 일사각오는 오늘날에도 이어져야 한다. 네 번째 다섯 번째 일사각오는 생략하고 주기철 목사의 일사각오 한 번 죽으면 영원히 산다. 일사각오가 크리스천인 저자의 가슴을 크게 울리고 있다. 한국 교회 초대 교회 산정현교회의 주기철 목사의 죽음이 우상 앞에 절할 수 없다는 실존적인 신앙의 결단을 촉구하는 면에서 조선 기독교 자존심을 지켜주었다. 다음은 손양원 목사의 순교 정신을 소개합니다.

[크리스천 버전 사이트 글 참고]
신사참배 거부로 투옥되고

뉴스제이 사이트의 글을 인용해서 올립니다.

한국 최초의 한센병 치료병원인 광주나병원은 1925년 현 여주시 율촌면 신풍리 1번지 터를 마련하였고 192? 한센병자 600명이 옮겨와 지금의 애향원을 이루었고 1936년 이름을 여수 애양원으로 명칭을 바꾸었다. 애향원 교회(예장 통합)의 제2대 담임 목사인 손 목사는 1939년 7월 14일 부임하여 목회를 시작하여 1939년 일제에 항거한 원학회의 사건으로 손양원 목사와 장로들이 검거되어 옥고를 치러야 했다. 애향원에 가면 손양원 목사의 유품 전시물을 볼 수 있다. 그 가운데 눈길을 끄는 봉투 하나가 유리함 속에 들어 있었는데 바로 감사헌금 봉투이다. 두 아들(동인 동신)이 청년(안재선)에게 총살로 순교를 당한 직후 장례식을 마치고 하나님 앞에 바쳤던 감사 헌금 봉투가 유리함 안에 간직되어 있다. 그 감사헌금 봉투 겉면에는 두 아들 순교를 감사하며 1만원 손양원 이렇게 적혀 있다.

1948년. 여수 순천 반란 사건의 와중에 수천 사범학교에 다니던 손 목사의 두 아들 동인과 동신이 공산 당원의 총에 맞아 순교하게 되었다. 당시 손양원 목사님은 애향원에서 예배를 드리고 갑작스런 두 아들의 순교 소식을 듣고도 예배는 정상적으로 마치었다고 감사 기도를 드렸다. 하나님 뜻이 계셔서 두 아들은 불러 가진 것을 믿고 감사드립니다. 하나님 제 두 아들을 죽인 사람 그의 생명을 보존해 주세요. 하나님! 그를 사랑할 수 있는 마음을 주옵소서. 두 아들의 장례식장에서 손 목사께서 하신 기도입니다.

첫째.　　　나 같은 죄인의 혈통에서 순교의 자식들이 나오게
　　　　　하셨으니 하나님 감사합니다.

둘째.　　　많고 많은 성도 중에 어찌 이런 보배들을 주께서 하필
　　　　　내게 맡겨 주셨는지 그 점 또한 주님께 감사드립니다.

셋째.　　　3남 3녀 중에서도 가장 아름다운 두 아들 장자와
　　　　　차자를 바치게 된 나의 축복을 하나님께 감사합니다.

넷째.　　　한 아들의 순교도 귀하다 하거늘 하물며 두 아들의
　　　　　순교이지요. 하나님 감사합니다.

다섯째.　　예수 믿다가 누워 죽는 것도 큰 축복이라 하거늘
　　　　　하물며 전도하다가 총살 순교 당함이지요. 하나님
　　　　　감사합니다.

여섯째.　　미국 유학 가려고 준비하던 내 아들, 미국보다 더 좋
　　　　　은 천국에 갔으니 내 마음이 안심되니 하나님
　　　　　감사합니다.

일곱째.　　나의 사랑하는 두 아들을 총살한 원수를 회개시켜 내
　　　　　아들을 삼고 용서하는 사랑의 마음을 주신 하나님께
　　　　　감사합니다.

여덟째.　　내 주 아들의 순교로 말미암아 무수한 천국의 아들들
　　　　　이 생길 것이 믿어지니 우리 하나님 감사합니다.

아홉 번째.　이 같은 역경 중에서도 이상 여덟까지 진리와 하나님
　　　　　사랑을 찾는 기쁜 마음 여유 있는 믿음 주신 우리 주

예수그리스도께 감사합니다.

열 번째.　　　이렇듯 과분한 축복 누리게 되는 것을 감사합니다.

　　장례 예배는 눈물바다를 이루었습니다. 하지만 손 목사님은 슬퍼하기보다 "영광일세. 영광일세. 내가 누릴 영광일세."하고 찬송을 힘차게 불렀습니다. 장례식 후에 감사헌금 1만 원을 하나님 앞에 올려드렸습니다. 당시 손 목사님의 한 달 사례비는 810원이었습니다. 1만 원은 목사님의 전 재산을 하나님께 바친 것입니다. 손 목사님은 아들을 죽인 안재선을 양자로 삼아 손재선이라는 새 이름을 주었고 나중에 목회자로 키워내는 사랑의 기적을 이루어 냅니다. 『사랑의 원자』이란 책과 영화로 나오게 되었습니다.

　　이 책은 영문으로 번역되어 세계에서도 읽히고 있습니다. 그가 신사참배를 거부하고 투옥되어 있는 동안 사랑하는 아내인 정양문 사모에게 보낸 옥중서신인데 병든 아내를 향하면서도 감사할 것을 권면했습니다. 손 목사님도 공산당에게 순교를 당하시는데 동인, 동신 두 아들의 하관식을 하며 자신이 죽으면 이 자리에 묻으라고 하신 유언대로 이 부자가 함께 매장되었습니다.

　　기독교 박해는 역사적으로 기원 1세기부터 오늘날에 이른다. 초대 기독교인들은 지역의 다수? 통제한 로마인에 의해 박해를 받았다. 4세기 초에 밀라노 칙령에 의해 종교의 형태가 합법화되었으며 마침내 로마제국의 국교화가 되었다. 기독교 개종자 및 기독교 선교자는 기독교의 등장 이후 박해의 대상이 되었으며 가끔은 신념에 의해 순교를 당하기도 한다. 중세의 이단들 그리고 특히 종교개혁은 기독교 교파 간 충돌을 일으켜 교파 상호 간에 박해로 이어졌다. 20세기에 기독교인들은 아르메니아인 집단 폭력 아시리아의 집단 학살 그리스 학살의 형태로 이슬람 오스만 제국을 포함한 여러 정부에 의해 박해받아왔으며 그 외에도 소련 조선민주주의인민공화국 같은 무신론 국가들에 의해서도 박해받아왔다. 제2차 세계 대전 중에 일부 기독교 교회는 나치의 이념에 저항한다는 이유로 나치 독일에서 박해를 받았다.

위키백과 사전에서 기독교 순교자는 기독교를 따르다가 투석형, 십자형, 화형 등이나 다른 형태의 고문 또는 사형 수단에 의해 죽임을 당한 사람들을 말한다. 순교자의 그리스어 봤는데 목격자 증인(aithess)이다.

한국 교회사에서는 천주교 신장들이 기독교인으로서 양심 곧 예수를 믿고 따르는 사상과 양심 때문에 조선 시대의 박해로써 순교했으며 일제강점기에는 개신교 신자들이 우상숭배를 하지 말라는 십계명을 지키려는 기독교 사상과 양심에 근거하여 신사참배에 반대하여 순교했다. 처음에는 순교자라는 용어는 사도들에게 적 되었다. 기독교인들이 박해를 받기 시작하면서부터는 이 말은 자신의 신앙(faith) 때문에 고난을 겪게 된 사람들을 지칭하는 말로 사용되었다. 그러다 마침내 이 말은 자신의 신앙 때문에 죽임을 당하게 된 사람들에게만 국한하여 사용하게 되었다. 콘스탄티누스 1세(재위 306-337) 이전의 초기 기독교 시대는 전형적인(classic) 순교의 시대였다. 순교자의 죽음을 피의 세례(baptism in water)에서 물에 의해 세례 받는 사람의 죄가 정화되는 것처럼 죽음에 의해 순교자의 죄가 정화된다는 것을 의미하였다. 초기 기독교인들은 순교자들을 하나님과 사람들 사이에 강력한 중재자들이라고 보고 존중하였다. 그리고 순교자들이 한 말들은 성령(Holy Spirit)의 영감을 받아 이루어진 것이라 하여 귀중하게 여겼다.

'어느 종교든 순교 순교자란 용어를 사용한다.'

순교(殉敎)는 어느 종교에서 자신이 믿는 신앙을 지키기 위해서 죽음을 선택하는 것을 말하며 순교한 사람을 순교자라 한다. 이들은 자신의 종교나 그 종교의 교인에 의해서 성인(聖人)이라고 불리면서 존경받기도 하였다. 천주교에서는 순도라고 한다. 기독교에서는 예수그리스도와 하나님의 복음을 전하다가 죽임을 당한 구약의 선지자들, 예수의 12제자들 중 11명, 그의 사도들을 순교자라고 하며 한국에 역사에서는 불교 순교자인 이차돌 신자가 천도교 탄압으로 순교한 천도교 신자들 일제강점기에 신사참배 항거하여 순교한 개신교 신자들이 순교자에 해당된다. 사전적인 의미 외에도 브라질 자본가들의 환경 파괴에 대항하다가 살해당한 치코멘데스처럼 자신의 이념을 위해서 죽음이나 고난을 택한 사람도 순교자라 한다. 기독교인들이 주목해야 할 것은 예수그리스도와, 하나님의 복음을 전하다가 죽임을 당한 신구약 선지자 사도와 신하들은 순교자라고 믿고 따르는 게 좋다. 우리의 신앙을 기독교인이 보존해야 한다. 가톨릭에 의해 기독교 신자가 무수히 죽었다. 사탄의 우두머리용들의 세력에 의해 예수님도 보좌로 올려갔고 해를 입은 여인의 진리를 따르는 크리스천들은 광야를 떠들며 신앙하다가 교황권의 세력이 약해지자 1799년 이후 기독교인다운 신앙을 하고 있다. 예수 그리스도도 용의 무리로 인해 헤롯을 피해 애굽으로 피난 가셨다가 그 세력이 잠잠할 때 돌아와 유년기를 갈릴리 나사렛에서 보냈으니 유대인들은 예수님을 메시아라 인정하지 않고 네가 나사렛 청년 예수가 아니냐 반문하며 조롱하였다. 그러나 예수는 성육신을 입고 온 하나님의 아들임을 믿어야 하고 해를 입은 여인이 낳은 남자아이며 그가 십자가를 지고 뱀에게 발뒤꿈치를 물려 잠시 죽었으나 3일 만에 하나님께서 예언의 예정대로 부활하신 후 뱀의 낯을 피하여 보좌로 들려 가셨다. 그러나 때가 차면 예수 그리스도는 철장 권세 가지고 오셔서 역사하시며 질그릇 깨듯 철장으로 만국을 다스리신다. 그날이 언제냐 그 날과 그 시는 모르나 천사도 모르나 하늘 아버지만 아시느니라. 그날이 속히 오기를 앙망 하나이다. "그날이 오기 전 깨어 있어라."

(벧전 5:8-9절) 근신하라 깨어라. 너희 대적 마귀가 우는 사자같이 두루 다니며 삼킬 자를 찾나니. 9절 너희는 믿음을 굳게 하여 그를 대적하라. 이는 세상에 있는 너의 형제들도 동일한 고난을 당하는 줄 앎이라.

[출처 조셉프린스 QT]

마귀가 우는 사자를 흉내 내는 것처럼, 마귀는 왕의 왕 되신 주 예수 그리스도 유다의 진정한 사자인 예수님을 흉내 내고 있기 때문에 우는 사자처럼 돌아다니는 사기꾼 행세를 하는 것입니다. 마귀는 사람들이 우리의 왕 되신 주님이 우리를 향해 분노로 가득 차 있다고 생각하기 원합니다. 그래서 마귀는 우리에게 정죄와 진노 부끄러움의 목소리로 우리에게 으르렁 또는 어슬렁거리고 있는 것입니다. 사탄은 당신이 하나님과 멀어져 있다고 생각될 때 쓰러뜨리려고 우는 사자 같이 삼킬 자를 찾나니 주님의 때가 가까이 오므로 깨어 근신하라. 베드로 사도가 말씀하십니다. 깨어있다란 영적으로 깨어 있다. 혼미한 상태의 영적 잠을 자지 않는다. 늘 깨는 법과 기도로 단련되셔서 우는 사자같이 삼킬 자를 찾는 마귀를 믿음으로 쫓아내 버리시고 승리하시길 축복합니다. 용은 자기의 때가 얼마 남지 않음 을 알고 있다. 그래서 해를 입은 여인의 진리의 백성에게 물을 강같 이 토하나 땅이 도와서 진리의 백성들이 견뎌 낸다.

(계시록 12:15절) 여자(해를 입은 여인)의 뒤에서 뱀이 그 입으로 물 을 강같이 토하여 여자를 물에 떠내려가게 하려 하되, 이때 여자를 구하는 장면 즉 여자는 진리이지요. 해를 입은 여인, 진리 그리고 그를 따르는 크리스천들을 함께 뱀(사탄)이 물. 강같이 토한다. 왜 물 에 떠내려가 죽으라고 온갖 핍박을 하나. 무엇이 돕나요. 땅이 입어 버려 뱀이 토하는 물을 다 받아 치우니 뱀(사탄)의 수고는 허사로다. 하나님께서 여자와 크리스천들을 몸소 보호하신다. 땅이 입을 벌린 다. 구약에서 찾아보도록 하겠습니다. 짝이 맞아야 하니까.

"땅이 입을 벌린다. 구약의 증언"

(민수기 16장 19절~35절) 레위 증손 고핫의 손자 이스갈의 아들 즉 모세의 작은 아버지 고라가 이스라엘 무리를 회막문 앞에 모이게 합 니다. 그리고 모세와 아론을 대적합니다. 이때 여호와의 영광이 나 타납니다. 그리고 여호와께서 모세와 아론에게 말씀하십니다. 걱정 하지 마라. 내가 순식간에 그들을 멸할 테니. 이들에게서 떠나라. 그리고 모세와 아론은 엎드리면서 하나님이여, 한 사람이 범죄 하였 거늘. 온 무리에게 진노하시나이까? 이스라엘을 위해 부르짖자. 이

스라엘 백성아, 고라와 나단과 아비람의 장막에서 떠나라 말씀하시자 모세가 일어나 다단과 아비람에게 가니 이스라엘 장로들이 따랐고 모세가 이스라엘 백성에게 말하기를 모세를 번역한 죄 때문에 너희도 따라 멸망 두려우니 이 악인들의 장막에서 떠나고 그들의 물건을 아무것도 만지지 말라. 그러자 이스라엘 백성은 고라와 다단과 아비람의 장막 사방을 떠나고 다단과 아비람은 처자와 장막 문앞에 서니 모세가 이르기를 여호와께서 나를 보내 시사 이 모든 일을 행하게 하니 나의 임의로 하는 일이 아니니라. 곧 이 사람들의 죽음이 모든 사람과 같고 그들이 당하는 벌이 모든 사람이 당하는 벌과 같으면 여호와께서 나를 보낸 것이 아니지만 만일 여호와께서 새 일을 향하여 땅이 입을 벌리면. 이 사람들과 그들의 모든 소유를 삼켜 산채로 스올, 즉 죽음의 세계에 빠지게 하시면 이 사람들이 과연 여호와를 멸시한 것을 너희가 알 것이다. 그러더니 모세가 말을 마치자마자 그들이 섰던 땅바닥이 갈라지면서 땅이 그 입을 열어 입을 벌려. 그들과 그들의 집과 고라에게 속한 모든 사람과 그들의 재물을 삼키니 그들과 모든 제물이 산채로 스올에 빠지니 땅이 그 위에 덮으니 그들이 무리 가운데서 망하여 죽게 되더라. 그러자 그 주위에 있는 이스라엘의 무리가 그들의 울부짖음을 듣고 땅이 우리도 삼킬까 봐 두렵다 하며 도망하였고 여호와로부터 불이 나와서 고라와 다단과 아비람을 지지하여 모세에게 반역했던 분향하는 이백오십 명을 불살라 죽였습니다. 여기서 구약시대 때 모세의 반역자 고라와 다단과 아비람이 사탄의 짓을 하였습니다. 모세에게 대항하는 것은 계시록이 뱀이 물을 강같이 토하는 과정과 비슷합니다. 물을 강같이 토하다 여인과 크리스천을 죽이려 하지요. 고라의 반란도 하나님의 일꾼 모세를 위태롭게 하며 반항할 때 하나님께서 어떻게 하셨나요. 땅이 입을 벌려 고라와 다단과 아비람과 250인을 땅이 삼켜 스올로 내려가게 하였다. 신약에서 뱀이 물을 강같이 토하나 땅이 물을 삼켜 여자가 크리스천을 돕더라. 이렇게 악한 일이 구약과 신약에서 재현되나 땅이 입을 벌려 삼키더라. 삼켜서 하나님의 사람 지도자 모세를 지켜주고 신약 계시록 12장에선 땅이 입을 벌려 뱀이 토한 강물 같은 많은 물을 땅이 삼켜서 지켜주리라.

얼마나 신약과 구약이 멋지게 맞아떨어집니까?

우는 사자와 같이 사탄이 우리를 찾고 있으니 깨어 있어라. 구약에서 보듯 그때 고난을 못 참고 인내의 말씀을 지키지 못하고 고라와 다단과 아비람처럼 모세에게 반항하고 대들면 말세에도 우는 사자처럼 삼킬 자를 찾는 사단의 밥이 되어 죽음을 면치 못하리니 깨어 있으라. 그리고 경청하며 기도하여 우리 주 신랑 예수가 오기까지 기름과 등불 준비하는 슬기로운 다섯 처녀의 신앙을 이어 가길 주님의 이름으로 축복합니다. 권면하는 말씀이지만 마귀가 자기 때가 얼마 안 남아서 우는 사자 같이 삼킬 자 찾는다. 그러니 깨어 있어라. 전신갑주를 입고 마귀가 쏘아대는 화살에 꽂이지 않도록 갑옷을 입고 방패로 막는 믿음 생활들 하시라. 그리하면 승리하리라.

"우는 사자처럼 덤빌 때 전신갑주로"

전신갑주는 무얼 의미할까요? 하나님의 전신갑주는 구원의 투구, 의의 흉배, 믿음의 방패, 복음의 신으로 갖춘 무장 신앙을 말합니다. 구원받는 것 확실로 구원의 투구를 써라. 머리에다 머리가 소중하지요. 뇌가 손상되면 식물인간이 된다. 의의 흉배를 가슴에 붙여라. 나는 하나님을 잘 섬기는 의로운 사람이며 하나님의 선하심을 추종하는 의에 삶을 살아갈 것이다. 그날이 우리 주님이 오는 날이다. 사탄아 내가 머리에 구원의 투구를 쓰고의 의 흉배를 붙였다. 다음은 진리의 허리띠를 띠어라. 진리로 동여매라. 네가 그리스도의 옷 예수의 옷이 흘러내리지 못하도록 진리의 허리띠를 띠어라. 하나님의 복음 곧 말씀이 진리이다. 진리의 허리띠를 띠는 것은 말씀을 주야로 묵상하는 자이다. 주야로 묵상하고 말씀 위를 걸어간다면 사탄이 넘어뜨리겠느냐 그렇지 못하리라. 다음은 방패를 들고 언제나 사탄의 유혹을 방어하는 믿음의 방패 생활에 익숙하게 살아라. 사탄이 쏘는 참란 된 말과 유혹과 궤휼과 주술을 믿음의 방패로 날아오는 즉시 방패로다 하며 막아내라. 그런 다음에 복음의 신 신고 다녀라. 말씀 복음의 신을 신고 전도하며 즐겁게 행동하라. 복음 안에서 생활하라. 행동하라. 걸어가라. 복음의 신이다. 이렇게 엡 6:13-17절은 하나님의 전신갑주를 입고 살아야 구원의 날까지 잘 견딜 수 있다. 무방비 상태면 사탄의 계략에 말려들어 선악과를 따 먹는 행동을 한다. 조심해라. 우는 사자와 같은 뱀, 용의 무리를 철저히 방어하는 삶을 살아가자. 구원의 때가 가깝도다. 말씀으로 전신갑주를 입었다면. 마지막 시대 말세를 사는 우리 크리스천은 열심에 열심을 더하여 하늘로부터 내려오는 새 예루살렘 들어갈 준비를 해야 합니다. 이 세상의 수고가 끝나면 새 예루살렘성 그리스도의 나라 온다. 이 나라에 대한 소망이 없다면 뱀과 용과 사단의 핍박을 당하면 신앙할 이유가 없다. 우리가 바라는 세상은 하늘로부터 내려오는 새 예루살렘성이다. 새 예루살렘성 들어가기 전 베드로 사도의 말씀을 들어보겠습니다.

(벧후 3:12) 하나님의 날이 임하기를 바라고 사모하라. 그날에 하늘이 불에 타서 풀어지고 물질이 뜨거운 불에 녹아지려니와 새 예루살렘이 이 하려면 하늘이 불에 타서 풀어진다. 물질이(땅에 있는 수목이나 동물, 사람들) 뜨거운 불에 녹아져 사라져야 새 예루살렘이 온다. 마지막 때는 물에 심판이 아니다. 불의 심판을 예고하고 있음을 베드로 사도는 벧후 3:12절에 말하고 있다. 불 심판이 있다. 창세기 9장에 노아 방주가 끝난 후 다시는 물로 심판 하지 않으리라고 무지개 언약을 하셨다.

(창 9:11) 내가 너희와 언약을 세우리니. 다시는 모든 생물을 홍수로 멸하지 아니할 것이라. 땅을 멸할 홍수가 다시 있지 아니하리라. 물로 심판하는 세상은 이제 없다. 그렇기에 베드로 사도는 하늘이 불에 타고 물질이 뜨거운 불에 녹아진다. 이 말씀처럼 불로 세상을 심판할 날이 임할 것을 예언하고 있다. 다시 창 9:12 하나님이 이르시되 내가 나와 너희와 및 너희와 함께하는 모든 생물들 사이에 제대로 영원히 세우는 언약의 증거는 이것이라. 13절 내가 무지개를 구름 속에 두었나니. 이것이 나와 세상 사이에 언약에 증거라. 하나님께서는 다시는 물로 심판하지 아니하신다고 무지개 언약을 세우셨다. 그렇다면 불에 심판이 확실하다고 베드로 사도 베드로 후서 3장에서 하늘이 불에 탄다. 물질이 뜨거운 불에 녹아진다. 불로 심판하실 것 강조하셨다. 그때를 기다리는 우리는 베드로 사도의 말에 귀 기울여야 한다. (벧후 3:13) 우리는 그의 약속대로 의가 있는 곳인 새 하늘과 새 땅을 바라보라. 불에 타는 세상에 지나치게 의존하지 말라. 그의 약속대로 의가 있는 곳 있는 곳은 장소이지요. 의가 있는 곳은 새 하늘과 새 땅이라. 새 하늘과 새 땅에 소망을 두어라.

잠시 왔다가 사라지는 아침 이슬과 안개 같은 세상에 집착하지 마라. 하늘이 불에 타서 없어진다. 물질은 뜨거운 불에 녹아지는 세상이 반드시 도래된다. 이제 우리의 소망은 그리스도의 나라 새 하늘과 새 땅에 소망을 두어라. 계시록 이곳을 거룩한 성. 새 예루살렘 성이 하늘에서 내려온다고 요한사도 밧모섬에서 예수의 계시를 받아 기록하셨다.

계 21:1-2절 보도록 합시다. 또 내가 보니 새 하늘과 새 땅을 보니 처음 하늘과 처음 땅이 없어졌고 바다도 다시 있지 않더라. 2절. 또 내가 보매 거룩한 성 새 예루살렘 성이 하나님으로부터 하늘에서 내려오니 그 준비한 것이 신부가 남편을 위하여 단장한 것 같더라. 사도 요한은 새 하늘과 새 땅이라 1절에 기록하시고 2절에서는 새 하늘과 새 땅이 거룩한 성, 새 예루살렘이라 말씀하셨다. 모 이단이 새 하늘과 새 땅을 신천지라 하고 교회로 삼아 스나 새 하늘과 새 땅이 있고 새 예루살렘이 또 있는 게 아니다. 말세 나타나는 그리스도의 나라는 새 하늘과 새 땅이라고 구약에서 이사야 선지자가 말씀하셨다. 사 65:17절을 봅시다. 17절 보라. 내가 새 하늘과 새 땅을 창조 하나니. 이전 것은 기억나거나 다음에 생각나지 아니할 것이라. 이사야 선지자가 새 하늘과 새 땅이라 말씀하셨다. 새 하늘과 새 땅을 한문으로 신천지이나 이것을 인용하여 신천지 예수교 이단이 마치 자기들의 특허 낸 소유물로 여기나 하나님은 온 세계에 크리스천들에게 하신 말씀이며 신천지 교단아. 너희는 새 하늘과 새 땅을 믿고 새 예루살렘은 믿지 않을 거냐 묻는다면 어떻게 답변하리오. 구약은 새 하늘과 새 땅이다. 계시록은 새 예루살렘이다,

라고 각각 이름은 다르나 같은 뜻이다.

　새 하늘과 새 땅이 곧 예루살렘이다. 논증은 계 21:1-2절 참조하시기 바랍니다. 새 하늘과 새 땅은 어떤 세상인가. (사 7:6) 그때 이리가 어린 양과 함께 살며 표범이 어린 염소와 함께 누우며 송아지와 어린 사자와 살진 짐승이 함께 있어 어린아이에게 끌리며 7절. 암소와 곰이 함께 먹으며 그것들의 새끼가 함께 엎드리며 사자가 소처럼 풀을 먹을 것이다.

　이 말씀을 살펴보면 사나운 짐승이 어찌 어린아이 손에 이끌리리오. 새 하늘과 새 땅에서는 악을 제하여 버렸으니 악이 없으니 사자나 곰이 암소와 같이 지낸다. 현재 지금의 세상에서는 사자가 암소를 잡아먹는다. 그렇지만 그리스도의 나라 새 하늘과 새 땅에서는 악이 없기에 즉 독기(악)가 빠졌기에 사자가 암소를 잡아먹는 게 아니다. 그리고 재미있는 것은 사자가 소처럼 풀을 뜯어 먹는다. 사 11:8절 보도록 합시다. 젖먹이 아이가 독사의 구멍에서 장난하며 젖 뗀 어린아이가 독사의 굴에 손을 넣은 것이다. (해설) 젖먹이가 독사의 굴에 손을 넣어도 악이 없으니 독사가 물지 않는다. 이것은 새 하늘과 새 땅이 평화로운 세상이다. 이것은 새 예루살렘이라 한다. 살렘은 평화, 예루는 마을 합치면 평화의 나라이다. (사 65:10절) 한 구절 더 보도록 하겠습니다. 10절. 샤론은 양 떼의 우리가 되겠고 골짜기는 소 떼가 눕는 곳이 되어 나를 찾는 내 백성의 소유가 되려니와. (해설) 샤론이란 예수가 아니라 평범한 사람들을 말한다. 샤론의 꽃은 예수다. 샤론의 꽃. 예수는 평범한 사람 가운데서 나타난 고결한 꽃의 예수시다. 이 샤론이 양 떼의 우리가 된다. 지금 현실에서 양이 양 떼가 샤론(들판 들녘)에 누워 있다면 사자가 잡아먹으리라. 아골 골짜기(죄인들이 죽어 무덤이 되던 곳)가 소 떼가 눕는 곳 목장이 된다. 죄와 더러움이 악이 없기에 새 하늘과 새 땅 이렇게 평화로운 세상이라고 이사야 선지자는 기록하였다. 이런 평화로운 세상을(사 65:10) 보았느냐. 이런 좋은 세상이 오나. 여호와를 버리면 죽임을 당하리라. 왜 그러느냐. (사 65:11) 오직 나 여호와를 버리며 나의 성을 잊고 갓(운수신)에게 상을 베풀고(우상을 섬기고) 므나(운명 신)에게 섞은 술을 가득히 붓는 너희여 붓는다. 갓이나 므나 신에게 술을 붓는다. 섬긴다면 새 하늘과 새 땅은 없고 죽임을 당하리라. (사 65:12) 내가 너희를 칼에 붙일 것인즉 다 구부리고 죽임을 당하리니. 이는 내가 불러도 너희가 대답하지 아니하며 내가 말하여도 듣지 아니하고 나의 눈에서 악을 행하였으며 내가 즐겨하지 아니하는 일을 택하였음이니라. 내가 새 하늘과 새 땅을 준다는 약속을 보거든 우상을 섬기며 악을 행하면 죽임을 당할 뿐이니 이렇게 신앙하면 그림의 떡 화중지병(畵中之된餠)이다.

새 하늘과 새 땅이 아무리 아름답다 하여도 보고 듣고 있다가 엉뚱한 짓 즉 세상을 사랑하고 우상을 섬기고 악을 행하면 그림의 떡이지. 너희는 기업을 얻지 못한다. 새 하늘과 새 땅을 보거든 소망 중에 즐거워하는 자가 되어야 합니다. 그곳은 이사야 선지자도(사 66:10) 예루살렘을 사랑하는 자들이여. 다 그 성의 기쁨으로 말미암아 그 성과 함께 기뻐하라. 다 그 성읍과 함께 즐거워하라. 그 성을 위하여 슬퍼하는 자들이여. 다 그의 기쁨으로 말미암아 그 성과 함께 기뻐하라.

예루살렘 새 하늘과 새 땅을 보고 기뻐하고 소망 중에 즐거워하는 너와 나 크리스천들이 다 됩시다. 새 하늘과 새 땅은 계시록에서 새 예루살렘이라고 합니다. 같은 뜻을 가진 말이지 다른 언어가 아닙니다. 계시록에서 나와 있는 예루살렘에 관해 설명하도록 하겠습니다. (계 21장 1절) 새 하늘과 새 땅을 보니 처음 하늘과 처음 땅이 없어졌다. 2절. 또 내가 보니 거룩한 성 새 예루살렘이 하나님으로부터 내려온다고 증거했다. 새 하늘과 새 땅 새 예루살렘은 같은 낱말이다. 서로 다른 낱말이 아니라는 것이지 분명해졌다. 이단 신천지가 새 하늘과 새 땅을 먼저 허가 낸 듯하지만 새 하늘과 새 땅은 경기도 부천시 범박동에 있는 박태선 장로가 제일 먼저 사용했다. 새 하늘과 새 땅에 원조이며 그가 주장하던 때는 1950년대이다. 부천 범박동이 본부고 제2신앙촌이 경기도 덕소다. 제3신앙촌이 경남 기? 신앙촌으로 1970년 2월 28일 경상남도 동래구 기장면 죽성리 일대에 세워졌으며 50여 개의 생산 고장을 세우고 약 5,000명의 신도가 입주해졌다 전해진다. 새 하늘과 새 땅을 주장 박태선 장로는 그의 발 씻는 물도 생수라고 먹으면 병이 낫는다는 설이 있었고 그가 물에다 기도하면 그 물을 가져가려고 신앙촌 신자들은 줄 서 있었다고 한다. 실제로 8년 전 범박동에 가보니 천부교란 이름의 간판을 볼 수 있었고 아직도 정오쯤에 여신도가 남아 예배드리고 있다. 부천시 범박동 5만 제단이라는 규모의 성전 크기가 한때 유행했으며 그곳에서 신천지 이만희씨가 믿었다 한다. 그는 다시 새 하늘과 새 땅을 전하는 과천의 어린 종을 찾아 과천 어린 종 유재열 장막 성전의 집사가 되었으며 과천 어린 종의 교회는 장막 성전이다. 장막 성전이 세워진 때는 1966년 3월 14일이다. 장막 성전에 신자는 한때 5,000명 이상의 신도가 있으며, 장막 성전이 있던 곳은 오늘날 서울대공원 서울랜드 자리이다. 정부 시책에 의해 장막 성전 자리가 개발되자 그들 신도는 과천 문원동 115-354 오늘날 과천 소망 교회 자리로 옮겨지고 장막 성전은 기독교로 전환(개종)되었다. 과천 어린 종의 장막 성전 시절 신천지 이만희 교주는 장막 성전의 지사로 3, 4년 동안 믿다가 탈퇴하고 나갔으며 그는 1983년 3월 14일 안양시에서 신천지 교회를 세웠다. 그들이 주장하는 새 하늘과 새 땅이 신천지이다. 장막 신전 어린 종이 3년 반의 역사 1,260일 계시록의 예언으로 시작했지만 전 3년 반 후 3년 반이 지나도 이루어지지 않자 1966년에 시작한 장막 성전은 1981년에 기독교 개종하였고 그 뒤를 이어 이만희 교주가 신천지 장막 성전이라는 간판으로 1983년에 세워져 지금까지 이르고 있다. 1983년에 세워졌어도 그들의 주장 전, 3년 반 후, 3년 반 모두 지나 새 하늘과 새 땅에 역사는 불발로 그치고 있다. 지금까지 신천지 집단은 교세를 확장해가서 엄청난 세력을 확보하고 있고 10만 수료식 등 어마한 역사를 쓰고 있으나 신천지 교주가 곧 백 세를 바라보고 있어 그들의 시대는 끝나가고 있다. 지금은 기세가 꺾이고 있는 편이다. 교주가 백 세를 1, 2년 남기다 보니 그는 죽음을 앞두고 있기 때문에 신천지가 혼란이 초래된다. 교주의 죽임이 임박해 그들이 주장하던 새 하늘과 새 땅은 영육구원이 이루어지지 않는다. 인도자가 죽어 가는데 어떻게 새 하늘과 새 땅을 데리고 간단 말인가. 그들이 새 하늘과 새 땅 부천 범박동, 과천시 장막 성전, 과천 신천지로 이어가면 셋 다 불발에 그칠 확률이 높다. 왜냐 육체로 보자. 현시대 모든 인간은 백 세를 기점으로 죽는다. 창조 신학은 모든 인간은 죽는다. 창조 신학이다.

한 가지 재미있는 것은 창조 신학에서 본다면 예수님도 성육신으로 오셨기에 인간이다. 고로 예수님도 땅에서 죽어야 한다는 것이 창조 신학의 원리이다. 그렇다면 예수님도 이 땅에서 영원히 살 수가 없었고 그도 뱀의 후손 이 발뒤꿈치에 물려 골고다 갈보리 산에서 죽는 운명을 맞이한다. 예수도 육체이기 모든 인간과 동식물은 다 죽는다는 것이 창조신학의 원리이다. 하나님께서 예수님을 이 땅에 보냈는데 그가 죽지 않으면 창조신학의 질서는 무너진다. 고로 예수님도 죽는다. 그러나 예수는 하나님께서 부활의 카드를 꺼내 들어 살리셨다. 예수께서 평상시 예루살렘 성전을 헐고 3일 만에 세울 것이다. 예언이 예수의 부활을 예하였다. 모든 인간은 죽는다. 예수님도 죽었다가 부활하셨다. 신천지 교주도 죽는다. 구로 신천지는 와해될 가능성이 크고 기독교 쪽으로 간다는 기사를 본 바 있다. 성경에 있는데 신자나 목사가 없다고 하면 거짓 선지자이다. 왜냐 새 하늘과 새 땅을 이끄는 자를 이단의 교주로 해석하였기에 그들이 불발 예언을 하였던 것이고 새 하늘과 새 땅을 이끄는 주인공 예수 그리스도이다. 왜 예수께서 주인공이시냐. 해를 입은 여인이 낳은 남자아이가 철장 권세를 받았기에 새 하늘과 새 땅 주인공 천국 가는 길을 인도하는 자이다.

철장 권세를 받은 자는 기독교계에서 예수그리스도시라고 증거한다. 그러나 이단들은 장막 성전 어린 종 신천지 이만희 총회장이라고 하며 예수님 대신 그들의 교장을 삽입하여 교리화하고 그것을 모르고 많은 크리스천들이 현혹되어 미혹의 영을 받아 거짓 교단에 빠지게 된다. 육체를 가진 인간이 철장 권세 받았다는 억지 주장이며 이루어지지 않는 헛된 논리로 불발되어갔다. 이제 세 예루살렘에 관해 계속해서 이어갑니다. 새 예루살렘이 새 하늘과 새 땅이다. 그렇다면 요한 사도가 본 새 예루살렘은 어떻게 기록되어 있나 살펴봅시다. 하늘에서 새 예루살렘이 내려오는데 어찌나 아름다운지 신부가 신랑을 위하여 단장한 것 같더라. 결혼식을 앞둔 신부는 결혼식 날 최상의 아름다움을 표현하기에 새 예루살렘도 그렇게 아름답다고 계 21:2절은 말하고 있다. 계시록 21:3절은 보좌에서 큰 유성이 나서 이르되 하나님의 장막이 사람들과 함께 있으며, 하나님이 그들과 함께 계시리니 그들은 하나님의 백성이 되고 하나님은 친히 그들과 계신다. 새 예루살렘은 사람들과 함께 있다고 계시하므로 영들이 사는 세상이 아니라 영육간 구원 받은 자들의 세상이라고 증거하고 있다. 그곳에 가보니(계 21:4) 모든 눈물을 그 눈에서 닦아 주시니 다시는 사망이 없겠고 (천 년 동안 사망은 없다) 애통(슬픔)하는 것이나 곡하는 것이나(통곡) 아픈 것이 다시 잊지 아니하리니. 처음 것들이 다 지나갔음 이러라. 현 세상에 것은 모두 다 지나갔다. 새로운 세상은 사망, 슬픔, 애통, 곡 이런 현 세상의 것은 존재하지 않는다. 이사야 선지자도 사 65:17절도 새 하늘과 새 땅을 창조 하나니. 이전 것은 기억나거나 마음에 생각나지 않는다. 계시록과 같은 내용이다. 진리는 하나이기에 그렇게 논하고 있다.

그리스도의 나라 새 예루살렘에 이루어지면 (계 21:6) 알파와 오메가이신 예수님께서 생명수 샘물을 주신다. (계 21:7) 이기는 자는 이 것을 상속으로 얻으리라 하시며 나는 그의 하나님이 되고 그는 내 아들이 되리라.

이기는 자 새 예루살렘 생명수 샘물을 마시며 살게 하시고 우리는 하나님의 백성이 된다. 그리스도 나라 백성이 된다. 그러나 새 하늘과 새 땅 새 예루살렘을 믿지 않는 자들은 (계 21:8) 흉악한 자들, 살인하는 자들, 음행하는 자들이요 점술가와 우상 숭배자들과 모든 것들은 불과 유황으로 타는 못에 던져진다. 이것들은 사망이다. 저자는 한 가지 은혜 받아 첫째와 둘째를 계시록에서 찾아냈다. 요한 사도가 말한 첫째는 첫째 부활이다. (계 20:4) 예수를 증언함과 하나님의 말씀 때문에 목 베임을 당한 자들의 영혼(순교자)과 또 짐승과 그의 우상에게 경배하지 아니하고 그들의 이마와 손에 그의 표를 받지 아니한 자들이 살아서 그리스도와 더불어 천 년 동안 왕 노릇 하느니 (계 20:5) 이것이 첫째 부활이다. 첫째 부활 때 이루어진다. 그러면 둘째는 무엇이니 (계 20:6) 이 첫째 부활에 참여하는 자들은 복이 있고 거룩하도다. 둘째 사망이 그들을 다스리는 권세가 없고 도리어 그들이 하나님과 그리스도의 제사장이 되어 천 년 동안 그리스도와 왕 노릇 하니라 계 20:6절에서 둘째는 사망이란 단어가 나온다. 종합 해석하면 첫째 부활이요 둘째는 사망이다. 성경은 확실하게 증거하고 있길 둘째 사망 계 21:8절에도 나온다. 흉악한 자, 살인자, 음행하는 자, 점술과 우상숭배자, 거짓말하는 자는 불과 유황이라는 못에 던져진다. 이 지옥이 둘째 사망이다.

그리스도의 나라 천년왕국은 악을 행하는 자들이 못 간다. 계 22:15절에는 다시 한 번 강조하셨다. 함께 22:15절 보시죠. 개들과 점술과들과 음행하는 자들과 살인자들과 우상 숭배자들과 및 거짓말을 좋아하며 지어내는 자는 다 성 밖에 있으리라. 두 번째 강조

이런 자들이 새 예루살렘성 밖에 있는 자라고 말씀하셨다. 철장 권세 받은 자 예수시며 하나님 우편에 앉아계시다 그리스도의 나라가 임하면 (계 20:6) 둘째 사망이 그들을 다스리는 권세가 없고 도리어 그들이 하나님과 그리스도의 제사장이 되어 천 년 동안 왕 노릇 한다. 철장 권세 받았던 그리스도께서 새 예루살렘 천년왕국의 주인이시니 크리스천들은 하나님과 그리스도의 제사장되어 천 년 동안 왕 노릇 한다. 새 예루살렘은 천 년 동안 사는 나라라고 기간을 정해서 말씀하셨다. 크리스천들이 영혼 구원 받아 천 년 동안 왕 노릇 한다. (계 20:6) 그리스도의 제사장 (출애굽기 19:6) 너희가 내게 대하여 제사장 나라가 되며 거룩한 백성이 되리니. 너는 이 말을 이스라엘 자손에게 고할지니라가 새 예루살렘 (계 20:6) 그리스도의 제사장이 된다와 일치하고 벧전 2:9절도 (계 20:6) 그리스도의 제사장을 뒷받침하고 있다. 벧전2:9절을 봅시다. (벧전 2:9) 그러나 너희는 택하신 족속이요. 왕 같은 제사장들이요 거룩한 나라 그의 소유가 된 백성이니. 이는 너희를 어두운 데서 불러, 내가 그의 기이한 빛 (새 예루살렘성) 들어가게 하신 이의 아름다운 덕을 선포하게 하심이라, (계 20:6, 출 19:6 벧전 2:9절) 일치되어 짝을 이루고 있다. 이런 제사장의 나라에 들어가고 싶으냐. 누구나 선망의 대상이냐. 그렇다면 철장 권세 받은 자 예수를 따라야지 철장 권세 아닌 이단을 따라가면 제사장의 나라 천년왕국에 못 들어간다는 사실을 가슴에 꼭 새기시길 바랍니다. 왜 이단들 거짓 선지자가 철장 권세를 못 받았을까요? (벧전 1:18) 너희가 알거니와 너희 조상이 물려준 헛된 행실 때문이다. 그러나 헛된 행실에게 대속함을 받은 것은 금은으로 받은 게 아니다. (벧전 1:9) 옷이 크고 없는 어린 양같은 그리스도의 보배

로운 피로 된 것이다. 철창 권세 받은 자는 회복 점 없는 뭇 십자가
에서 피 흘려 대속함을 주신 그리스도가 철장 권세 받은 자이지. 흠
많고 점 많은 인간이 철장 권세 가진 자가 될 수 없다. 그런 자에게
새 예루살렘성을 맡기겠느냐. 이는 말이 안 되는 소리일 뿐이다. 오
직 계속해서 철장 권세 받으신 자이다. 계시록이 무엇인지 모르는
자가 날뛰며 자기 입맛에 맞게 해석하니 분명한 것은 해를 입은 여
인이다. 웃지 못할 표현이다. 신옥주가 해를 입은 여인 여인이 그가
남자아이를 낳았으냐. 그 남자아이는 들림 받은 예수를 부활 승천
하셔서 하나님 보좌에 계신 예수께서 철장 권세 가지고 그리스도의
나라 천년왕국을 다스리신다. 신옥주가 해를 입은 여인이다는 어불
성설이며 해를 여인은 사람이 아니요. 은유로 해를 입은 여인의 형
상을 계시한 것이지. 해를 입어 태양이 몇 도인데 신옥주는 아가서
에 기록된 대로 그 어미와 딸이며, 백합화 가운데서 양 떼를 먹이
며, 사랑하는 자를 의지하며, 거친 들에서 올라오는 술람미 여인이
심을 진실로 전 은혜로운 교회 성도들이 증언한다고 기록되어 있다
하며, 은혜로운 교회 신옥주가 해를 입은 여인이라고 말한다. 배는
영광을 상징한다. (2020.2.17 구글 사진 검색)에서 해는 영광이 아니라
하나님 즉 진리를 은혜로 표현하고 있다. 해를 입은 여인은 예수그
리스도가 철장 권세 즉 만국을 다스릴 권세를 가졌다. 어떤 인간이
철장 권세를 가질 수 없다. 신천지 총회장이 철장 권세 받았나 철장
권세 받은 자가 얼마 전 코로나 사태로 감옥 갔다 가지 말고 잡으러
온 자를 철창으로 다스릴 시니 모두 헛된 거짓말이다. 다시 증언하
지만 벧전 1:9절의 오직 흠 없고 점 없는 그리스도인이 가질 수 있
는 게 철장 권세이다. 새 예루살렘은 악한 자가 들어가지 못 한다고

말씀을 드렸고 이제는 어떤 사람이 되어야 새 예루살렘 성에 들어갈까요?

(벧전 4:1) 그리스도께서 이미 육체의 고난을 받으셨으니 너희도 같은 마음으로 갑옷을 삼으라. 이는 육체의 고난을 받은 자는 죄를 그쳤다. 예수님은 십자가에 돌아가시니 고난을 받은 지도 우리 크리스천도 그 고난을 받았다면 제가 그쳤다. 이처럼 십자가 지는 생활하는 자가 새 예루살렘에 들어간다. 아무나 들어가는 게 아니다. (벧전 4:2) 다시 사람의 정욕을 따르지 않고 하나님의 뜻을 따라 육체의 남은 때를 살아라. 그래야 예루살렘성의 시민이 된다. (벧전 4:3) 너희가 음란과 정욕과 술 취함과 방탕과 향락과 무법과 우상숭배를 하여 이방인의 뜻을 따라 행한 것은 지나간 대로 족하다. 이젠 그런 생활을 청산해라.

(벧전 4:7) 만물의 마지막이 가까이 왔으니 그러므로 너희는 정신을 차리고 근신하여 기도하라. 새 예루살렘성에 들어가려면 이런 생활하고 이렇게 준비하라. 8절 무엇보다도 뜨겁게 서로 사랑할지니 사랑은 허다한 죄를 덮느니라. 성도간에 사랑할 줄 아는 자세, 곧 사랑의 정절을 지켜라. (계 22:14) 자기 두루마기를 빠는 자들은 복이 있으니 이는 그들이 생명나무에 나아가며 문들을 통하여 성에 들어갈 권세를 받으려 함이로다. 자기 두루마리를 따라 하더라. 두루마리 빨아 입는 생활 얼룩진 제가 두루마리에 묻어 있다면 빨아 입어라. 이는 거룩한 생활을 해야 한다는 뜻이다. 거룩이란 단어를 보자. 거룩은 국어사전은 매우 높고 위대함을 말한다. 히브리어로 거룩은 잘라냄, 분리함을 의미하며 더러움과 분리된 상태 형용사에

서 '거룩하다'를 찾다 신세계 속하여 성스럽다. 모세야 너의 선 곳은 거룩한 땅이니. 네 발에서 신발을 벗어라, 구별되었다. 죄에서 떠난 것 거룩한 생활해야 한다. 거룩은 하나님을 칭할 때 쓰인다. 내가 거룩하니, 너희도 거룩하라. 크리스천은 하나님의 자녀이니 거룩해야 한다. 경건한 자가 되어라. 경건한 자신의 성품을 닮은 자가 거룩한 자다. 세마포나 두루마기를 빨아 입을 때 거룩한 자이며 (계 21:2절) 거룩한 성, 예루살렘이 하나님으로부터 내려오니 새 예루살렘은 앞에 거룩함이란 낱말이 붓는다. 거룩한 성, 예루살렘에 들어가려면 당연히 거룩한 사람, 거룩한 백성이 되어야 한다. 경건한 자도 거룩한 자 속에 들어간다. (레위기 11:44절) 나는 너의 하나님 여호와이다. 내가 거룩하니 너희도 자신을 정결하게 하여 거룩하라.

(레위기 19:2) 너는 이스라엘 자손의 온 회중에게 말하여 이르라. 너희는 거룩 하라. 이는 나 여호와 너희의 하나님이 거룩함이라 거룩함이라고 말하시는 하나님 인간들이 거룩하다 말할 수 없다는 것은 하나님께서 거룩하신 분이시니 하나님 백성도 거룩해져야 하고, 거룩한 성 새 예루살렘 성에 들어간다. 거룩한 성에는 거룩한 사람이 사는 게 당연하다. 새 물은 새 부대에 담아라. 새 포도주는 새 부대에 담아야 한다. 이 말처럼 거룩한 성 예루살렘에는 거룩한 자가 살아야 한다, 들어가야 한다고 주장해본다.

신약에서는 신랑 되신 예수를 맞이할 때처럼 혼인잔치의 예복을 예수를 신랑으로 영접한다. 마 22:11-14절에 기록된 말씀을 전합니다. 예수 신랑이 새 예루살렘성의 왕이지요. 왕이라 생각하고 예루살렘 성에 들어갈 자를 어린양의 신부로 비유를 풀어가면 됩니다. (마 22:11-14절) 임금이 손님들을 보러 들어올 때 거기서 예복을 입지 않은 한 사람을 보고 12절 친구야 어찌하여 예정을 입지 않고 여기 들어왔나이까 하니 그가 아무 말도 못하거늘(유구무언) 13절 임금이 사환들에게 말하되 그 손발을 묶어 바깥 어두운 세상에(지옥) 내던지라. 거기서 슬피 울며 이를 갈게 되리라 하니라. 14절 칭함을 받은 자는 많으나 택함을 받은 자 적은이라. 말씀 속으로 이 시대에 하나님께서 가장 기뻐하는 교회는 어떤 교회라 생각하십니까? 제 생각엔 성도 여러분 이 천국에 혼인잔치에 많이 들어가는 교회라는 생각이 듭니다. 교회 안에서 신앙을 보람차게 했다 생각할지라도 여호와 하나님이 마음에 들지 않는 교회가 된다면 천국에 들어갈 확률은 희박합니다.

하나님 마음에 드는 신앙생활을 해야 천국에 들어갑니다. 겉으로 보기에 화려한 신앙보다 내실 있는 신앙이 최고이지요. (벧후 1:5-7) 베드로는 말씀하시길 너희 믿음에 덕을 덕에 지식을, 지식을 지식에, 절제를 절제에 인내를 있네. 경건을 경건의 형제의 사랑을 공급하라. 신앙을 이렇게 하라. 알찬 신앙의 모델을 제시했습니다. 이것이 마음에 드는 신앙입니다. 그러나 것만 화려했지 벧후 1:5-7절에 합격하지 못하는 신앙의 문제가 있다고 봅니다. 2일에 합격한 자가 예복을 입은 자입니다. 혼인잔치에서 신랑은 비유로 예수님이시며 왕은 하나님, 신부는 오늘날 예수 믿는 나라 성도들입니다.

왕 하나님이 말씀하십니다. 성도들의 모두가 예수님의 신부가 되는 것은 아닙니다. 행함이 없는 믿음은 죽은 믿음입니다. (야고보서 2:26) 영혼이 없는 믿음이 죽은 것 같이 행함이 없는 믿음은 죽은

것이다. 행함의 열매가 없는 신앙이며 벧후 1:5-7절에 부합한 자입
니다. 덕은 지식도 절제도 인내도 경건 형제 사랑을 실천하지 않은
자. 그래서 예수님을 영접할 예복을 입었다고 하는가. 예복 없는 신
자는 혼인잔치에서 쫓겨난다. 바깥 어두운 세상에 내던 짐을 당하니
정신 차려라. 어린양의 혼인잔치에 들어갈 예복을 입고 즐거운 신앙
을 하셔야 합니다. 교회 마당만 받는 신앙을 청산해야 합니다. 주일
성수라 하니 주일 예배만 드리고 전혀 어떤 몸이 참여하지 않으면
마당만 밟는 신앙을 하는 것입니다. 이렇게 신앙생활하면 하나님 마
음에 드는 신앙생활 하는 게 아닙니다.

신앙 생활하는 비유를 들어봅시다. 교회 일에 적극 참여하는 성
도가 됩시다. 적은 일에 충성하는 자야, 큰일에도 충성하라. 하나님
일에 충성을 해야지. 마당만 밟다 교회 문지방과 마당만 밟는 신앙
에서 헤어나와 교회 일을 잘 돌보고 이웃 사랑을 실천하는 삶으로
하나님의 마음에 드는 자가 됩시다. 최종적으로 교인 다운 교인으로
삶을 살아야 합니다. 그리고 세마포를 빨아 입는 생활을 해야 합니
다. (계 19:8) 그에게 빛나고 깨끗한 세마포 옷을 입도록 허락하셨으
니 이 세마포 옷은 성도들의 옳은 행실이라 성도들의 옳은 행실이
(벧후 1:5-7, 약 2:26) 행함이 있는 믿음 마당만 밟지 않고 주의 성전
일에 힘쓰고 애쓰는 자, 고아와 과부 가난한 자의 친구로 사는 삶.
이것 (계 19:8절) 성도들의 옳은 행실인 세마포다 세마포는 어린양의
혼인잔치에 입고갈 예복이다. 예복을 입지 않으면 하나님께서 사탄
을 통하여 손과 발을 묶어 어두운 지옥에 내던지라. 우리가 남의 결
혼식장에 갈 때도 예복을 입거늘. 어린양 되신 예수의 신부가 될 우
리가 예복을 입지 않아서는 안 된다.

어린양의 아내로 결혼식에 참여했는데 예복 입지 않을 빌미로 바깥세상에 쫓겨나니 울며 이를 갈리라. 때는 늦으리로다 날마다 믿음으로 출발해서 믿음-덕-지식-절제-인내-경건-형제 우애-사랑으로 이어지는 신실한 신앙생활 하시길 주예수의 이름으로 축복합니다. 이렇게 신앙해야 예복을 입은 자가 되며 어린양 신부의 자리에 오르는 것입니다. 예수님은 오늘은 영광의 기약이 이르렀다. 하늘로부터 새 예루살렘이 이루어지니 (계 19:6) 할렐루야 주 우리 하나님 곧 전능하신 이가 통치하시는도다. 전능자께서 통치하시는 날이 오리니. (계 19:7) 우리가 크게 기뻐하며 그에게 영광 돌리세. 어린양의 혼인 기약이 일은 없네. 그의 안내가 자신을 위해 준비하여야 할 때이다. 준비하되 꼭 새 마포 옷을 챙겨 있고 어린양의 혼인잔치에 서기를 간절히 원합니다. 어린양의 혼인잔치에 청함을 받은 자는 많으나 택함을 입은 자가 적다 천국은 침노하는 자의 것이다. 침 노란 주의 일에 열심히 동참하는 자들이다. 믿지 않는 자는 청함 받을 일도 없다. 그러니 이들을 바깥 마당 사람들의 측량할 필요 없다. 측량이란 심판하는 갈대 같은 자이다. 여기까지는 혼인잔치에 들어갈 예복에 관하여 말씀하셨습니다. 이렇게 예복에 흠이 없는 자 어린양의 신부된 자가 준비되었다면, 영광의 기약인 잔칫날에 참여하면 되는 것입니다. (마태복음 22:14) 청함을 받은 자는 많으나 택함을 받은 자가 없도다. 구원받을 자가 적다는 것입니다. 노아 때는 8식구가 구원 받았지만 마지막 세상은 쉬운 산에 어린양과 함께 십사만 사천이 산다. (계 14:1) 또 내가 보니 보라. 어린양이 시온 산에 섰고 그와 함께 십사만 사천이 서 있는데 그들의 이마에는 어린양의 이름과 그 아버지의 이름을 쓴 것이 있더라. 구원의 십사만사천부터 풀어가고 말씀을 이어가겠습니다.

　구원의 수 십사만사천이란, 십사만사천 명은 재림직전 마지막 대 환난을 겪고 그 가운데서 구원을 받아 처음 익은 열매를 (계 14:4) 하나님과 어린양에게 구원받은 후사를 말한다. 계 7:9에는 셀 수 없는 큰 무리가 구원을 얻는다. 지구 상에서 환란에서 살아 나온 자들을 말한다. (구글 검색자료) 심판에 이르기 전까지 구원의 수를 말한다. 1. 주님은 순교자들에게 잠시동안 쉬고 있으라. 당장 마지막 심판이 이르지 아니할 것이고 어느 정도 주님께서 십사만사천 명을 안치시고 모으신다. 계 7장 십사만사천 명은 실제 수가 아니다. 구원받을 하나님의 백성의 종수를 상징하는 수이다. 2. 저희 동무 종들과 형제들도 자기처럼 죽임을 받아 그 수가 차기까지 하라. 3. 그 기간 동안 성도들은 구원받고 하나님의 백성으로 인칭을 받는 한편 세상으로부터 어려움과 환란을 당한다. 사탄이 자기 때가 얼마 남지 않은 줄을 알고 크게 분을 내기 때문이다. (계 12:2) 환란은 성도를 고통스럽게 하시지만 하나님은 환란을 축복의 도구로 바꿔 주신다. 하나님은 환란을 통해 성도를 더욱 정결케 하시며 거룩하게 하신다. 하나님께서 정해 놓은 순교자의 숫자가 있지 않다. 순교 자체를 구원의 목적으로 추구해서는 안 된다. 순교자의 수가 차기까지만 교회가 핍박으로 인해 어느 정도 한계에 달하는 극한 어려움에 처함을 말한다. 주의 재림이 가까울수록 교회를 향한 대상의 핍박 강도는 더욱 심해질 것이다. 용의 권세는 지상 교회를 치열하게 공격하여 세상 나라들은 유혹과 핍박을 겪게 될 것이다. 십사만사천이 상징적이지만 계산법 야곱에게는 12지파가 있다. 각 지파에서 일만이천 명이 구원받는다. 야곱의 12아들(지파) × 12,000명 하면

144,000명이다. 이 숫자를 이것을 자세히 정리한다. 구약에서 12지파를 나열하라. 야곱의 12아들 루벤, 시몬, 레위, 잇사갈, 유다, 단, 납달리, 갓, 아렐, 스블론, 요셉, 베냐민. 에브라임은 우산과 연합하고 거짓을 행하였다. 이 지파는 환란 때에 인장으로 표시되지 않으므로 계시록 12지파에서 빠지고 요셉이 에브라임을 대신한다. 요한계시록 7장에 보면 맞은 자들인 십사만사천을 지파별로 나누어 소개하는데 특이한 것은 장자인 르우벤지파부터 나오지 않고 영적인 해석 메시아의 계보 유다 지파부터 소개되며 단 지파가 빠지고 에브라임 지파 대신 애굽에서 장자 노릇 한 요셉 지파가 등장한다는 사실을 알게 됩니다. 이러한 이유는 첫 번째 문제의 질문인 루벤 지파 대신 유다 지파가 맨 먼저 등장한 이유를 살펴보도록 합시다. 성경을 보면 야곱의 육적인 장자는 루벤이지만 예수그리스도 계보 중심으로 보면 그리스도의 조상이 유다 이기의 유다 지파가 계시록에 맨 먼저 등장한다. 에서도 장자지만 영적 체계에서는 야곱이 장자가 되었다는 사실을 기억하면 해석하기가 수월하다.

이것을 뒷받침하는 자료가 또 발견되었다. 민수기 2:3, 34:19 여호수아 21:4 역대상 12장 23-37 등에서 성경을 읽다 보면 유다 지파가 맨 먼저 등장해있다. 영적인 관점으로 보는 게 중요하며 중요한 것은 계보가 메시아를 중심으로 이스라엘 12지파 기록되었다는 점이다. 두 번째 단 지파가 빠진 의혹을 풀어 가자. 영적인 의미로 단 지파를 풀어 가자. 단 지파는 창세기 49장에 이렇게 예언되어 있다. 단은 길에 뱀이요. 첩경의 독사로다. 말굽을 물어서 그 탄 자로 뒤로 떨어지게 하리로다. 창 49:17에 기록되어 있다. 여기서 길을 뱀이 의미하는 바는 단 지파를 통해서 사단의 역사가 일어난다는 뜻을 알아차릴 수가 있다. 실제로 단 지파는 자기를 위하여 신상을 세우고 죄악을 범하였습니다. 하나님의 집이 실로에 있을 동안에 미가가 만든 바 새긴 신상이 단 자손에게 있었더라 (삿 18:31) 단 지파가 우상에 빠진 흔적이 계시록에서 12지파에서 단 지파를 빼고 기록했다고 볼 수 있다. 그래서 단지 바를 고찰하면 저주받은 느낌이 들고 계시록에 12지파에서 빠졌다고 생각해 봅니다. 하지만 단 지파의 속한 사람들이 144,000명이 들어가지 않았지만 후 3년 반 동안에 감람산으로 도망가는 무리 중에 포함될 것입니다. 에스겔서의 천년왕국에 대한 예언의 말씀을 보면 단 지파도 새 땅을 분배 받는다고 되어 있기에 열두지파가 가지고 있는 혜택은 무시할 수 없을 것입니다.

겔 48장 중점으로 읽어 나갑시다. 이렇게 단지 파가 빠져 있다고 해서 단 지파가 버림받았다고 해석할 수는 없지요. 영적 계보 주 이스라엘의 온전한 구원을 소개하기 위해 12지파 전체를 이야기해봅니다.

12지파는 11지파라고 쓸 수 없으며 한 지파 추가할 수 없고 꼭 12지파를 써야 야곱의 12아들인 12지파처럼 구원은 이스라엘 12지파에 속한다고 선포하고 있다. 야곱의 아들 중 탈락한 지파 대신에서 족속이나 또 다른 방계 족속에선 들어올 수 없다. 야곱이 이스라엘이기에 야곱의 12아들에게 지파 몫은 존재하는 것이다. 다른 혈통에서 빠진 지파를 채운다면 그거야말로 이단식 해석이 되는 꼴이다. 즉 에브라임을 요셉이 후손으로 표기된 적이 있다. (민수기 1:32-34절) 에브라임 지파를 나라 나는 또 다른 형식을 취했음을 알 수 있을 것이다. 그리고 요셉이 두 아들을 12지파에 넣은 것은 요셉이 참된 섬김과 인내 헌신이 그만큼 풍성한 열매를 맺었다는 것을 성경은 드러내고 있는 것이다. 그러나 이러한 모든 것을 통해서 볼 때 하나님의 완전한 구원은 하나님 앞에 충신과 진실됨에 살아야 떳떳한 야곱의 12지파라는 뜻이 담겨 있고 그리스도인과 천년왕국에서도 신실 되고 거룩한 자들이 천년왕을 기업을 얻을 수 있다는 점은 계시록에 12지파라는 은연중 교훈으로 기록되었다고 볼 수 있다. 12지파가 야곱에 속한 혈통이라고 해도 똑같은 지파다. 보지 말라 있는 자들도 맨 앞에 나오는 유다 지파를 담고 단 지파처럼 우상을 섬겨 기록에서 탈락하고 에브라임도 우산과 연계하고 대신 요셉을 보라. 요셉의 아들 므나셋이 12지파에 속했다고 요셉도 한 지라 몫을 차지했으니 요셉은 참된 섬김과 인내 헌신 하나님께 열람되어 야곱의 12지파 속에 요셉과 아들 므나셋 지파가 이스라엘 자손의 12지파에 오르는 쾌거를 이루었다. 구원 무리는 시온산에서 십사만사천이었는데 구원의 무리를 상징하는데 야곱의 아들 12지파가 구원을 상징하는 지파이지요. 육적 이스라엘에게 십사만사천이 구원받는다는 의미는 아니다. 오늘날 지구촌 가족이 81억 2503만 7,761명인데 이스라엘 12지파가 받는다. 십사만 사천이 구원받는다는 뜻은 아니다. 계시록이 묵시 문학이면서 은유법으로 쓰여 있으면 늘 상기시켜야 하며 세계인구가 81억이지만 12지파처럼 예수를 믿는 기독교 개서, 장로교, 침례교, 선교 등 감리교는 많은 교회에서도 많은 무리가 구원 받는다는 의미로 해석해야 한다. 이단 절처럼 자기의 교파 소속만 구원 받는다. 이단들이 기독교를 제쳐 두고 자기들에게 구원이 있다 하며 판가름과 한 판 하자, 싸움을 걸어

오는 것은 해괴한 논리다. 이런 사악한 무리들을 소탕하고 박멸하는 때가 오리니 예수의 철장 권세가 임하는 날이다. 앞서 말했지만 다시 한번 상기시키는 면에서 해를 입는 여인이 나은 남자아이가 예수요. 그분이 철장 권세를 가지고 오시는 날 용들과 음녀와 짐승, 뱀, 사탄이 모두 사로잡히는 시기가 온다. "구원수 십사만사천이 시온산에 섰더라" 이 제목을 외치던 십사만 사천이 정리되었으니 왜 구원이 시온산에서 오는지 함께 알아봅시다. 시온산에 영적 의미를 논한다. God questions 사이트에서 시온을 발췌한다.

시온산의 위치: 시온산은 예루살렘 성전의 시온문 밖에 위치한 산이다. 이곳은 예루살렘 위쪽에 남단에 위치한 성이다. 해당하는 지역으로 구약성서 이 지명이 자주 언급되고 있다. 유대인에게도 예루살렘이나 성지를 일컫는 단어이기도 하나 시온산에는 다이 당에 무덤 최후의 만찬 장소 마가의 다락방 베드로의 통곡의 교회 등의 유적이 있다. 고도 7,653m 지역에 위치해 있다. (예루살렘 위키백과사전 추가) 1838년 미국에 에드워드 로스는 예루살렘 동쪽 산비탈 근처에서 터널을 발견한다. 1880년에 터널 안쪽에서 발견된 비문을 통해 독일 건축가 콘라드시크는 이터널 히스가야가 BC 8세기 후반 앗수르의 예루살렘 침공에 대비하여 성내로 물을 끌어들이기 위해 팠던 곳으로 알게 되었다. (왕하 18:13-19 :37, 대하 32장 1

절) 왜 서쪽 마루가 아닌 동쪽 산비탈인가? 수십 년에 걸친 발굴을 통해 기원전 1000년경 다윗이 점령하였던 여부스 족속의 도시 그리고 동일 장소의 다윗성 (삼하 5:4, 이 서쪽 산마루가 아닌 동쪽 산마루임을 알게 된다). 왜 하필 동쪽 산비탈인가? 그 이유는 분명하다. 기온 샘에서 넘쳐나 물이 동쪽 산기슭을 타고 흘러내리기 때문이다. 오늘날 서쪽 산마루가 여전히 쉬운 산이라고 불리지만 다윗은 동쪽 산비탈의 위치에 있음이 틀림없다. 성전산으로 불리는 시온 로마 대의 70년에 파괴될 때까지 남아 있었으나, 로마가 도시를 파괴된 후 1세기 당시 사람들은 다윗성이 어디에 있었는지 궁금하게 여겼다. 활로 했을 것이라는 다윗성이 동쪽 컴퓨터 아래쪽에 있으리라고는 상상도 못 했을 것이다. 좀 더 깊이 연구하다 보면 예루살렘 동편이 에덴동산이라는 것을 추측하는데 에덴에서 흘러나오는 사대강을 주목해 볼 필요가 있다. 창세기 2장을 보면 에덴동산에도 비손 기혼 핫데겔 유프라테 강 이름이 나온다.

1. 아담의 뜻

아담이란 말은 인간이나 인류란 의미로 흙이란 뜻을 담고 있다. 보수 신학 기존설에서는 성경적인 것을 인정하기에 흙으로 지은 아담을 보수 기존 설로 받아들이며 이설은 타파하며 하나님의 아담 창조를 해괴한 해석으로 창조 섭리를 부인하고 다른 것으로 보는 관점은 이단이다. 연인과 정통총회 학술원은 보수 신학으로 아담은 흙으로 빚어졌음을 믿으며 시인한다.

2. 아담의 탄생과 배필

여섯째 날 하나님께서 아담을 흙으로 만드신 하나님의 섭리를 믿으며 아담의 갈빗대를 취하여 하와를 삼으신 전능자의 능력을 보수 신학 기존설을 믿는 정통 총회 학술원생은 성경적 기록을 믿는다. 이설로 본다면 아담과 하와를 함께 흙으로 빚었다 하면 이설도 이단도 오류로 본다.

시온산을 연구하다 에덴동산을 발견한다. 강들이 흐르는 지역을 추적하면

1. 헷데겔은 리그리스강.
2. 기혼강은 나일강 상류인 백나일이고
3. 비손은 나일강 상류인 청나일이라고 할 수 있다.

유프라테와 헷데겔의 근원지는 아시아의 아라랏산 부근이며 네 개의 근원지를 합치면 에덴동산의 위치가 나온다. 노아 시대의 홍수 때 심각한 지형변화가 일어났음을 고려해 아시아와 아프리카에 있는 근원지를 한곳에 끌어당기면 예루살렘 부근이 에덴동산이 있었던 위치가 된다. 하버드 대학교 로렌스 스타리 교수는 예루살렘 유일한 샘이 기혼이라는 점과 중동에서. 이런 이름을 가진 곳은 이 고침을 지적하면서 고고학적으로 예루살렘 에덴동산의 유력한 후보지

임을 증명했다. 논문의 필자도 예루살렘의 동쪽에 있고 그곳에 기혼 샘 이름이 있다고 원에서 놀라지 않을 수 없었다. 많은 학자들이 이스라엘 동쪽이 에덴이라고 한다. 저의 논문은 요단강을 건너 가나안땅에 들어갔었고 그곳에 여부스족속이 살았었고 다윗이 점령하여 가나안땅을 취한 후 예루살렘을 건설하였다. 우리는 신앙에서 죽었을 때 요단강 건너 만나리 찬송한다. 가난 복지가 천국 낙원을 상징하기에 죽어서도 혈세의 가나안땅 간다고 하면 성서에서 에덴동산이 하나님께서 창조하시고 (창 3:24) 그룹들과 ??로 에덴동산을 지키게 하셨다. 이 말씀은 언젠가 에덴동산에 들어간다는 영적 표현이다. 지금 에덴동산이 어디 있는지 흔적이 없어 애를 먹이지만, 이스라엘 동쪽이 에덴이라 부르는 학자가 많다. 예루살렘성에서도 기혼샘이라는 이름이 있고 중동일 때는 없다는 사실은 가나안 땅이 예루살렘이고 예루살렘 동쪽이 에덴동산이라고 논문서 밝히는 바다. 에덴에서 사대강이 달라지지만 예루살렘의 동편에 기온 샘이 있다는 것은 기혼이 에덴과 가까운 곳임을 말해 준다.

3. 아담의 범죄

선악과의 범죄를 뱀과 하나의 합작품으로 선악과를 먹자 하고 아담에게 하와가 주었다. 성경적 보수 기존설을 믿는다. 하와가 아닐 거다. 아담이 땄다고 말하면 이설이라 이설도 기존설처럼 뜻은 아담의 범죄를 인정하나 위치가 바뀌었다. 이단은 뱀이 하와와 아담을 유혹하라 시켰을 리가 없다고 말하면 이단이 되는 것이다. 정통 총회 학술원생은 성경적인 보수 기존설을 문자 그대로 믿는다.

4. 아담의 자녀들

아담은 가인과 아벨 둘을 낳았다. 하나님께 대한 제사 방식에서 가인이 제사가 열람되지 않은 한을 품고 분풀이로 아벨이 죽자 가인이 아벨을 돌로 치고 의의 대를 잇기 위해 하나님께서 셋을 아벨의 대신에 주셔서 자녀 셋을 주신 하나님의 지혜를 보수신학 기존설을 우리는 믿는다. 이설이나 이단의 말을 받아들이지 않는다.

5. 아담과 아브라함

아담은 흙으로 빚은 인류의 조상이다. 아브라함은 하나님께서 믿음으로 부르시고 세운 믿음의 조상이다. 아담과 인류의 기원에서 꼭 짚고 넘어가야 한다. 우리는 학술원생은 흙으로 빚은 조상과 믿음의 조상을 구분할 줄 아는 혜안도 가져야 하며 어떤 이설도 아브라함이 믿음의 조상임을 받아들이지 않는다면 이단이다. 이설은 바르게 잡아 주면 되나, 이단은 끝까지 주장을 굽히지 않아 고라의 반란처럼 이단은 땅이 입을 벌려 스올에 들어가게 된다. 기존설, 이설, 이단을 바르게 구분하자.

6. 첫째 아담과 둘째 아담

첫째 아담은 흙으로 빚어진 자를 칭하며 둘째 아담은 믿음 하늘의 진리를 입고 오신 예수그리스도를 둘째 아담으로 바라보는 혜안이 필요하다. 이설은 성경적인 것을 훼손하는 논리로 자칫하면 하나님의 섭리를 비진리로 인도하는 범죄를 저지를 수 있다.

7. 아담의 나이는 무엇을 뜻하나

아담은 930세를 이 세상을 살고 죽었다. 아담의 후예인 노아는 960세를 살았다. 이것을 계시록과 연결하면 그리스도의 나라 새 예루살렘성 천년왕국이 없다는 것을 뒷받침한다. 정통총회 학술원은 성경적인 보수 기존설을 믿으며 어떤 이설도 배제한다.

8. 아담이 930세에 죽은 이유

피조물인 아담은 930살을 살다 죽었다. 모든 지구 상의 피조물을 그렇게 지구와 작별한다. 이것이 창조의 비밀이다. 창조신학에 의해 성육신을 입은 인간인 예수님도 죽으셨다. 죽지 않으면 창조 질서를 파괴하는 것이며 대신 창조주의 특권으로 3일 만에 살리셨다. 보수 기존설은 이 사실을 믿고 가르친다.

9. 성경과 과학에서 말하는 나이

성경에서 본 지구의 나이는 아담에서부터 현시대에 이르기까지 모세 5경에 기록한 조상들의 나이와 연대를 통계 내고 신약에서 주인으로 오신 예수님의 초림부터 2,000년을 친다면 6,000년이 성경적 지구의 나이다.

그러나 물리학자들은 지구의 나이 주장을 45억 년으로 추정(구글 사전)하나 이 문제를 일부 학자들도 미스터리라 의문을 주장한다. 보수 신학이나 기존설을 성경에서 아담의 출생에서 예수께서 오신 2,000년 역사를 성경적이다 주장함으로 현 기독교에서 가르치는 지구의 나이를 6,000년으로 본다. 이설은 믿지 않는다.

시온산을 연구하다 에덴동산을 알게 되니 성지 가나안이 예루살렘이요. 그 부근 서쪽이 시온산이요. 동쪽은 에덴동산이라는 것이 추정된다. 하나님께서 에덴에서 아담과 하와 쫓아내셨고 가나안 땅에 여부스 족속들이 살게 하셨지만 하나님은 애굽에서 이스라엘은 출애굽 시키시고 다시 요단강을 건너 한 가나안 땅을 이스라엘의 주셨으며 가나안이 시온산인데 시온산에 계시록은 144,000이 어린 양과 함께 새 노래를 부른다고 말씀하셨다.

시온산은 이스라엘의 예루살렘과 거의 같은 지역이지만 시온의 의미는 거룩한 자의 시온이라 일컫는다. 사 60:14절을 보라. 너를 괴롭히던 자의 자손이 몸을 굽혀 나오며 너를 멸시하던 자. 모든 자가 네 발 앞에 엎드려 너를 일컬어 여호와의 성읍이라 거룩한 자의 시온이라 하리라. (스가랴 8:3) 여호와가 이같이 말하노라. 내가 시온에 돌아와 예루살렘 가운데에 할인이 예루살렘은 진리의 성읍이라 일했고 만군의 여호와가 사는 성산이라 여기서 시온 산과 예루살렘은 같은 곳이다. 지역이 같다. 뜻도 같다. (계 21:2) 거룩한 성 새예루살렘이 하나님으로부터 하늘에서 내려온다. 시온산과 예루살렘의 피할 자가 있으리라. (욜 2:32) 누구든지 여호와의 이름을 부르는 자는 구원을 얻으리니 이는 나 여호와의 말대로 시온산과 예루살렘에서 피할 자가 있을 것이요. 남은 자 중에 나 여호와의 부름을 받을 자가 있을 것이니라. 정리하면 1. 시온과 예루살렘은 거룩한 뜻을 담고 있다. 2. (슥 8:3) 시온과 예루살렘은 같은 곳. 3. 시온과 예루살렘에서 피할 자가 없다. 구원 받는 무리가 있다. 고로 (계 14:1절) 또 내가 보니 보라. 어린 양이 시온 산에 섰고 그와 함께 십사만 사천이 섰다. 구원의 장소를 시온산이라고 하였다.

거룩한 성 예루살렘이여. 네 아름다운 옷을 입을지어다. 이제부터 할례받지 아니한 자와 부정한 자가 다시는 네게로 들어옴이 없을 것이라.

1) 시온산의 영적 의미, 시온- 이스라엘을 상징한다.
2) 시온산 여호와의 이름이 있는 예루살렘을 의미한다.
3) 시온은 하나님의 거처이고 하나님의 통치가 실현되는 곳이며 구원이 일어나는 곳이다.
4) 메시아의 통치가 시작되는 거룩한 산이다.

계 14:1) 시온은 거룩한 자의 시온이다. 시온의 딸이란 말은 예루살렘 주인의 시적인 표현이다. (사 9:14. 사 1:8, 37:82. 아 3:11. 슥 2:10.) 마지막 구원받을 크리스천들이 시온산에 어린양과 함께 서 있는데 144,000의 무리가 함께 있더라. 요한을 통해 예수그리스도께서 용과의 전쟁을 치르며 시온산에서 구원자 무리들과 함께 서 있는 것을 계시를 받고 기록하였다. (계 14:1) 특이한 것은 구원받을 무리들이 이마에 어린양의 이름과 그 아버지의 이름이 쓴 것이 있더라. 이는 구원의 무리가 어린양의 이름과 하나님의 이름으로 인친다. 사탄도 자기 백성에게 인친다. 짐승의 수 666이다. 짐승이 인치는 방법은 다르다. altazor 블로그에서 짐승은 높은 자나 낮은 자나 부자나 가난한 자나 노예나 자유인이나 다 그들의 오른손이나 이마의 표를 받게 한다. 그래서 이 표가 없는 자는 아무것도 사거나 팔 수 없게 되는데 이 표는 짐승의 표니 이름이니 그 이름이 뜻하는 숫자입니다. 18절 지혜가 있는 자는 이 숫자의 의미를 알 수 있을 것입니다. 그 숫자는 사람의 숫자이며 666이 계 13:16-18 666은 적그리스도를 상징하는 것이다.

대부분의 성서학자들은 요한 계시록에 나오는 666의 숫자 기독교 핍박했던 로마 황제 네로를 뜻한다. 즉 그의 이름 NERO CAESAR 는 히브리 알파벳의 숫자로 세어보면 666이 된다는 것이다. 히브리 알파벳과 그리스 알파벳은 각각 대응되는 숫자를 갖고 있습니다. 짐승의 666이란 수는 로마 황제 레오의 이름을 숫자로 푼 학설이 적합하다고 봅니다. 로마의 황제 폭군 레오가 얼마나 잔인했는지 기독교인들은 알 것입니다. 이 악한 자 이름에서 숫자로 푼 수의 합이 666이다. 아직까지 짐승의 수를 품을 학설 중에서 가장 좋은 학설이다 봅니다. 크리스천들은 이마에 예수의 이름과 하나님의 이름이 이마에 인쳐야 하고 반대로 용의 무리 사탄은 이마나 손에 666이라는 수로 인친다.

우리 크리스천은 사탄의 권세에 사로잡히지 말고 끝까지 어린양이 어디로 인도하든지 따라가는 나와 여러분이 됩시다. 해를 입은 여인 곧 진리가 인도하는 대로 따라가야 합니다. (계 14:12절) 성도들의 인내가 여기 있나니 그들은 하나님의 계명과 예수에 대한 믿음을 지키는 자가 하늘에서 내려오는 새 예루살렘성에 들어갑니다. 무엇보다 해를 입은 여인 곧 진리인 하나님의 계명과 예수의 증거 믿음을 지키는 자가 승리하는 것입니다. 시온산에 십사만사천과 어린양과 함께 사는 날이 속히 오기를 기도합니다. 크리스천들이여. 에덴동산에서 하와를 유혹한 뱀이 자라 용이 되었고 용은 해를 입은 여인과 그를 따르는 크리스천을 죽이려 하니, 땅이 도와 저주의 강물을 받아 삼켜 환난을 이기게 하리라. 구원의 후사여 시온산에서 십사만사천이 어린양과 함께 서서 영광의 기쁨을 누릴 때 하늘에서 거문고 타는 청아한 악기 소리가 들리니 이 새 노래는 땅에서 속량함을 받은 구원의 무리 십사만사천 밖에는 아는 자가 없더라. 구원받은 십사만사천 무리….

    구원받을 무리 십사만사천은 어떤 사람인가 분석하면 (계 14:4) 이 사람들은 여자와 더불어 더럽히지 아니하고, 순결한 자라 여기서 여자와 더불어 음행을 말하며 성서적 음행이란 육체적 음행보다 몇십 배 죄가 큰 음녀, 즉 바알신 모압의 신 그모스신과 음행을 일삼을 때 성경은 은유로 여자와 더불어 더럽히지 아니한 자 곧 정결한 자가 되라 말씀하신다. 또한 어린양이 어디로 이도하는지 따라가는 자 예수의 복음을 끝까지 추종하는 자가 구원의 무리이다. 이들은 많은 무리들 가운데 속량함을 입은 자이며 택함받아 처음 익은 열매로 십사만사천 무리에 속하나니. 그들의 믿음을 조명하면 그들의 입에 거짓이 없고 흠이 없는 자들이라 입에 거짓이 없다는 거짓 선지자들 말처럼 하나님의 진리만을 증거하는 거짓 없는 입이며, 흠이 없다는 행함이 진실되게 살았고 경건의 생활해온 자들 일컫는다. 이들이 여자와 더불어 더럽히지 아니하고 순결한 자라 우리 크리스천 모두는 하나님의 은혜와 그리스도의 대속의 죄로 은혜와 진리로 양육받은 자. 사탄의 유혹과 용의 핍박을 견디고 오직 주만 바라보고 어린양이 어디로 인도하던지 따라하는 자들에게 시온산에서 어린양과 더불어 십사만사천 가운데 택함받아 새 노래속에 행복을 누리는 영광의 사람이 된 것을 주님께 감사드립시다. 시온산에서 어린양과 함께 서기 전 예수그리스도는 이 땅 위에서 철장 권세 가지고 역사하신다. 전 장에도 말씀드렸지만 하와를 꼬인 옛 뱀 마귀가 용이 되어 일곱 머리와 열 뿔을 만국을 돌아다니며 크리스천들을 훼방하며 생명을 빼앗아 가고 크리스천들은 알프스 산맥 산속으로 도망하여 진리인 어린양의 인도를 받아 목숨을 내놓을지언정 진리를 부인하지 않고 가톨릭 교황의 교리를 따르지 않고 세상의 부귀영화를 버리고 알프스 산맥의 산속에서 죽은 자들의 무덤속을 교회를 만들고 그곳에서 예배하며 용의 낯을 피하여 1,260일을 견뎌 오며 진리의 대열에서 이탈하지 아니하였더라. 반대로 용이라 이름하는 짐승의 무리 (계 20장) 철장 권세의 역사가 이 땅에 시작되던 날 (계 20:1) 또 내가 보매. 천사가 무저갱의 열쇠와 큰 쇠사슬을 그의 손에 가지고 하늘로부터 내려오니. 이것이 철장 권세 받으신 예수의 사역이 시작됨을 알리고 2절 용을 잡으니 (잡고 보니) 곧 옛뱀(하와를 유혹했던 에덴동산의 뱀)이요. 마귀요. 사탄이다. 잡아서 천 년 동안 결박하여 3절 무저갱이여 잡아 잡는다. 무저갱은 지옥이며 사탄을 잡아넣는 곳이며, 천 년 동안 용과 무저갱이에 있으라. 용을 집어넣고 잠그더라. 이것을 스가랴 5:7절로 연결해보겠습니다. (슥 5:7) 에바 가운데에는 한 여인이 앉았느니라 하니, 그 배에 둥근 납 한 조각이 들리더라. 납덩어리는 양심을 누르는 죄악입니다. (슥 5:8) 그가 이르되, 이는 악이다 하고 그 여인을 에바속으로 던지고 납조각을 에바 머리 위에 던져 접더라. 에바의 뜻 성경 속에 나오는 에바는 부피를 재는 단위인 바구니란 뜻을 가지고 있다. 한 바구니에 가루나 붉은 곡식을 재는 단위인데 (슥 5:7) 이 에바 가운데 한 여인(음녀)이 앉았는데 에바 안에 음녀(사람의 영)을 넣고 납(악)으로 두르니 에바 속에 여인 음녀 세상에 없다. 이 말씀이 (계 20:2) 용을 잡아 무저갱이에 집어넣고 잡는 역사와 흡사하다.

스가랴 5:9절에 학의 날개를 가진 여인을 그 에바를 천지 사이에서 들었기로 천사는 말한다. 그 에바를 어디로 옮기느냐 물으니 (스가랴 5:11) 에바를 시날 땅으로 옮긴다. 시날 땅은 바벨론에 바벨탑이 섰던 시날 땅이다. 그곳은 이스라엘과 적대 관계인 구스의 자손 니므롯이 권세를 가지고 바벨탑을 쌓던 곳이 시날 땅이다. 곧 사탄의 본부를 말하며 그곳에 에바 속에 있을 여인의 집이 준공되면 그 처소에 머물게 되니 여인의 집이 준공되며 그 처소에 머물게 되니 악의 본거지 속에 갇힌다. 스가랴 선지는 영계로 말하고 있습니다. 힘센 천사가 용을 잡아 무저갱이에 넣는다고 요한 사도는 기록하고 스가랴 선지자 앞의 두목 에바 속에 여인 악의 본고장 시날 땅에 갇히더라. 영적 표현이 서로 다르지만 내용은 일맥상통한다. 이 역사는 악을 제거하는 일로 철장 권세가 나라나 사역하는 과정을 기술하고 있다. 철장 권세는 이 땅 위의 모든 만물 물질을 철장의 지팡이로 한다고 질그릇 부수듯 다스리는 권세가 철장 권세이다. 다시 말하지만 천하 우주 안에 인간은 철장 권세를 받을 수 있다. 받을 수 있는 자격이 안 되기 때문이다. 왜냐 우리를 다스린 다스리는 권세는 아무나 받는 게 아니다. 이단은 자기네 교회가 받았다 하나 받은 적도 없지만 하나님께서 그런 큰 권세를 아무에게 주시지 않는다. 왜냐 이 세상을 창조하신 하나님이시다. 그렇다면 이 세상의 상속자는 반드시 성자 하나님이 되셔야 한다. 아들에게 권세를 주시인간 모총회장에게 주는 일은 없다 독생자 예수가 제사장이 되듯하나님을 대신해서 아들의 권세로 철장 권세 가지고 역사하신다. 이 얼마나 멋진 진리인가? 인간으로서는 철장 권세 받는 일은 없고 오직 해를 입은 여인 진리가 낳은 남자아이가 철장 권세를 받았는데 보좌에 들어갔다. 이 땅에 있으면 용이 괴롭히니 한때 두때 반때 동안 자기 곳으로 돌아갔다. 그러나 때 가자면 옛 뱀이요. 용이요 사탄이란 용을 천사에게 명령하여 무저갱이 열쇠를 천사에게 주고 잡아넣으라 하신다. 스가랴 선지자 에바 속 음녀 사단을 집어넣고 악이라는 납 조각으로 뚜껑을 닫고 시날 땅 악의 소굴인 시날 땅에 옮겨가 그곳에 갇히게 하더라. 두 대목이 용이나 에바 속에 여인 음녀를 잡아 가두는 사건은 일맥상통한다. 시온산에 십사만사천 무리와 어린양과 함께 서기 전 철창 권세의 역사가 먼저 역사한 후 시온산의 십사만사천과 어린양 등장한다. 그리고 시온성에 십사만사천의 구원 무리와 어린양과 승리의 노래를 부른 후 새 예루살렘성 이루어진다. 예루살렘성은 구원 받을 무리가 1,000년 동안 사는 그리스도의 나라이며 눈에 맺힌 눈물을 주께서 닦아주시고 주신 영원하신 기업 예루살렘성이다. 예루살렘성이 어떻게 생겼나 함께 들여다봅시다. 어린양의 아내 은유법으로 거룩한 성, 예루살렘성이라 한다. 이 역사는 (계 21:10) 성령으로 요한을 데리고 크고 높은 산으로 올라가 거룩한 성, 예수살렘성을 보이니 이 거룩한 성, 예루살렘성이 은유로 어린양의 아내이다.

거룩한 예루살렘성의 모습은 계 21:16에 그 성은 네모가 반듯하여 길이와 너비가 같은지라 그 갈대 자로 그 성을 측량하니 만이천 스다디온이요. 길이와 너비와 높이가 같더라. 지구는 꼬불꼬불해도 하나님의 나라 반듯함을 강조하고 있다. 12보석으로 지어진 것이 특징이다. 그곳에는 만국이 빛 가운데 다닌다. 그러니 (계 21:3) 해와 달과 빛이 쓸데없다고 표현했다. 왜냐하면 하나님 영광 자체가 비치기에 요한 사도는 빛이 없다고 표현하였다. 그리고 특이한 것은 낮에는 문을 닫지 않는다. 거기는 밤이 없기 때문이다. (계 21:26)

(계 21:27) 무엇이든지 속된 것이나 가증한 일 또는 거짓말하는 자는 결코 그리로 들어가지 못하되 오직 어린양의 생명 책에 기록된 자만이 들어간다. 지금 예루살렘성의 모형도와 그 성에 들어갈 자를 소개하였습니다. 새 예루살렘은 1,000년 동안 예수그리스도와 사는 나라이다. (계 20:4) 또 내가 보좌들을 보니 거기에 앉은 자들이 있어 심판하는 권세를 받았더라. 또 내가 보니 예수를 증언함과 하나님의 말씀 때문에 목 베임을 당한 자들의 영혼들과 또 짐승과 그의 우상에게 경배하지 아니하고 그들의 이마와 손에 그의 표를 받지 아니한 자들이 살아서 그리스도와 더불어 천 년 동안 왕 노릇하니 천년왕국 있다는 계 20:4절은 논증하고 있습니다. 천년왕국 새 예루살렘성에 들어가기 전 반드시 심판을 받는다. (계 20:12) 또 내가 보니 죽은 자들이 큰 자나 작은 자나 그 보좌 앞에 서 있는데 책들이 펴져 있고 또 다른 책이 펴졌으니 곧 생명책이라.

죽은 자들이 자기 행위를 따라 책들에 기록된 대로 심판을 받으니. 죽은 자들은 자기 행위대로 심판을 받고 사망과 음부도 불못에 던지니. 이것은 둘째 사망을 불못이라. 누구든지 심판을 받고 생명책에 기록되지 못한 자는 불못에 던진다. 대신 생명책에 기록된 사람은 새 예루살렘성에 들어간다. 새 예루살렘성에 들어가면 (계 21:4) 모든 눈물을 그 눈에서 닦아 주시니. 다시는 사망이 없고 애통하는 것이나 곡하는 것이나 아픈 것이 다시 있지 아니하리니. 처음 것들이 다 지나갔음이러라. 새 예루살렘성의 생활이라 맞는 말, 해를 입은 여인은 진리이다. 그 여인은 은유이고 그가 철창 권세를 낳은 아들 남자아이가 있는데 하늘 보좌로 들려 갔고 이 땅에 진리인 해를 입은 여인과 크리스천이 광야에서 1,260일 동안 광야에 양육하고 용은 여자와 크리스천을 주기로 하나 용이 이기지 못하고 끝까지 괴롭힌다. 그러나 인내의 말씀을 지키는 자와 정절을 지키는 자와 하나님의 계명과 예수를 끝까지 믿고 따르는 자들에게 하나님은 용에게서 구원해 주시고 철장 권세를 주시고 용을 결박한 뒤에 무저갱이 던지고 잠그신다. 그 후 예수님은 구원의 무리 십사만사천과 시윤산에서 새 노래를 부르며 즐거워하며 그 이후 새 예루살렘성이 하늘에서 내려오니 1,000년 동안 왕 노릇하는 그리스도의 나라 펼쳐진다. 용을 잡은 후 악인들은 생명책을 보고 이름이 없으면 불에 던진다. 이것이 둘째 사망이며 1000년 동안 왕 노릇 하는 자는 첫째 부활에 참여하는 자라. 현재 신앙 현재 받는 고난은 장차 오는 영광과 비교할 수 없으니 인내로 말씀을 잘 지켜 죽기까지 충성하며 영원하신 새 예루살렘성에서 행복을 누리기를 축복합니다.

설교문

1. 성 막

법궤(언약궤 증거궤 삼하 11:11)는 지성소 안에 있다. 성막에서 가장 거룩한 장소는 하나님과 만나는 지성소이다(지성소 안의 법궤에는 아론의 지팡이 만나, 항아리 3개가 있음). 법궤는 히브리어로 아론 하버리스 또는 성궤, 언약궤, 증거궤라고도 부르며 법궤는 금박을 입힌 나무 상자로써 모세가 하나님께 받은 십계명을 새긴 돌비(석판) 2개를 보관하고 있었다(법궤 안에 십계명판 2개). 법궤는 하나님을 상징한다. 법궤=하나님.

✦ 법궤 모형 설명

법궤의 의미: 법궤는 이질적인 두 존재인 나무와 금으로 만들어져 있다. 싯딤 나무가 재료인데 금을 입혔다. 재료에 대해서는 뒷부분에 설명이 되어 있으며 이 재료를 우리들 신앙에 대입하면 인간은 부패하여 변질되기 쉬운 존재이다. 우리의 안과 밖을 변하지 않는 순금으로 입혀 하나님의 형상을 닮아가라는 뜻이 내포되어 있으며 순금으로 입혀질 때 하나님의 임재가 있는 지성소에 들어갈 자격을 갖춘다는 것이다. 법궤가 하나님께서 임재하는 곳에서 썩어 망가지고 볼품없는 모습이 되어서 쓰겠는가? 내가 거룩하니 너희도 거룩하여라. 하나님의 말씀을 상기하며 법궤 안에 있는 지팡이 석판

(계명판) 만나 항아리도 하나님의 거룩한 형상으로 만들어져 법궤 안에 있어야 한다.

✦ 법궤 재료의 의미 분석

싯딤나무: 변화가 심한 인간의 성품을 상징. 마른 광야에서 살기 위해서는 나무는 깊이 뿌리를 내린다. 하나님의 자녀들이 말씀의 샘에 깊이 뿌리를 내리고 살아야 한다는 싯딤 나무의 교훈을 알려주고 있다. 증거궤를 만드는 재료로 싯딤 나무가 쓰였으며 궤를 드는 채에도 쓰인다.

✦ 순 금

하나님의 거룩, 성결과 정결을 뜻한다. 하나님 안에서 덧입은 의를 상징하고 순금은 정결 순수하고 깨끗한 금을 상징. 변하지 않는 믿음, 하나님의 변함없는 약속을 뜻한다. 증거궤의 안과 밖에 입히고 금고리 넷을 두어 만들었다. 채를 금으로 씌우며 속죄소를 만든다. 그룹을 만들 때 쓰였고 법궤는 아무나 만질 수 없다. 레위지파, 성소 책임자, 제사장 직분자만 법궤를 만질 수 있고, 레위지파 중 고핫 자손만 다룰 수 있다. 웃사가 법궤를 옮기다가 나곤의 타작마당에서 죽었다. 법궤를 메고 가라고 했으나 달구지에 싣고 다녔다. 법궤의 존엄성을 몰랐기에 자기 생각(자기의 의)으로 법궤를 옮기며 목숨도 버려진다. 오돔에돔은 법궤를 메고 자기 집에다 석 달을 잘 모셔서 임란 장자의 축복을 받았다. 믿음으로 우리가 법궤(하나님)를 만질 수 있다고 신약에서 통용된다. 구약시대에는 법궤를 손으로 만지면 죽는다. 법궤에는 고리가 있어서 채로 들게끔 되어있다. 사람의 손이 닿아서는 안 된다는 하나님의 뜻이다.

✦ 법궤의 길이, 너비, 높이

길이 2규빗 반(1규빗은 약 45㎝), 너비 1규빗 반, 높이 1규빗 반. 만드는 과정(출 25:10-22) 순금으로 그것을 싸되 그 안팎을 싸고 위쪽 가장자리로 돌아가며 금테를 두르고 금고리 넷을 부어 만들어 그 네 발에 달되, 이쪽에 두고 저쪽에 두 고리를 달며 조각목으로 채를 만들어 금으로 싼다. 거기서 내가 너와 만나고 속죄소 위 곧 증거궤 위에 있는 두 그룹 사이에서 내가 이스라엘 자손을 위하여 네게 명령할 모든 일을 네게 이르리라. 법궤 안에는 십계명판 2개, 아론의 싹난 지팡이, 만나 항아리(생명의 떡 상징) 3가지가 있다는 것을 잘 아는 성도 되시길 축복합니다.

✦ 믿음의 눈으로 본 법궤

법궤 안은 인간의 성화적인 의가 정결로써 증거궤 안쪽을 금으로 씌었다. 법궤 바깥쪽은 하나님의 거룩을 상징하고, 창의적인 의로 살아있는 하나님의 성전으로 법궤를 믿음의 눈으로 보면 살아있는 우리들의 성전으로 신자들의 성전, 하나님의 몸된 성전, 우리가 예배하는 성전, 법궤 안쪽은 원어로 house(집)라고 표현했다. 법궤의 바깥쪽은 하나님께서 우리를 의롭게 다 칭해주시고 우리를 감싸주신다는 뜻인 금으로 덮혀있다.

✦ 법궤 안의 3가지 물건

1. 십계명판 2개는 하나님의 사랑과 이웃 사랑을 뜻하며 계명판 두쪽이 있다 돌비 2개라고 한다.
2. 아론의 지팡이는 죽은 나무지만 살구꽃이 피었다는 지팡이로 예수님의 부활을 상징한다. 우리도 예수님처럼 죽은 몸이 마지막 나팔 소리 홀연히 변화 받아 명의 몸으로 태어난다. 그런 신앙적 의미가 아론의 지팡이이다.
3. 만나항아리는 만나생명의 양식을 뜻한다. 만나항아리는 말씀의 집, 하나님의 말씀의 그릇인 성전이다. 세 가지를 한데 묶어해석하면 십계명(하나님 사랑, 이웃 사랑의 진리)의 말씀으로 믿는 신자들아 양육을 받아라. 그리고 아론의 지팡이같이 죽은 너희가 살구꽃처럼 피어나게 된다. 예수의 부활을 상징하고 너희도 첫째 부활에 은혜를 덧입어 부활의 살구꽃처럼 죽은 몸, 썩어질 육체가 영의 몸이 되어라. 이것이 아론의 지팡이라. 만나는 이스라엘 민족을 메추라기와 만나로 구약 때에 먹여 살렸지만, 내 아들 예수가 생명의 떡이니

그가 전하는 말씀 생명의 떡으로 살아가라. 언제까지든 영원토록 거룩한 새 예루살렘 성에 들어가는 만나로 살아가라는 하나님의 신묘막측(神妙莫測). 한 진리가 법궤 안에 들어있음을 성도 여러분의 마음에 새기시기를 간절히 축복합니다.

✦ 성막 안의 성소

지성소는 하나님께서 임재하는 곳으로 쉐키나(하나님의 영광이 자기 백성과 함께 거하다) 특히 하나님의 임재와 관련된 곳으로 대제사장이 이스라엘의 죄를 사해달라고 1년에 한 번 들어가는 곳이 지성소입니다. 부정한 자가 지성소에 들어가면 죽습니다. 대제사장은 몸에 밧줄을 매고 지성소에 들어갑니다. 얼마나 신성한 곳이며 하나님을 거룩히 만난다는 의미가 내포된 장소입니까!

성소는 평상시 제사장들이 들어가 하나님께 제사 드리는 곳입니다.

✦ 성소 안 들여다보기

성소에는 등대(촛대). 떡상. 분향단 이렇게 3기구가 있습니다. 7개의 금 촛대로 되어있는 등대는 성고 안에 빛이 없기에 등대(7금 촛대)를 통하여 성소 안을 불 밝힙니다. 떡상은 조각목을 정금으로 싸서 만들었습니다. 고운 가루 재료를 써서 12개의 무교병(누룩을 넣지 않고 만든 빵), 예화 바리새인의 누룩(위선,하나님의 계명보다 사람의 계명에 더 집중하는 바리새인의 위선과, 완악함, 허세 등을 조심하라)이 항상 차려있습니다. 성소 안에는 세 가지 기구가 있습니다. 이것이 성소 내부의 모습입니다. 성 밖에서나 양이나 소를 잡고 물두멍에 손을 씻습니다. 이 세상의 죄와 결별하고자 손을 씻고 하나님의 성소에 들어갑니다. 이것이 성소 안 들여다보기입니다.

✦ 성소 안 3가지 기구 설명

등대(일곱 촛대) 성소에 들어가면 왼쪽에 정금으로 된 등대가 있습니다. 등대는 정금으로 만들어졌으며 정교하게 만들어져 그 모양이 아름답고 값진 성물입니다. 등대는 히브리어로 메노라 이며 등, 등불을 뜻하는 니트와 같은 어원을 가지고 있습니다. 이 등대는 등잔을 올려 놓는 받침대를 말하며, 등잔에 불을 밝혀 어두운 성소를 밝혀 줍니다. (민 8:4) 등대를 만들 때 금을 쳐서 만든다. 금은 우리의 믿음을 쳐서 등대가 될 때 하나님이 만든 세상의 빛이 되라는 의미가 담겨 있습니다. 우리도 금으로 만든 등대가 되어 어두운 곳에서 하나님 사랑과 이웃 사랑을 전하는 등대가 됩시다. 유대 전승에 따르면 등대의 크기는 높이 152cm, 폭은 107cm 밑판을 포함하면 높이 136.8 cm, 폭 2, 규빗 91.2 cm로 떡상의 크기와 비슷하다고 합니다. (민 8:2) 등대는 떡상을 비춰줍니다. 등대는 밑판에서 끝까지 금을 쳐서 만듭니다. 성도 여러분! 하나님 보시기에 심히 보시기에 좋았다 라는 순금 등대가 됩시다. 어두운 땅을 비춥시다. 성막은 하나님을 만나는 곳입니다. 만나기 위해서는 하나님의 백성이 늘 거룩해져야 합니다. 내가 거룩하니 너희도 거룩해져라. 거룩해져야 성막에 들어갑니다. 성막에서 지성소에 하나님이 임재하십니다. 그곳에 법궤가 있습니다. 법궤 속을 들여다보면 십계명판 두 개, 아론의 싹난 지팡이, 만나 항아리가 법궤 안에 있습니다. 법궤는 하나님이시며 지성소에 들어가 만날 때 하나님의 영광이 나타납니다. 거룩한 마음을 가지고 하나님을 만나는 곳으로 지어진 곳이 성막이며, 성막은 솔로몬 왕이 성전을 세워지기까지입니다. 성막 주변에 12지파의 천막이 지어진 게 특징입니다. 제사는 레위 지파가 제사장이며, 레위 지파는 성물(聖物)을 먹고 삽니다. 이제 성막시대는 솔로몬 왕 때 가서 폐(廢)하고 성전으로 바뀝니다.

성전은 예수님 당시 헤롯 성전이 예루살렘에 있었습니다. 예수님의 어렸을 때 예루살렘 성전을 방문하시다가 비둘기를 팔고 양이나 소 잡는 것을 보았습니다. 또한 박리가 아닌 폭리를 취하는 것을 보자 "누가 하나님의 성전을 강도의 굴혈 (窟穴)로 만드냐?"라고 책망하십니다. 이같이 성전은 다시 성전의 시대를 막 내리고 있음을 예고하십니다. 제자들과 거닐면서 저 예루살렘 성전을 보느냐? 말씀하십니다. 저 성전은 46년 동안 지어진 성전이나 저 성전 돌 위에 돌 하나 남김없이 다 무너뜨리리라 하십니다. "내가 저 성전을 헐고 3일 만에 세우리라." 내가 죽어 세워지는 성전의 시대가 온다고 하시며 성막이 성전으로 변했지만, 이제는 성전 시대는 끝났다. 내가 길이요 진리요 생명이니 내 말씀 위에 세운 교회를 통해서 살아가야 합니다. 나는 교회의 모퉁이 머릿돌이다. 내가 죽어 갈보리산 십자가에 새로 태어난 영원한 대제사장이 되었으니, 성막과 성전시대는 끝이고, 내가 교회의 머릿돌이며 건축자들의 버린 돌이니(행 4:11) 내 터 위에 하나님이 계신 교회를 세우라. 이제 너희의 마음에 성전을 내가 원한다 예수를 믿어 하나님 앞에 갈 길이 열렸다. 내가 죽었을 때 지성소의 휘장이 찢어졌다. 이제 너희가 왕같은 제사장이니 성막의 성소의 제사장이며 너희 마음의 성전의 제사장이 되어라. 말씀있는 곳이 하나님의 성전이니, 건물 따위에 비중을 두지 말고 예수를 영접하고 복음을 상기하고 가르치고 기도하고 예배할 때 너희들의 산 제사를 받으신다. 이제는 영과 진리로 예배하는 자가 되어라. 성막과 성전을 폐하고 그리스도의 터 (말씀) 위에 세운 교회에서 신앙하도록 해라. 성막과 율법과 짐승 잡는 제사는 다 폐(廢)하였다. 그리스도를 바로 믿어 의의 말씀으로 영과 진리로 예배를 드리자. 전에는 성막에서 성전에서 제사를 드렸지만 이제는 오직 믿음의 의로 예배하는 자가 될 때. 예수 그리스도의 보혈로 죄 사함을 받을 때 거룩해진다. 그리하면 죄 사함을 받고 두루마기를 빠는 자가 된다. 그래야 예루살렘 성이 내 아버지의 유업(遺業)을 기업으로 받는다.

영원토록 주 예수와 천 년 동안 왕 노릇 합시다. 예수께서 영원한 대제사장이며, 말씀대로 사는우리가 영원한 제사장이며 말씀을 예수의 복음으로 받아들이고, 믿고, 지키고 전할 때 새 예루살렘성의 권세를 받는다, 그 권세를 다 받고 영원하고 거룩한 새 예루살렘 성에 다 들어가시기를 예수님 이름으로 축복합니다.

2. 성경과 5대 제국

　성경과 5대 제국은 앗수르, 바벨론, 페르시아, 헬라. 로마라는 5대 제국 이스라엘의 문화적 배경 안에서 역사, 지리, 인물, 문화 등으로 인간의 역사를 주관하는 하나님 뜻을 훼손하고 조명하고 있다. 이스라엘이 하나님을 멀리하고 바알 아세라 그모스신 제우스신을 섬김으로 하나님께서 5대 제국을 통해 이스라엘에게 심판과 구원을 베푸시며 나 외에 다른 신을 섬기지 못하도록 5대 제국을 통해 징계의 몽둥이로 삼으셨다. 그들은 이스라엘의 역사, 지리, 인물, 문화를 5대 강대국의 입맛에 맞게 교육과 문화를 훼손하여 야훼 하나님의 뜻을 거역하였으니, 이들이 저지른 괴로운 역사 이스라엘 민족을 강제로 이주시키고 지배하기 위해 소년들을 끌어다가 지배국 문화를 가르친 난폭한 제국주의자들의 역사관을 파헤친다.

✦ 앗수르

　앗수르는 북이스라엘을 끌어다가 이주정책 및 혼혈정책으로 북이스라엘에게 고통을 주었다. 하나님의 뜻은 하나님께서 정해준 경계의 선을 넘지 말라는 뜻이다. 다윗왕이 강국 이스라엘의 전성기일 때는 하나님의 말씀에 잘 순종하여 제국으로 가는 길에 빠져들지 않았으며 이웃 나라를 쳐서 영토확장과 경계선(나라의 경계)을 잘 지컸다는 것이다.

하나님은 이스라엘 12지파에게 가나안 땅을 배분할 영토의 경계를 어디서부터 어디까지라고 확실히 말씀해 주셨다. 영토의 경계를 허물고 5대 제국은 약소국가들을 簒奪(찬탈)하여 역사를 아프게 쓰게 만들고 자리를 뒤바꿔서 속국으로 삼아 이스라엘에게 고통을 안겨 주었다.

앗수르는 북이스라엘 민족을 흐트러뜨리는 정책을 사용했다. 북이스라엘의 청·장년을 앗수르땅에 이주시키고 앗수르 병사들은 사마리아 여인을 취하여 음행을 저질러 혼혈아를 생산하였으니 유대인들은 사마리아인을 개 취급하였다. 신약에서 바리새인들은 사마리아땅을 지나가지 않고 돌아갔다. 이것은 앗수르가 저지른 만행이다. 앗수르가 북이스라엘을 통치하면서 혼혈민족과 디아스포라를 만들어 갔다는 나쁜 문화를 만들어 놓았다. 하나님은 이스라엘이든 어떤 나라들도 순수 혈통을 원하시는데 제국은 혼혈정책 이주정책으로 야훼 하나님의 뜻을 훼손하였다는 것이 5대 제국을 통해서 느끼고 찾아내야 할 역사의 혹독한 학대를 잊지 말아야 한다. 문화를 뒤바꾼 5대 제국주의자들이 하나님의 순수한 통치방식을 여기고 제국의 이익을 위해 권모술수로 악행을 저지른 것에 대해 아픈 교훈을 이스라엘의 역사를 통해서 학술원에서 공부하는 저와 기독교의 크리스천은 잊지 말아야 한다.

제국의 모순성 제국의 횡포가 야훼 하나님의 뜻을 거슬려 앗수르가 저지른 만행을 바벨론을 통해 심판을 받고 바벨론의 만행이 페르시아를 통해서 심판받아 바벨론이 멸망 받고 페르시아가 저지른 만행이 헬라 제국을 통해 심판받게 하셨다. 헬라 제국은 영원할 것 같지만 로마 제국이 나타나 헬라 제국을 심판했다.

✦ 바벨론

느브갓네살 왕은 어느날 금신 상에 관한 꿈을 꾸게 되었고 온 나라의 꿈을 해몽하는 자를 모으나 꿈을 풀 수가 없었는데, 바벨론에 끌려온 이스라엘의 소년들은 바벨론의 정치교육을 통해 바벨론과 이스라엘의 혼합 문화 정치를 만드는데 바벨론이 정책으로 삼았다. 그 가운데 우상(바벨론 신)에게 신을 섬기지 않고 이스라엘을 향해 창문을 열고 하루에 세 번씩 기도하던 소년 다니엘은 바벨론 궁중 신하들의 밀고로 사자 굴속에 내던진 바 되었으나 하나님께서 배고픈 사자의 입을 막아 생명을 지켜 주시고 사자 우리가 다니엘과 하나님의 만남의 예배 장소가 되었다. 다니엘은 느브갓네살의 신임을 받아 바벨론의 총리에 오른다. 바벨론이 페르샤(현 이란) 제국에게 종래에 패망한다. 하나님께서 이스라엘이 바벨론에서 또다시 페르샤 제국의 지배를 받게 되나 이사야 선지자를 통해 바벨론 지배에 있던 이스라엘은 바벨론 멸망 전 이미 210년 전에 이사야 선지자를 통해 바벨론의 이스라엘의 포로가 돌아올 것이다 라고 예언하였다.

사사기 44:28절은 고레스에 대하여 이르기를 내 목자라 그가 나의 모든 기쁨을 성취하리라 하며 예루살렘에 대하여는 이르기를 증

인 되리라(예루살렘 성이 다시 복원된다)하며 성전에 대하여는 네 기도
가 놓이리라 하는 자니라.

(사 45:1) 여호와께서 그의 기름 부음을 받고 고레스에게 이같이
말씀하시되 내가 그의 오른손을 붙들고 그앞에 열국을 항복하게 하
며 내가 왕들의 허리를 풀어 문들을 열고 성문들이 닫히지 못하게
하리라.

✦ 페르시아

바벨론이 패망합니다. 이사야 선지는 바벨론에 끌려간 이스라엘
이 예언 210년 후 페르시아 제국의 고레스 왕의 은혜로 바벨론 포
로의 역사는 해방되는 기쁨을 맞이하게 됩니다. 바벨론 포로 1.2.3
차로 페르샤 제국은 고레스 왕을 통해 바벨론에 포로로 끌려간 이
스라엘이 돌아오게 됩니다 성경학자는 고레스 왕을 바벨론의 메시
아로 기술했다.

✦ 헬 라

하나님은 이스라엘의 심판(바벨론 포로 생활)과 구원(포로 생활에서
귀환)을 두 가지 기치를 세우며 이스라엘을 깨닫게 하십니다. 헬라
제국은 이스라엘을 지배하였으나 이들은 이스라엘 문화를 빼앗고 헬

라 문화를 이스라엘에게 심어주었다는 것이다. 영원한 헬라 제국의 통치를 위해 이스라엘의 문화가 약탈당한 것이다. 하나님의 나라의 문화까지 빼앗는 제국을 예쁘게 바라보지 않는다. 헬라 제국(그리스)은 마침내 인도까지 쳐들어가고 북아프리카를 쳐서 대제국을 만들려고 했으나 알렉산더 대왕은 풍토병인지 정확히 모르나 인도 아프리카 북부까지 점령하고 돌아오다가 기쁨에 취하고 술에 취해 32세로 생을 마감한다. 영원한 제국은 이 땅 위에 존재하지 않는다.

✦ 로마 제국의 고찰과 멸망

로마 제국은 기원전 27년~서기 476년까지 로마가 이스라엘을 통치했다. 서기 1세기에 이르러 유대인 인구가 700만이어서 로마 제국이 이스라엘을 지배할 때 인구적으로 중추적 역할 노릇이 되어 로마 이스라엘을 통치했지만 이스라엘의 종교성(하나님 섬기는 신앙)을 인정해 주며 헤롯왕을 세워 환심을 샀다. 그러나 이스라엘과 로마의 긴장으로 66년과 135년 사이에 몇 차례 전쟁이 일어나며 로마 리오 장군에 의해 예루살렘 성은 불타버린다.

그들은 로마 황제를 숭배함으로 성전세를 면하게 해준다는 정책을 들여왔다. 로마는 이스라엘에 북부 유대지역 중간 사마리아 이두메나 지역이 유대의 속주가 된다. 폭력의 지배자인 로마는 313년에 콘스탄티누스와 리키나우스는 기독교를 공식적으로 인정을 해주는 밀라노칙령을 발표했다. 이들은 이스라엘을 폭력정치에서 기독교 신앙을 인정해 주며 지배해 왔다. 그러나 로마 제국의 기독교 인정보다 가톨릭교에 순응하는 크리스트교 지배를 일삼아왔다. 이스라엘이 고통당했지만 크리스트교는 로마 제국(가톨릭)에게 538년에서 1799년까지 1,260일 계시록 예언 1260년을 지배 당해왔다. 로마가 이스라엘을 지배할 때 이슬람 세력이 커지자 로마 이슬람의 전쟁으로 팔레스타인 땅은 로마의 지배에서 이슬람의 지배로 돌아가나 이스라엘은 로마의 식민지로부터 1900년의 나라를 잃은 디아스포라로 살다 1948년 영국의 도움으로 현 이스라엘이 세워졌다. 로마라는 대제국이 영원하지 않은 대목을 보여준다.

로마의 폭압 정치와 전세계를 공포로 떨게 한 로마는 바벨론 금신상의 철의 두 다리 시대를 마감하게 된다. 프랑스 혁명이 일어나 프랑스의 디도 장군이 로마 교황을 유배시키고 끌어내림으로 현 기독교(크리스트교)는 교황의 지배에서 벗어났으니 성경과 5대 제국은 영원한 제국은 없다는 것을 볼 수 있다. 또한 하나님은 제국을 원치 않으시며 땅의 경계를 넘어 이웃 나라를 침략해서 폭력을 행사하며 문화를 바꿔놓고 순수혈통을 혼혈혈통으로 과다한 세금 징수를 통해 고통의 멍에를 주는 것은 원하지 않으신다.

성경과 5대 제국을 통해 하나님의 신정 정치를 따르지 않는 이스라엘은 망하며 인본 정치가 폭력과 문화 찬탈, 우상 숭배, 가혹한 세금 징수, 강제 이주 정책, 혼혈 정치 생산의 참상을 하나님께서 보여주시며 하나님의 신정 정치 속에 살아갈 것을 주문하고 계십니다.

3. 새 예루살렘

예루살렘의 예루는 터, 기초 살렘(shalem)과의 합성어이고 살렘은 평화, 평강이라는 뜻이며 shalom이라는 어근에서 나왔다. 따라서 예루살렘이란 평화의 터, 평화의 도시. 평화의 마을로 이해할 수 있다.

예루살렘은 이스라엘 민족의 마음의 고향으로 생각한다. 바벨론 포로 시절에 다니엘도 예루살렘을 향하여 하루에 세 번씩 기도했다. 예루살렘은 영적으로 '천국'을 뜻한다. 평화의 마을이 예루살렘이며 천국 또한 평화로운 곳이다. 죄가 없기에 평화가 있고 근심, 걱정, 고통, 괴로움, 질고, 낙심, 분노가 없어 평화를 상징하기에 예루살렘은 영적으로는 천국을 뜻하고 이스라엘 민족에게는 마음의 고향이며 지리적으로는 이스라엘의 수도이다.

예수님은 어린 시절 갈릴리 나사렛에서 태어나셨고 갈릴리에서 사역하시고 주로 예루살렘에서 복음을 전하시며 예루살렘 성전을 찾아가 유대인들에게 복음을 전하셨다.

(행 1:8) 예수님은 복음을 전하라 하시면서 예루살렘과 온 유다와 사마리아 땅끝까지 전하라 전도 명령을 하였다. 예루살렘에 관한 성경 구절은 무수히 기록되어 있다. 이스라엘의 수도, 이스라엘 민족의 고향, 영적 천국, 위에 있는 예루살렘은 우리의 어머니, 새 예루살렘 등 표현이 다양하다.

예루살렘이 가지고 있는 의미를 잘 알고 전해야 합니다. 예수님 오시기 전 예루살렘은 평화의 마을이란 뜻이요 솔로몬은 예루살렘에 성전을 지었다. 예루살렘 성전을 잠시 뒤로 하고 예루살렘에 대한 일화를 두 가지 보도록 합시다.

예루살렘 성전에서 있었던 일입니다. 예수께서 성전마당에서 양과 비둘기를 파는 자들에게 노하시며 말씀하시길 하나님의 성전을 장사치 강도의 소굴로 삼으려 하느냐? 라고 책망하십니다. 여기서 깊은 뜻을 발견해야 합니다. 소나 양, 비둘기를 잡아 제사를 지내는 시대는 끝났음을 선언하나 양이나 비둘기를 파는 장사치들이 알 리가 없습니다.

율법은 모세로부터 지만 예수께서 오심으로 율법은 완성되었고 정리되는 것입니다. 하나님의 성전을 더 이상 장사치 강도의 굴혈로 만들지 마라. 율법이 완성되고 예수의 복음을 들어야 하는 시대가 왔다.

이스라엘의 마지막 선지자 세례요한을 만나 봅시다.

(요 1:26-28)"나는 물로 세례를 베풀거니와 너희 가운데 너희가 알지 못하는 한사람이 섰으니 곧 내 뒤에 오시는 그이라 나는 그의 신발 끈을 풀기도 감당하지 못하겠노라 하더라 이 일은 요한이 세례를 베풀던 곳 요단강 건너편 베다니에서 일어난 일이라."

예루살렘의 지형을 잠시 살펴보도록 합시다. 예루살렘은 이스라엘 자국법상 수도로 중부 유대 평야 남단에 위치하며 위치는 이스라엘 남동부 경위도는 동경 34.7, 북위 32.04 지중해로부터 52km,

사해 북쪽으로 22km 떨어진 곳에 있으며 해발 800m로(우리나라 한라산 1,947m 비교) 유다 구릉지가 복판에 자리 잡고 있다. 북쪽의 사마리아 지방과 남쪽의 헤브론을 연결하는 간선 도로와 동쪽으로 요단 계곡의 여리고와 서쪽 지중해안의 욥바 가이사랴를 연결하는 간선도로가 있다. 교통의 요충지이며 전략적 거점 도시이다.

시편의 한구절을 소개합니다. 산들이 예루살렘을 두름과 같이 여호와께서 그이 백성을 지금부터 영원까지 두르기 보다는 말씀같이 예루살렘은 높은 산들에 의해 둘러 쌓여있다. (시 125:2)

예루살렘 동쪽에는 해발 830m의 감람산이 남북으로 자리 잡고 있고 예루살렘으로 진입하는 길에는 3개의 골짜기가 있어 적을 차단하는 풍수지리적 위치에 있다.
1) 예루살렘 성과 감람산 사이의 기드론 골짜기
2) 기드론 골짜기와 만나는 힌놈의 골짜기
3) 예루살렘 성의 남북으로 길게 뻗어 있는티로포에온
   (tyropoeon) 골짜기

예루살렘은 외적을 방어하는데 유리하다. 그러나 3면(동서남)은 산지였으나 북쪽은 뚫려있다. 예루살렘의 기후는 지중해성 기후로 아열대성 지대이다. 1월 평균 기온은 5-12도 8월의 평균 기온은 19-28도 예루살렘의 비 내리는 시기는 9월-4월 강수량은 500mm이다
(창 22:2) 모리아 땅은 지극히 높으신 하나님의 제사장 멜기세덱이

다스리는 지역으로 추정된다. (창 14:18) 이곳은 여호수아가 가나안 땅에 들어가기 전 여부스 족속의 아도니아 세력이 다스리고 있었다. 예루살렘을 차지하기 위한 전쟁은 다윗왕 때 다시 시작되었다. 다윗은 정치적, 종교적, 문화적 중심지로 예루살렘을 지목했다. 다윗은 예루살렘에 사는 여부스를 포위하고 공격했다. 여부스 사람들은 자신들의 성이 침공할 수 없을 만큼 튼튼하다고 생각하여 다윗을 조롱했지만, 결국 다윗에 의해 점령당했다. (삼하 5:6-8)

다윗성은 히브리 말로 이르 다비드(Ir David 다윗의 도시)라 이르는데 예루살렘뿐 아니라 다윗의 고향으로 다윗이 기름 부음을 받았던 베들레헴도 '다윗성' 혹은 '다윗의 동네'라고 불린다. 다윗은 영적인 사람이라 목동 군인 행정가 정치적 시인이며 시내산 계약 → 나는 너희 하나님이 되고 너희는 내 백성이 되라는 계약이 체결된 곳(시 76:2) 하나님의 장막과 처소를 살렘과 시온에 두셨다.

여부스의 성 곧 예루살렘을 완전히 정복한 다윗은 이곳의 이름을 '다윗성'으로 바꾸고 밀로의 성벽을 개수하여 방비를 강화하고, 이곳에 언약궤를 안치시켰다. (삼하 5:9,11, 6:12-15) 예루살렘 성전에 있던 여부스 족속은 다윗에 의해 무너졌다. (삼하 5:6-8) 그 후 다윗은 왕국을 세우고(삼하 5:9) 바알레유다(기럇 여아림)에 있던 하나님의 법궤를 다윗성으로 가져왔다.

북쪽 요르단 타작마당에 성막과 언약궤를 안치시킴으로(삼하 5:11) 예루살렘이 그 왕국 종교 중심지가 되었다. (삼하 5:5-6, 6:1-15,

4:8-9, 18:25, 대상 22:1, 대하 3:1) 왕궁의 다윗이 성전을 지으려 했으나 다윗은 전쟁에서 피를 많이 흘려 성전을 짓지 말라고 하나님께서 말씀하셨다. 성전은 솔로몬이 지었다.

✦ 예루살렘 입성

나귀 새끼 타고 오신 예수님
"예루살렘아 예루살렘아 암탉이 병아리를 모으려 하던 일이
몇 번이더냐."(마 23:37)
예루살렘: 옛 명칭 여부스. (삿 19:10-11)
별명 오홀리바. (겔 23:4)
히브리어 ,예루살라임, 아람어, 알쿠드스, 문화어,
꾸드스.
예루살렘은 유대교, 이슬람교, 기독교 역사에서
빼놓을 수 없는 성지이자 민족의 중심지이다. 유대
인들이 성지로 여기는 '통곡의 벽'은 유대인들이
3,000년 전 솔로몬왕이 건립한 제1성전과 이후 들
어선 제2성전이 있었던 곳이라 믿고 있다. 이곳은 유
대인들에게 정신적인 구심점이자 종교적인 심장에 해
당한다.

예루살렘은 다윗의 비전대로 여호와의 신앙 중심지가 되고 솔로몬의 죽음으로 이스라엘 통일 왕국은 북이스라엘과 남유다로 분열

하였다. 예루살렘은 축소된 남유다의 수도로 400년간 존재했고 이스라엘은 이집트 앗수르(이스라엘 북쪽에 있는 나라) 바벨론의 잦은 공격에 쌓여 주전 722년 앗수르 북이스라엘은 함락하고 사마리아를 파괴하였다. 사마리아의 멸망과 이스라엘의 많은 사람들은 유다로 피신하였고 다윗성 서쪽에 많이 거주하였다. 남유다의 성읍들 앗수르 산헤립의 공격에도 안전하였으나 주전 586년(3차 침공) 예루살렘은 바벨론에 의하여 함락되었다. 성전은 파괴되고 도시는 불살라졌다. (왕하 25:8-9)

주전 6세기 말 페르시아 고레스 왕은 (고레스는 '태양, 보좌'라는 뜻. 비록 이방인 왕이었지만 이스라엘 백성의 연단을 끝마치기 위하여 그를 택하시고 사용하게 하셨다. 스 1:2) 포로 귀환뿐만이 아니라, 성전 건축까지도 다 허락하게 하셨다고 말씀한다.

이사야 선지자는 고레스에 대해 "그는 나의 목자라 나의 모든 기쁨을 성취하리라."라고 했다. 여호와 하나님은 기름 부음 받은 고레스의 오른손을 잡고 성전 재건뿐 아니라 예루살렘 성전 재건을 이루실 것이다. (사 45:1-13, 44:28)

BC 538년 그가 바벨론 제국을 무너뜨리고 페르시아를 건국하던 원년에 제국 안에 포로로 끌려와 사는 식민지 출신의 포로들을 고국으로 돌아가게 하여 자신들 고유의 종교와 문화를 지킬 수 있게 허용하면서 경제적으로 번영케 하여 세금을 거둬들여 제국 전체의 경제를 일으키는 전략을 활용하였다.

페르시아의 그런 정책으로 바벨론으로 잡혀 와서 노예로 살던 이

스라엘 백성들이 해방되었다. 시온으로 귀환한 유대인은 예루살렘
에 거주하다 바벨론에 돌아온 스룹바벨 귀환자들의 많은 반대에도
주전 516년 2차 성전 스룹바벨 성전을 건축하였다. (슥 6:13-15)

정리: 이스라엘이 앗수르에게 멸망당하고 이후 유다가 바벨론
에게 멸망당한다. 바벨론은 유다를 공격했고 많은 유다
사람들을 포로로 잡아간다. 각각 1차 침공, 2차 침공,
3차 침공이라 부른다. 3차 침공 때 유다가 완전히 함락
당한다.

유다 사람들은 포로 생활을 했다. 70년은 하나님 약속의 시간이
었다. 이후 포로로 잡혀갔던 사람들이 고향인 가나안 땅으로 돌아
올 수 있는 길이 열린다. 유다를 침공했던 바벨론은 바사(페르시아)
라는 나라에 의해서 점령당한다. 그리고

바사의 왕은 유다 사람들이 고국으로 돌아갈 수 있도록 허락을
해준다. 침공이 3번에 걸쳐서 있었던 것처럼 포로로 잡혀갔던 사람
들도 크게 3번에 걸쳐서 돌아간다. 이것을 통틀어 포로귀환이라고
부르고 1차 포로귀환, 2차 포로귀환, 3차 포로귀환이라고 부른다.
성경에서 '에스라'는 1차와 2차 포로귀환을, '느헤미야'는 3차 포로
귀환을 이야기하고 있다.

✦ 1차 포로귀환

처음 바사에서 이스라엘 땅으로 돌아온 사람들은 스룹바벨 이라는 사람 지도 아래 돌아온다. 이 사람은 다윗 왕가의 혈통이다. 돌아와서 예루살렘에 있던 성전을 다시 건축한다.

✦ 2차 포로귀환

두 번째 귀환은 에스라가 이스라엘 땅으로 돌아오면서 이루어진다. 성전은 1차 포로귀환 때 지었으니 이제는 율법을 회복하려고 노력한다. 안식일을 지키고 초막절, 유월절을 지키는 등 여러가지 노력을 한다. 에스라는 제사장 가문의 사람이기도 하고 율법을 열심히 연구한 율법학자였다.

✦ 3차 포로귀환

마지막으로 세 번째 귀환은 느헤미야가 주도한다. 느헤미야는 아닥사스다 왕 20년(주전 444년 느 1:1, 2:1)에 이스라엘 땅으로 돌아와서 성벽을 다시 짓는다. 헬라 시대 그리스의 문화와 정치제도가 예루살렘에 소개되었다.

✦ 새 예루살렘으로 방향 전환

육적 예루살렘은 이스라엘 역사의 중앙무대에 자리 잡았다. 이스라엘 역사나 성경에서 이스라엘(정치적 나라), 예루살렘은 평화의 마을이란 뜻을 가지고 있다. 예루살렘은 이스라엘 역사의 허브(중심지)로 자리매김 하면서 다윗왕 때 견고히 굳혔다. 예루살렘은 시온 산(이스라엘)에 위치를 두고, 시온(요새라 불리는 구릉지)을 통합하여 평화로운 마을 예루살렘이 요새로 자리 잡았다. 예루살렘은 종교적으로 예루살렘 성전이 세워졌다. 아브라함이 이삭을 받쳤던 곳에 솔로몬이 성전을 세웠다고 한다. 예루살렘은 종교적 중심지요 메카이다. 지형적으로도 안식처요, 요새로 산이 병풍처럼 둘러싸여 적이 침범할 수 없는 평화로운 곳으로 이스라엘 중심지 곧 메카로 자리 잡고 있다.

1) 이스라엘: 이스라엘은 육적 이스라엘과 영적 이스라엘로
   구분 지어 바라보는 성서적 영안이 열려야 한다. 믿음의
   조상 아브라함의 손자 이삭의 아들 야곱이 큰 축복을 받아서
   형 에서를 제치고 장자권(장자의 명분)을 쟁취한 인물이다.

야곱의 출생을 보도록 하자

이삭의 아내 리브가(Rebecca)라는 이름은 그물 끈이라는 뜻이며 리브가는 순결하고 지혜로운 여인으로 부지런하고 결단성 있는 여인상이다. (창 25:21-26) 이삭이 그의 아내가 임신하지 못하므로 그를 위하여 여호와에게 간구하매 여호와께서 그의 간구를 들으셨으

므로 그의 아내 리브가가 임신하였더니 그 아들들(복수)이 그의 태 속에서 싸우니라 리브가가 해산하니 에서와 야곱을 출산하게 된다.

아브라함(믿음의 조상) ─이삭(약속의 자녀)─ 야곱으로 이루어지는데 야곱은 형 에서를 물리치고 큰 민족을 이룬다. 야곱에게서 12 아들을 출생해 12 지파가 출현하고 야곱은 이름을 이스라엘이라 부르게 된다. 아브라함의 손자 야곱의 이름 이스라엘이 오늘날 이스라엘 지명이 되었다. 이스라엘 역사를 살펴보면 사람 이름이 지명으로 쓰이게 됨을 알 수 있다.

2) 유다가 유대로 표현되기도 한다.

유다가 음차로 변환해서 유대로 표기한다.

다시 이스라엘 역사 현장으로 가자.

유다는 아버지 야곱의 4번째 아들이다. 야곱의 아내 레아가 르우벤, 시므온, 레위, 유다 즉 네 번째 아들이다

유다는 어떤 인물인가?

Judah: 찬양, 감사, 신앙하다는 뜻. 레아에게서 태어난 야곱의 넷째 아들로 형제들이 시기하여 죽이려고 한 동생 요셉의 목숨을 구했고(창 37:26-28) 가나안 땅에 기근이 들어 양식을 구하고자 애굽 땅으로 내려갈 때에 형제들 가운데서 지도력을 발휘하기도 했다. (창 43:3-5 44:33-34)

형제들이 요셉을 시기하여 죽이려 했지만 (창 37:27) 이삭의 첩에게 난 서자 이스마엘 사람들에게 팔고, 손을 대지 말자고 한 장본인으로 유다 덕분에 요셉은 애굽으로 팔려갔다. (죽음을 건지게 함)

유다는 어떤 축복을 받았을까? 첫 번째 이야기

(창 49:8) 유다야 너는 네 형제 중에 찬송이 될지라. 네 손이 네 원수의 목을 잡을 것이요. 네 아버지의 아들들이 네 앞에서 절하리로다.

유다-유다 지파-유다 왕국(남유다)으로 이어진다. 야곱의 열두 아들이 있지만 상속은 유다에게(11형제가 절하리라 섬기게 된다)로 이어진다. 유다 나라가 세워지며 다윗도 유다 지파의 혈통이요 예수님도 육신적 혈통으로 이어진다. 이스라엘 유다 예루살렘을 잘 알아야 훌륭한 목회를 할 수 있다.

유다의 축복 두 번째 이야기

(창 49:10) 규(홀)가 유다를 떠나지 아니하며 통치자의 지팡이가 그 발 사이에서 떠나지 아니하시기를 메시아가 오시기까지 이르리니. 그에게 모든 백성이 복종하리라.

유다가 유다 나라가 된다. 그리고 이스라엘은 북이스라엘과 남유다로 갈라지는데 나중에는 유대 나라만 남게 된다. 북이스라엘은 앗수르에게 나라를 잃게 되고 유다 나라가 남는다. 예수님 당시 유다(유대 나라)는 로마 속국이 되었다.

이스라엘(아브라함 믿음의 조상의 후손이 섬기는 나라) 하나님 백성의 원조 나라 이름 이스라엘. 지금 현재에도 이스라엘 국호가 이스라엘이다. 그러나 이스라엘 역사가 분열할 당시 이스라엘은 북이스라엘과 남유다로 갈라지고 예수님은 남유다 나라 당시에 로마의 속국 유대 나라에서 태어났으며 유대 나라, 예루살렘은 현재 지명으로 팔레스타인에 속해 있다

이스라엘은 분열되어 북이스라엘과 남유다로 나라가 쪼개지나 유

다 나라마저 로마에게 나라를 뺏기게 된다. 그런 시국에 예수께서 유대 나라(유다) 베들레헴(떡고을)에서 탄생하셨고 갈릴리 나사렛 동네에서 자라 나셨다.

예루살렘은 무슨 뜻인가?

예루살렘은 평화의 마을이란 뜻을 가지고 있다. 유대인들은 만나면 인사가 샬롬(히브리어로 평화, 평강, 평안을 의미)이다. 예루살렘은 이스라엘의 요새이고 수도이다. 예루살렘은 다윗성이라고 부른다.

잠깐만…….

성경을 바로 알자.

찬양곡 저 멀리 뵈는 나의 시온성. 오 거룩한 곳 아버지 집(순례자의 노래) 찬송가 시온의 영광이 빛나는 아침(찬송가 550장) 시온성과 같은 교회(찬송가 210장)에서 나오는 시온은 예루살렘 남서쪽에 자리 잡은 해발 765m의 산으로 '시온 산'(Mount Zion)으로 불린다. 이름의 유래는 요새라는 뜻의 히브리어인데 산에 성벽을 쌓고 요새화한 것에서 유래됐다.

처음에는 그저 산 이름이었지만 나중에는 예루살렘 전체를 가리키는 시적인 말로 확장되었으며, 이스라엘 전체를 가리키기도 한다. 구약성경의 '시온'이라는 단어는 하나님의 통치가 구현된 세상을 뜻하는 비유적 표현으로 해석한다.

시온(Zion)은 요새란 뜻으로 지명으로 보면 예루살렘 남동 쪽에 자리 잡은 邱陵(구릉) 큰 언덕이 있는 곳이다. 이 곳을 다윗이 빼앗으니 이는 다윗성이더라……. 다윗이 그 산성에 거하여 다윗성이라 이름하고 밀로에서부터 안으로 성을 둘러 쌓으니라 만군의 하나님 여호와께서 함께 계시니 다윗이 점점 강성하여 가니라. (삼하 5:7-10)

다윗이 이곳을 수도로 삼고 법궤를 이곳으로 옮겨 정치적, 종교적인 중심지로 삼았다. 후에 다윗의 아들인 솔로몬이 야훼의 성전과 거대한 궁전을 건설하여 유대 민족의 생활과 신앙의 중심지로서 번영하였다.

그 후 시온은 예루살렘뿐 아니라 전 이스라엘을 상징하는 것이 되었고, 신양성서에서는 시온을 하늘에 계신 하나님의 도성의상징적인 용어로 사용되었다. (히브리서 12:22)

즉 예루살렘과 같은 시온이며 우리가 하나님의 나라가 이루어질 때 새 예루살렘에서 하고 앞으로 이루어질 꿈의 나라 천국

(새 하늘과 새 땅)이 새 예루살렘이다. 시온은 또한 예루살렘에 속하는 땅 시온이며 성서는 말할 때 거룩한 자의 시온이다 라고 표기했다.

✦ 시온에 대해 바로 알자

[논증1] (1)과 (2) 시온의 상징이다.

(사 60:14) 너를 괴롭히던 자의 자손이 몸을 굽혀 네게 나아오며 너를 멸시하던 모든 자가 네 발 아래 엎드려 너를 일컬어

1) 여호와의 성읍이라,

2) 이스라엘의 거룩한 이의 시온이라 하였더라.

옷으로 그 근심을 대신하시고 그들이 의의 나무 곧 여호와께서

[논증 2]

(사 61:3) 무릇 시온에서 슬퍼하는 자에게 화관을 주어 그 재를 대신하며 기쁨의 기름으로 그 슬픔을 대신하며 찬송의 심으신 그 영광을 나타낼 자라 일컬음을 받게 하려 하심이라.

요새(시온의 축복)는 시온이다. 무풍지대 재앙이 틈타지 않는 곳, 안전한 곳 시온, 거룩한 이들이 사는 곳. 그래서 우리는 시온성에 살고 싶어. 저! 멀리 뵈는 나의 시온성. 오 거룩한 곳 아버지 집. (요새)

(피난처) 날마다 고달픈 이 세상을 떠나 요새(안식처)인 하늘나라에 가고 싶어서 찬송한다.

예루살렘을 작은 표현의 뜻으로 풀이하면 시온이다. 다윗이 시온을 점령하고 다윗성이라 하더라. 시온. (예루살렘 남동쪽에 있는 구릉지)

이스라엘 유다 예루살렘(부록 시온)까지의 뜻을 잘 해독해서 이해되실 줄 압니다. 육적 예루살렘은 이스라엘의 수도입니다. 지명은 오늘날 팔레스타인 지역 땅입니다. 예루살렘은 예루살렘 성전이 있습니다. 예루살렘 성전은 솔로몬 왕이 세웠습니다. 다윗은 수많은 땅을 빼앗고 나라를 확장했습니다. 그러나 성전만은 짓지 못하게 하나님께서 허락하지 않았습니다.

다윗! 너는 전쟁터에서 피를 너무 흘려서 성전을 세울 수 없다고 허락하지 않았다는 것을 예수 믿는 신앙인은 알아야 합니다.

예루살렘은 예루살렘에 성전이 있고 예수님도 예루살렘 성전에

자주 가셨습니다. 예수님의 사역지는 갈릴리 호수 주변으로 예루살렘 사마리아 여인을 만난 곳이 사역지입니다. 예루살렘이 이스라엘 수도요 하나님 백성들의 요새는 시온입니다.

예수께서 이런 말씀을 하십니다.

(마 23:37-39) 예루살렘아! 예루살렘아! 선지자들을 죽이고 네게 파송된 자들을 돌로 치는 자여. 암탉이 그 새끼를 날개 아래 모음 같이 내가 네 자녀를 모으려 한 일이 몇 번이더냐. 그러나 너희가 원하지 아니하였도다. 파송된 자를 돌로 치는 자여 하시며 안타까워하십니다. 예수님도 돌로 칠까 하다가 아예 십자가에 못 박아 돌아가셨으며 옆구리에 창을 쑤셨으니 이는 죽었는지 확인사살이라 이렇게 예루살렘을 지극히 사랑하셨습니다.

이런 예루살렘 이제는 필요 없다. 내가 헐어버린다. (막 13:1-4) 예수께서 이르시되 네가 이 큰 건물들을 보느냐. 돌 하나도 돌 위에 남지 않고 무너뜨려 지리라 하시니라. 46년 동안 지은 성전을 무너뜨리고 3일 만에 예루살렘 성전을 세운다.

"저 예수 미쳤구만." 신성모독이다, 라고 바리새인 사두개인 서기관들이 분노합니다.

여기서부터 새 예루살렘이 시작되고 땅의 예루살렘은 막을 내립니다. 46년 동안 지은 성전에서 제사를 드리는 때는 끝나고 이제 나 예수가 길이요, 진리요, 생명이니 나를 통해야만 아버지에게 간다.

예수는 진리입니다. 믿습니까? 진리는 하나님 말씀이며 진리는 길입니다. 진리의 성읍(진리로만 사는 곳이 예루살렘입니다)이 예루살렘입니다.

4. 땅끝까지 전도하라

(본문 사도행전 1:8)

오직 성령이 너희에게 임하시면 너희가 권능을 받고 예루살렘과 온 유대와 사마리아와 땅끝까지 이르러 내 증인이 되리라 하시니라.

신약에는 예수 그리스도를 믿음으로 죄 사함과 구원을 얻는다는 뜻을 담아 복음을 전합니다. 사도행전 1장 8절에 나타난 전도의 대상지가 예루살렘과 유대 사마리아 땅끝으로 동원하여 말씀을 전하고 있습니다. 이 성경에 나타난 지역명을 잘 해독 (澥読, decoding)해야 예수님께서 말씀하신 그 당시 복음 대상자가 왜 예루살렘 유대 사마리아 땅끝까지를 전도 대상지로 정했을까 궁금증을 풀 수 있을 것이라는 생각이 듭니다.

구약은 율법으로 하나님의 나라를 소개하며 하나님 백성을 다스립니다. 엄격하게 율례와 율법을 동원하여 하나님의 백성을 올바르게 양육시킴으로 하나님을 마음과 뜻과 정성을 다하여 섬기도록 프로그램을 짜서 다스립니다.

복음(福音)은 예수님의 가르침 또는 인간 구원의 길이란 뜻으로 천국 복음이라고 합니다.

복음은 율법이 아니라 "그리스도의 사랑을 토대로 하는 천국복음이다." 하고 있음을 내포하는 단어인 것입니다.

천국 복음은 세례요한을 통해서 천국 복음을 전할 자가 누구인가를 세상에 선포합니다.

"회개하라 천국이 가까이 왔다 나 세례요한은 구약의 마지막 선지자로 구약의 장을 막 내리고 내 뒤에 오시는 이 하나님의

독생자 예수가 오신다."

내가 세례를 베풀 때 하늘이 열리며 성령의 비둘기가 임할 때 그가 복음을 전할 하나님의 아들 예수니라. 예수님은 세상에 오셔서 말씀하신다. 요한복음 14장 6절을 보면 "나는 길이요,진리요, 생명이니 나로 말미암지(because of) 않고는 아무도 아버지께로 올 자가 없느니라." 이 말씀을 세상에 선포하며 성경은 읽어서 구원을 얻는 게 아니고, 성경은 예수님을 증거 하는 것이다.

마태복음 5장 17절 예수님께서 이 땅에 오신 목적은 율법을 폐하러 오신 것이 아니라 완전하게 하려 함이니 라고 말씀하신다. 그러므로 예수님은 구약에 이르신 하나님 말씀을 완성하러 오신 분이다. 모세의 율법은 여기까지이니라.

요한복음 13장 34절에 "새 계명을 너희에게 주노니. 서로 사랑하라. 내가 너희를 사랑한 것 같이 너희도 서로 사랑하라."

God is Love 하나님은 사랑이라.

이제 율법으로 구원을 받는 게 아니라 새 계명을 지켜라. 그리하면 구원에 이른다. 이제 천국으로 가는 통로는 율법에서 새 계명으로 바뀌었다. 그러나 예수님 당시 유대인들 나라의 자손들은 무례하게 "나사렛 청년 예수가 무슨 하나님의 아들이냐? 너는 베들레헴 목수

의 아들이 아니냐? 네가 어찌 유대 나라 민족들이 그토록 기다리는 메시아냐? 네가 예수라 구원자라 메시아 하나님의 아들이냐? 신성 모독을 하는구나.” 라고 말하며 유대인들은 예수를 받아들이지 않았다.

내가 율법을 완성하고 화목제가 되어 아버지에게로 가리라. 제자들아 “네가 저기 보이는 예루살렘 성전을 보느냐?”

사십 육 년 동안에 지었던 이 성전을 헐라 내가 삼일 만에 일으키리라. (요 2:19-21) 자신의 몸에 새롭게 성전을 건축하면 삼 일 만에 새 예루살렘 성전이 되는 것을 ‘비유’로 말씀하신 것입니다. 땅에 있는 거짓된 현재의 예루살렘 성전을 모두 헐어버리라고 말씀하시며 “새 예루살렘 성전은 하나님으로부터 하늘에서 내려와 천하만국을 살리니, 새 하늘과 새 땅”인 것입니다.

새 예루살렘은 일곱 날의 진리로 만들어진 사람 성전이니 일곱 날의 진리란 창세기 6일 천지창조의 완성된 날입니다. 이렇게 성전이 완성된 자들이 ‘일곱 눈’이 열린 자요. 거듭난 자들이 성전을 건축한 자들이니 이들이 ‘새 예루살렘 성전’입니다.

(계시록 21:2) 내가 보매 거룩한 성 새 예루살렘이 하나님으로부터 하늘에서 내려오니 그 예비한 것이 신부가 남편을 위하여 단장한 것 같더라. 즉 현재의 예루살렘 성전으로는 구원이 임하지 않는다는 것입니다. 구원이 선택된 이스라엘 독점 구원에서 전 인류로 확대됨을 예수 그리스도를 통해 새로운 구원의 역사가 펼쳐지고 있음을 볼 수 있다.

예수께서 이제 제자들에게 이르시되 복음 전도는 예루살렘과 유대와 사마리아 땅끝까지 전도하라는 전도의 폭을 넓힐 것을 성서를 통해 알리고 있음을 알 수 있다.

다시 본문 사도행전 1장 8절을 집중해서 보십시오.

본문은 전도의 대상을 예루살렘과 유대 사마리아와 땅끝이라고 설정을 하였습니다. 복음 사역을 하시는 목회자들과 사역자들이 예루살렘, 유대, 사마리아, 땅끝까지의 지명을 잘 풀어주어야 귀한 성도들이 "아멘 아멘"으로 화답하며 은혜를 받을 것 같습니다.

본문은 예수님의 사역지가 담고 있는 숭고한 진리를 파헤쳐야 합니다. 예수께서 왜 사마리아와 땅끝을 지칭하셨을까요? 네 군데 지명을 구체적으로 살펴볼까요?

성서 전도론에 등장한 예루살렘은 예수께서 출생하신 예수님 당시 유대인들의 수도였습니다. 예수님의 복음 사역지는 갈릴리 지역과 예루살렘이었고 성서에도 자주 등장하는 중요한 지명입니다. 마가복음 23장 37절에 "예루살렘아 예루살렘아 선지자들을 죽이고 네게 파송된 자들을 돌로 치는 자여. 암탉이 그 새끼를 날개 아래에 모음같이 내가 네 자녀를 모으려 한 일이 몇 번이더냐. 그러나 너희가 원하지 아니하였도다."

예수님이 이런 말씀을 하신 이유는 무엇일까요?

이제 천국 복음을 들고 하나님의 나라가 이루어지니 구원을 받으라는 message입니다.

또 예루살렘은 유월절 행사가 열리면 인근 각처에 흩어진 디아스

포라 유대민족이 예루살렘에 집결됩니다. 예루살렘은 진리의 성읍입니다. (슥 8:23)

예수께서 어린 시절에도 예루살렘 성전에 올라가셔서 제사장들과 말씀을 나누었고, 30세 사역 시절엔 예루살렘에 올라가시다가 성전 앞마당에서 비둘기나 양을 파는 자들을 내어 쫓으시며 "여기 거룩한 하나님의 성전을 강도의 굴혈을 만들었도다."(눅 19:45-46) 하시고 지팡이를 내리치시며 유월절 장사치들을 혼내시곤 합니다. 예루살렘은 하나님의 진리를 전하는 곳으로 해석하면 됩니다.

또 다른 예루살렘에 대한 성경 구절의 예화는 예수님이 승천하시고 제자들도 예루살렘에 가셔서 복음 사역을 한 장면이 나옵니다.

사도행전 3장 1절-10절을 요약하면 예루살렘 성문 앞 미문에 앉아 다리를 못 쓰는 불구자 앉은뱅이를 만납니다. 제자들이 복음을 전합니다. 사도행전 3장 6절 베드로가 이르되 "은과 금은 내게 없거니와 내게 있는 이것을 네게 주노니 나사렛 예수 그리스도의 이름으로 일어나 걸으라." 하고 명하였습니다.

여러분! 복음 사역이란 바로 이러한 것입니다.

불구자인 장애인에게 몇 푼 줘봐야 잠시 갈증을 해소할 수는 있을 뿐입니다. 그러나 하나님의 사역인 만유를 치유하시는 하나님의 능력은 "일어나 걸어라."라는 선천성 앉은뱅이가 완치되며 기적같은 일들이 일어나는 행복을 체험하게 해주는 사역입니다.

절망 속에 살 수밖에 없는 체념한 인생이 예수님을 만남으로 곧 복음을 영접하면 치유의 사역이 예수님 안에서 가능하다. 그렇습니다. 이렇게 예수님과 제자들이 예루살렘에서 복음사역을 시작했음을 알 수 있습니다.

그 다음으로 나오는 지명인 유대와 세 번째 사마리아 네 번째 땅끝까지 복음을 전하되 반드시 너희가 증인이 되어라 는 중요 단어가 등장합니다. 증인이 무엇입니까? 법정 진술에서 그 당시 일어났던 목격된 일을 입으로 진술하는 자가 증인입니다. 갈릴리 나사렛 청년 예수는 죽은 나사로를 살리셨다. 그는 말하길 "나사로가 죽은 게 아니다. 잠자고 있다"라는 표현은 신묘막측(神妙莫測)한 단어입니다. 잠자는 자를 툭 쳐봐라 그가 일어나리라 이와 같이 예수는 죽은 자를 살리십니다.

두 번째 등장한 유대에 관하여 말씀을 풀어드리겠습니다. 예수님 당시 유대 나라는 로마의 속국이었습니다. 유대 나라의 왕은 헤롯이었습니다. 복음서에 유대라는 말이 자주 등장합니다. 마태복음 24장 15절-16절 말씀 "너희가 선지자 다니엘이 말한바 멸망의 가증한 것이 거룩한 곳에 선 것을 보거든 읽는 자는 깨달을진저 그때 유대에 있는 자들은 산으로 도망할지어다."라고 예수님께서 말씀하십니다.

이 말씀을 살펴보면 유대는 예수님 당시 유대 나라 유대 땅을 가리킵니다. 당시의 유대인은 말세의 그리스도인을 가리키는 것이고 멸망의 가증한 것은 하나님의 백성을 괴롭히며 율례와 율법을 마음대로 못지키게 하고, 그들이 결국은 유대 나라 이스라엘의 안식일인 토요일을 패합니다. 이러한 암담한 역사가 어디 있습니까! 나라를 잃게 되어 로마 카톨릭이 지배하여 하나님의 넷째 계명인 안식일을 바꾸어 놓는 불한당(不汗党) 로마 제국 가톨릭이 멸망의 가증한 물건인 것입니다.

예수께서 이 물건이 거룩한 곳 예루살렘 (진리의 성읍) 유대에 있는 자들은 산으로 도망할지어다. 그 산은 하나님께서 함께 하시는 거룩한 산입니다.

미가 4장 1절-2절 말 일에 이르러는 여호와의 전의 산이 산들의 꼭대기에 굳게 서며 작은 산들 위에 뛰어나고 민족들이 그리로 몰려갈 것이라. 여호와의 말씀이 예루살렘에서부터 나올 것임이라. 가증한 물건이 전하는 거짓 복음에 빠지지 말라는 것입니다.

천국 복음은 예루살렘이나 유대에 나아가 복음을 전하고 그 후로 사마리아 그리고 땅끝까지 복음을 진리라고 하신 예수 그리스도의 지상 최대의 명령을 지키라는 것입니다.

성령의 귀가 할례받지 못한 자는 말하기를 문자 그대로 해석하여 예루살렘 유대 사마리아 땅끝까지 그들의 생각은 아무런 의미없이 지구촌 온땅에 복음을 전하라고만 생각하고 해석합니다. 그 성경 구절에 담긴 심오한 진리를 읽을 수 있는 영안이 열려서 읽어 깨닫기를 예수님의 이름으로 축복합니다.

유대는 가나안 지방의 남단을 부르는 고대의 지역명이며 과거 유다 왕국이 존재했던 가나안 지방을 말하며 이스라엘과 팔레스타인 요르단 일부 지방 유대 왕국을 지칭합니다. 유대는 히브리 민족인 야곱의 열두 아들 중 한 명인 유다 자손과 유다 지파의 이름이 지역명이 되고, 유다 왕국이 유대로 음차 번역되어 유다가 유대로 변하여 표기되었습니다. 예수님은 유다 족속 유다 지파의 자손입니다.

예루살렘과 유대 나라에서 복음을 주로 전파하며 사역했습니다. 제자들과 천국 복음을 전파하려면 먼저 두 번째 유대인 예루살렘에서 복음을 전파해라. 너희들의 땅 아브라함과 이삭과 야곱의 축복의 땅부터 복음을 전파해라. 그리고 복음의 터를 넓히되 이제 세 번째 사마리아로 복음을 전하러 떠나라고, 하신 사마리아로 가보도록 하겠습니다.

예수님이 태어난 유대 나라와 이웃하고 있는 사마리아는 팔레스타인 중앙부에 있었던 고대 이스라엘 왕국의 수도였고 기원전 887년에 이스라엘 왕 오므리가 건설하였고 나중에 헤롯 왕이 세바스티에로 이름을 고쳤고 보잘것없는 동네가 되었습니다. 유대 나라가 로마의 폭정에 시달리면 사마리아로 피신하기도 합니다. 유대인들은 사마리아 인을 선택된 하나님의 자녀가 아니라 하면서 상종하지 않습니다.예수님은 사역 당시 사마리아 인에게 복음을 전하십니다.

그 내용은 살펴봅시다.

우물가에서 물을 긷는 사마리아 여인을 만났고 사마리아 여인은 예수님께 흔쾌히 물을 떠서 예수님께 드렸고 예수님은 말씀 하셨습니다. 요한복음 4장 13절-14절에서 "이 우물물을 마시는 사람은 다시 목마를 것이요. 하지만 내가 주는 물을 마시는 사람은 영원히 목마르지 않을 것이요. 영생하도록 솟아나는 생명의 물이 될 것이요." 예수님도 생전에 사마리아 여인에게 천국 복음을 전하셨습니다. 이것이 사마리아에 대한 전도지 논증입니다.

두 번째 비유는 어떤 사람이 길을 가다가 강도를 만났습니다. 강도 만난 사람은 물건을 뺏기고 길가에 쓰러져 있었는데 피해자를 보고 유대의 거룩한 자인 레위인이 그냥 보고 지나가더라고 성경은 말하고 있습니다. 왜? 강도 만난 자를 불쌍히 여기지 않았을까요?

율법을 거룩히 지키는 제사장 족속 레위인이 그냥 지나갑니까? 부정해서 그럴까요?

성경의 의도는 이제 율법으로 거룩하다는 시대는 끝났다. 행위로 구원받는 게 아니고 믿음으로 구원받는다. 믿고 행하는 구원이 하나님께서 허락하신 구원이다. 의롭다 지칭하는 자들이여. 어찌하여 강도당한 자들의 이웃으로 살려하지 않느냐.

이제는 율법으로 사는 시대가 아니라 이웃사랑으로 사는 시대를 나 예수가 열리라. 너희는 서로 사랑하라 네 이웃을 네 몸같이 사랑하라, 이것이 새 계명이요. 천국 복음인 것입니다.

그래서 예수님은 강도당한 자 앞에 레위인을 등장시키시고 어떻게 행동하는가를 지켜보았습니다. 결국 그 레위인은 지나쳐 버렸고, 사마리아 사람은 강도당한 자를 치료하며 싸매며 주막으로 인도했습니다.

그 주막은 이면으로 보면 하나님의 성전이요, 교회입니다. 상처 받은 자를 싸매시며 치료하시며 위로받는 곳. 하나님의 성전을 주막으로 묘사했습니다.

이제 하늘의 지혜를 받아 영안이 열리어 하나님의 복음을 바르게 전하시길 주님의 이름으로 축복합니다. 두 번째 논증인 사마리아에 복음을 전하라 논증을 마쳤습니다. 사마리아에 복음을 전하라는 것은 유대민족 너희에게만 구원이 있는 게 아니라 예수께서 사마리아 우물가의 여인이나 강도 만난 자의 이웃 사마리아인을 비유로 말씀하시듯, 이제 복음은 유대인들의 전유물이 아니다. 구원은 이 땅의 모든 이에게 해당된다.

너희가 선택된 선민사상에 젖어 전에는 사마리아 사람을 개 보듯 했고 이방인이라 놀리고 상대하지 않았으나, 나 예수는 세리와 죄인들의 친구요. 구원의 대상이 예루살렘인 유대인뿐 아니라 사마리아인을 위시해서 세계 모든 이들이 복음 대상자임을 말해 주고 있다. 구원이 개방되었다. 이 땅의 모든 이에게로다. 그러니 사마리아에 복음을 전해라.

이제 네 번째 사역지인 땅끝까지 복음을 전해라 말씀을 전합니다.땅끝까지 복음이 전파되면 예수님의 복음 사역의 명령은 다 이룬 겁니다. 현재 복음 진행 과정을 보면 복음이 세계적으로 VISA를 내준 곳은 거의 다 들어가듯 예루살렘 유대 사마리아에 이어 땅끝까지 복음이 들어가는 중입니다.

참 신기한 것은 바울의 사역을 보면 로마가 마지막 전도역사입니다. 로마가 땅끝이다, 라는 학자들의 견해도 종종 있습니다. 베드로는 예루살렘과 유대를 중심으로 복음을 전하였고 바울은 에베소, 갈라디아, 고린도 등 예루살렘과 유대와 멀리 떨어진 이방세계로 나아가 복음을 전합니다.

성경은 말합니다. 흩어지면 전도하고 모이면 기도하라. 이 얼마나 멋진 말입니까? 흩어진다는 말을 해석해 보면 선교하러 예루살렘 유대뿐 아니라 어디든지 복음 들고 나아가라, 흩어져라, 한곳에 있

으면 전도가 되지 않는다. 땅끝까지 복음이 전파될 때 하나님 나라
가 이루어지는 것이다.

　유대인들은 그것을 가리켜 이스라엘의 회복되기는 언제까지입니
까? 묻기도 하였습니다. 그 날과 그 시는 아무도 모른다, 단지 그 시
기와 권한은 아버지의 고유권한에 맡겨 두셨고 징표를 보이리라. 나
라가 나라를 치며 지진이 일어나고 온역(전염병) 일어나고 기근으로
굶어 죽고 다발적으로 재앙과 고통이 임할 때 하나님의 나라가 이루
어진다고 표기 돼 있습니다.

　앞부분에서 살펴본 바울 사도의 복음 전함은 온갖 핍박과 괴롭힘
생명을 담보로 하는 복음 사역이었습니다. 그래서 복음은 생명을 담
보로 내놓지 않고 복음을 전한다는 것은 불가능한 것입니다. 그렇게
복음을 전하는 시기가 중세기까지였습니다.
　멸망의 가증한 물건이 들어서고 역사해서 마치기까지였습니다. 로
마가 패권자 되어 크리스천을 박해합니다, 이런 이유로 어떤 학자들
은 로마가 세상 끝이다. 라고 보기도 하며 사도바울이 결국 로마 법
정에 가서 서게 되었고 로마 감옥에서도 복음을 전하니 참 로마가
땅끝이라고도 합니다.
　예수께서 지상명령인 전도의 땅끝까지는 예루살렘 유대로부터 출
발하여 네가 닿는 곳 어느 곳이나 그곳이 땅끝이다. 지구를 몇 바퀴
돌던지 땅끝까지 복음을 전하라 하시니. 복음이 아프리카에 들어갔
으니 이제 끝은 아니다. 빠진 곳이 있다면 그곳을 찾아 떠나라.
　그곳이 땅끝이다.

말씀을 받아들이지 않는 곳, 대적의 무리가 가장 많이 사는 곳이 또한 복음 사역지 땅끝이다 생각하고 복음을 전하나 네가 살던 예루살렘 갈릴리는 전도하기가 가장 쉬운 곳이라 받아들이기 쉬울 것이다.

그러나 복음이 유대인들만이 대상이 아니오, 이방인까지니 범위는 넓고도 넓도다.

이제 복음은 믿지 않던 이방인 사마리아인 로마인에게 땅끝까지 전해라 이것이 하나님의 아들이신 예수께서 제자들에게 남기신 복음 전도 선교의 숙제다.

참으로 기이하다. 왜 예루살렘 유대 사마리아 땅끝까지였나 자세히 논증을 걸쳐 살펴보니 신기할 수밖에 없음을 발견하게 되었다. 모든 이들은 거의 다 문자 그대로 해석하나, 복음의 발자취와 논증을 걸쳐 파헤쳐보니 주님께서 말씀하신 비유의 말씀이 환하게 펼쳐보임이 어찌 감사하지 않으리오.

이제 자신있게 예루살렘 유대 사마리아 땅끝까지 기쁜 마음으로 천국 복음을 전하는 저와 여러분 되시길 예수 이름으로 축복합니다. 성서는 이스라엘 당시 유대 땅을 중심으로 표현되어 기록되었으며 그 당시 지역에서 나타난 전승이나 예증 논증을 통해 유추해 보면 참맛이 난다.

5. 다윗과 골리앗에서 삼위일체 발견

블레셋 사람 골리앗이 이스라엘에 4만 명 군대를 이끌고 쳐들어와서 엘라 골짜기에서 싸운다. (사무엘상 17장) "꼬마 이스라엘아 한바탕 하자"하며 40일간을 골려 먹는다. 이에 분노한 이스라엘의 진영에서 다윗이 나가 맞서 싸운다. 골리앗의 키 9.65척으로 292.5센티의 키를 가졌다.

✦ 삼위일체로 푸는 법(法)

블레셋의 골리앗과 다윗의 싸움은 전략을 세우신 이 성부 하나님이시다. 하나님의 경영으로 모든 일이 이루어진다. 사무엘상 17장에 나타난 다윗과 골리앗의 싸움은 하나님께서 함께 하시면 9.65척의 커다란 장수도 패한다. 야훼 하나님의 경영을 볼 수 있다. 다윗이 물멧돌을 체에 매달고 돌리다 날아간다, 이때 물멧돌은 성자 하나님이시다. 다윗이 말한다. "왕이여 나는 갑옷과 투구가 필요없나이다 내게 막대기 체와 물멧돌을 주소서." 이에 지혜를 내리신 이는 성령 하나님이시다.

이 사건과 관련된 이면 설교는 골리앗이 바벨론의 느부갓네살왕의 금신 상으로 보면 된다. 이때 예수(뜨인 돌)께서 날아가 금신 상을 박살낸다는 요한계시록으로 이어지며 요한계시록 12장 5절의 철장 권세를 가진 아이로 등장하는 예수그리스도이시다.

 영적이면 설교는 감칠 맛이 난다. 철장 권세 철로 된 쇠막대기 지팡이가 세상을 질그릇 깨듯 다 깬 후에 그리스도의 나라. 천년왕국을 이루신다.

 다니엘서는 바벨론의 왕, 느부갓네살왕의 꿈, 금 신상을 해석해야 말세에 누구를 만나야 구원을 받는다는 사실을 깨닫는다. 다윗과 골리앗에서 역사하시는 삼위 하나님 삼위 일체론을 증거합니다.

6. 갈멜산 전투

만유의 하나님!
오늘 저희에게 필요한 실탄을 주시옵소서

저 골리앗을 꺾을 수 있는 말씀의 실탄과 지혜 주시옵소서

이교도들의 거짓 복음과 한판 겨눌 때 주 여호와의 영이
임하여 참된 복음의 기치로 제압하게 하옵소서

하나님의 때를 사모하며 그날을 위해 갈고 닦은 영성 훈련이 빛을
발하여 골리앗의 목을 취하게 하옵소서

기독교 안에 파고든 낡은 세력들의 잔재를 털어 내게 하시고 우상
숭배의 세력을 다 태워 하나님 보시기에 심히 좋았더라
칭함을 얻게 하옵소서
저희는 외로이 갈멜산 전투를 준비 하나이다.

바알의 450인 신들과 싸울 때 여호와의 영이 임하여 번제물과 제
단과 고랑의 물을 다 태워 하나님의 살아계심을 만천하에 알리게
하옵소서
승전고를 울리며 여호와의 깃발이 갈멜산에 예찬교회 지붕에 펄

럭이게 하옵소서

갈멜산 전투에서 승리할 때 하늘 문이 열리며 새 예루살렘의
영광이 펼쳐지게 하옵소서

새 예루살렘! 새 예루살렘! 평생을 잊지 않을 이름이여

그 이름을 호산나 와 함께 두 손 들고 외치며 최후의 승리를
찬양하리다

주님 갈멜산 전투를 준비하게 하소서 주께서 진두지휘하소서
참된 복음이 승리의 깃발 되게 하소서

7. 노동의 연가

2022년 8월 19일 백병엽 장로
아름다운 삶이 있어 노동의 연가를 부릅니다

질 낮은 휴머니즘이 힘들게 해도 노동의
연가를 부르게 하소서

 그 무엇과도 바꿀 수 없는 노동의 연가는

냉소와 조소 그러지 마소 세 마리의 소를
잘 이끌며 견뎌냅니다

마치 바벨론의 다니엘처럼

노동의 연가를 아시나요?

노동의 연가 속에 알토란 같은 장로의
꿈이 익어갑니다

시 492편 시를 쓰다
765편 카카오 스토리 쓰다

8. 로마 정치 배경

로마에서 출생한 바울은 로마 시민권에 따르는 특전을 누렸다.

로마 시민은 태형을 면했다.

바울이 빌립보에서 매질을 당하고 나서(행 16:39) 예루살렘에서 매질 당할 위험에 처하자(행 22:25) 자신의 시민권을 내세워 항의했다.

AD 60년경 가을 베스도 총독이 바울을 유대 최고의 최고 의회에 넘겨주려 하자 바울은 로마 황제에게 상소했다. (행 25:6~12)

바울의 신앙과 바리새파의 바울은 율법을 구원의 방편으로 여겼다. 그리고 율법을 실현하는데 몰두했다. (갈 1:13~14 빌 3:5~6)

바울은 율법을 호되게 비판하는 예수를 도저히 용납하지 않는다. 율법과 성전 해제를 비판하는 예수가 절대로 메시아일 수 없다고 확신했다. 예수가 부활했다는 그리스도인들의 주장을 납득하지 않는다. 왜냐하면 부활은 역사의 종말에 있을 미래의 사건이라고 믿고, 역사 한가운데 일어난 과거 시간일 수 없다고 주장했다. 그래서 바울은 교회를 핍박하는데 앞장 섰다.

바울의 사상에서 보듯, 바울은 유대주의자로 율법에 흠이 없는지라 율법을 구원의 방편으로 여겨왔고, 율법을 호되게 비판하는 예수를 받아들이지 않는다. 율법과 성전체계를 비판하는 예수는 메시아가 아니다. 사울은 로마의 멍에를 꺾고 자기 나라를 세계적인 왕좌의 보좌에 올려놓을 메시아를 기다리며 희망을 간직하며 살아가고 있었다.

사울의 신앙관과 다른 율법과 성전체계를 비판하니 예수 믿는 그리스도인을 핍박하고 죽이려 했다. 오순절 다락방의 역사 이후 이적과 기사가 나타나고 유대교의 요새 안에서 수천 명이 십자가에 달리신 예수를 믿는 무리가 많아지자 유대 지도자들이 설 땅을 잃어가고 있었다.

앉은뱅이를 베드로와 요한이 고치고 일어서게 하는 등 이적과 표적이 일어나니 그들을 제압하여 산헤드린 공회원들은 예수 믿는 자들을 구실을 붙여 감옥에 가두고 매로 때리고 더이상 가르치지 말라, 예수를 믿게 전하지 말라 압박을 가해왔다.

헬라파 유대인과 히브리파 유대인이 구제기금으로 싸우니 사도들이 총회를 소집하여 일곱 집사를 세우고 구제분배는 일곱 집사에게 위임하고 우리는 전도나 기도에 힘쓴다 공헌하더라.

이때 스데반이 일곱 집사직에 오르며 구제분배 일도 복음 사역도 은혜와 권능이 충만하여 하나님의 일을 잘하더라.

유대주의자들은 로마 당국자들을 매수하여 스데반을 잡아 산헤드린 공회에 세우고 스데반을 신성 모독죄에 세우더라.

스데반이 얼굴에 광채가 나며 격노한 배심원은 향해 이렇게 말했다. 목이 곧고 마음과 귀에 할례를 받지 못한 너희가 성령을 거슬러 의인이 오시리라 예고한 자들을 너희가 죽였고 살인한 자가 되나니 너희가 천사의 전한 율법을 받고도 지키지 아니하였도다.(행 7:51-53)

이 광경을 目睹(목도)한 유대주의자가 미친듯이 달려들어 돌을 들어 치니 스데반이 "주 예수여 내 영혼을 받으시옵소서."하고 무릎을 꿇고 크게 불러 가로되 "주여 이 죄를 저들에게 돌리지 마옵소서." 이 말을 하고 자니라 스데반을 죽이라 승낙한 사울의 발밑에 유대주의자들의 옷이 떨어지더니 사울은 스데반이 죽은 후에 공로를 인정받아 산헤드린 회원이 되어 예수 믿는 자들을 체포할 권력을 쥐게 되더라.

✦ 2단원 사울의 회심

사울은 제사장과 관원들의 주장을 따르며 스데반은 신성모독자와 예수는 사기꾼이라는 생각이 마음속에 자리 잡자 그리스도를 반대하는 일에 앞장섰다. 사울이 개인적인 사업차로 다메섹에 가서 예수 믿는 자 모두를 색출하기 위해 대제사장으로부터 허가장을 받았더니 예수 믿는 자 모두를 체포할 권력과 함께 잘못된 열정의 불을 품고 다메섹 여행길에 나섰더라.

다메섹에 사울이 이르자 햇빛보다 더 밝은 빛줄기가 내리쬐며 사울은 땅에 엎드리고 사울이 뉘시니이까? 하니 나는 네가 핍박하는 나사렛 예수다 라는 음성을 들었더라. 이때 그리스도가 사울에게 나타났고 스데반의 설교가 가슴을 사로잡으니 그분이 메시아라는 입증을 통해 알게 되었다. (바울의 회신) 사울이 놀라며 내가 어찌하오리까. "일어나서 성읍으로 가라 네가 행할 것을 네게 이를 자가 있느니라."하시니(행 9:6) 사울은 말씀하신 분이 나사렛 예수시고 이스라엘의 위로자이시며 구주와 메시아다 생각이 들고 멀어지더라. 그리고 자기가 가시채를 걷어찬 것을 알게 되더니 눈부시게 빛나는 영광이 사라지니 사울은 시력을 상실하게 되었다. 그는 무서운 흑암 속에 갇혀 두려움과 놀라움 속에 그의 손을 잡고 다메섹으로 인도를 받았다. 사울은 유다라는 제자의 집에 머물다가 아나니아라는 제자로 안수를 받고 눈에서 비늘이 벗겨져 다시 보게 되었고 침례를 받더라. (행 19:17~18)

사울은 회개하고 죄에 대하여 죽고 하나님의 율법에 순종하며 예수를 자기의 구주를 믿고 침례를 받은 뒤에 예수를 전하는 자가 되더라.

✦ 3단원 바울이 전도에 착수함

바울은 다메섹 강에서 아나니아에게 침례를 받고 다메섹 성읍에 들어가 예수가 하나님의 아들이라 가르쳤다, 그의 노력에는 하나님의 능력이 함께 하였으므로 반대하는 유대인은 당황하여 논박할 대답을 찾지 못했다. 유대인들은 바울의 회심을 보고 경악하고 당황하게 되었다.

바울의 회심을 보고 유대인들이 증오심으로 변하매 바울의 생명이 위태로워 그는 얼마 동안 다메섹을 떠나라는 하나님의 지시를 받고 아라비아로 가서 충분한 시간을 갖더라.

그 이후 그리스도 은혜의 보증을 언제나 가지고 다니며 다메섹에서 복음을 전한다. 유대인이 암살하려고 하자 제자들의 도움으로 바구니를 몸을 담아 다메섹을 빠져나갔다. 바울의 전향 회심을 듣고 친구들도 예수 믿는 자의 대열에 가담하더라. 아멘.

바나바가 바울의 転向(전향)을 믿고 예루살렘에서 베드로와 야고보를 소개하니 베드로와 야고보가 우정의 손을 잡고 사랑하며 존경하더라. 이후 바울은 예루살렘 회당에서 십자가에 달리셨던 예수가 하나님의 아들이다 증언하였다.

그러나 유대인들이 바울의 생명을 빼앗으려 하자 제자들이 예루살렘을 떠나라고 간곡히 부탁하였다. 바울은 성전에서 기도해 보았지만 성령께서 떠나가라 내가 너를 이방인에게 보내리라. (행 22:21) 바울이 떠나며 교회는 휴식기를 가졌지만 신자의 수는 증가했다. 빌립은 예루살렘을 떠나 사마리아에 가서 부활의 구주를 가르치니 그

리스도께서 예루살렘과 유대와 사마리아 땅끝까지 내 증인 되리라는 의미를 깨닫더라.(행 1:8)

✦ 4단원 바울과 바나바를 안수함

바나바가 수리아의 수도 안디옥으로 파견되고 바울을 요청하니 두 제자가 안디옥에서 1년 동안 백성을 가르쳐 신자의 수가 늘어났더라. 안디옥은 유대인과 이방인이 많이 살았고 건강에 유익한 곳이며 부와 문화가 세련된 곳이더라. 안일과 쾌락을 사랑하는 자들이 많이 찾는 곳이며 학식과 지혜와 열심을 갖춘 바울이 안디옥의 전도지로 훌륭한 일터였더라. 주를 섬겨 금식할 때에 성령께서 바나바와 사울을 세우라 하시니 이방인들 가운데로 파송하시리라.

바울과 바나바가 안수함을 받고 예수의 복음을 전하더라. 안수식은 유대인 아버지가 자녀들을 축복할 때, 제물을 드릴 때 제사장이 동물의 머리에 손을 얹고 안수한다.

바울과 바나바와 안디옥 교역자들이 안수하셨다. 바울이 살라미에서 거짓선지자 박수를 만나 꾸짖으니 눈이 멀었고 총독 서기는 바울을 믿으며 기히 여기더라. 박수 엘루마는 학식이 있는 사람이 아니며, 사탄의 일을 하기에 적합자라. 바울이 동료들과 밤빌리아 버가로 가니 마가는역경과 궁핍을 당하고 사방으로 위협을 느끼니 낙담하고 더이상 못한다 하고 평안과 안락을 찾아 예루살렘 자기 집으로 돌아갔다. 젊은 교역자들이 사건처럼 선교지에서 역경을 겁내며 직무 이탈하는데 바울은 마가의 그런 행위를 못마땅했다. 그러나 마가의 어머니는 그리스도교를 전향한 사람이나 자기 집을 제자들의 피난처로 사용했다.

마가의 일로 바울과 바나바 다툼으로 헤어지게 되고, 바나바는 조카 마가를 두둔하며 용서해 주었다. 바울 사도는 후일에 마가와 화해하고 동역자로 받아들였다.

마가가 떠난 후 바울과 바나바가 바시다에 있는 안디옥 회당에서 유대인과 이방인들에게 만남을 가르치니 제사장과 관원들이 시기 질투하여 사도들을 신성모독이라 반박했다. 그러나 이방인들은 그리스도께서 자기들을 하나님 백성으로 인정하심에 감사했다.

앞에서도 말했지만 베드로에게는 유대인을 전도할 사명을 바울은 이방인을 전도할 사명을 각각 맡았다. 바울은 이방의 빛을 삼아 너로 땅끝까지 구원에 이르게 하리라. (행 13:46~47) 기록하였다.

그리스도께서도 이 땅에 사시는 동안 유대인들의 배타적인 사랑을 꾸짖었다. 백부장이나 수로보니게 여인의 개심은 이스라엘 밖에선 일하던 예수님의 사례라. 이방인이 이스라엘의 옛 감나무에 접붙임받는 역사가 펼쳐졌고, 유대인은 회장 문을 닫으나 이방인들은 개인 집 문을 열고 공공건물을 하나님의 말씀을 전하는 데 사용되었다.

사도들은 말하길 누구든지 너희를 영접하지 아니하며 너희 말을 듣지 아니하면 집이나 성에 나아가 너희 발의 먼지를 떨어 버리라. 내가 진실로 너희에게 이르노니 심판 날에 소돔과 고모라 땅이 그 성보다 견디기 쉬우리라 (마 10:14) 하더라.

사도들은 복음을 전하다 핍박받고 거짓으로 너희를 거슬러 모든 악한 말을 할 때는 너희에게 복이 있나니 기뻐하고 즐거워하라. 하늘에서 너희의 상이 큼이라. 너희 전에 있던 선지자들도 이같이 핍박 받았다 하더라.(마 5:11)

✦ 5단원 이방인들 가운데에서 전도

사도들은 이고니온을 방문하였다. 안디옥에서처럼 로마인과 헬라인과 유대인에게 복음을 전했다. 사도들은 기사를 보였으며 대중들의 인기가 치솟자 유대인들은 자극받아 관헌들에게 고발하고 사역을 중단하도록 위협을 가해했다.

사도들의 친구들은 유대인들의 분노에 생명이 위협받으니 도망가라 당부하였다. 사도들은 이고니온을 완전히 떠난 것은 아니지만 루가오니아의 성읍인 루스드라와 더베로 갔다. 그곳에서 박해와 반대를 만나나 승리로 장식했고 개심자들의 수가 늘어났다.

바울과 바나바는 유피테르(쓰스) 사원에서 그리스도의 교리를가르쳤다. 그곳에서 앉은뱅이를 서게 하고 질병을 고쳐주었다. 루가오니아 사람들은 위대한 이방신들인 쓰스와 히메라가 바울과 바나바라는 사람으로 왔다고 생각한다고 했다.

바울은 활동적이고, 진지하고, 민첩하고, 설득력이 있어 히메라는 신이 왔다고 믿고 바나바가 외모의 위엄한 태도와 얼굴에 온화함과 자비심 때문에 신들의 아버지 쓰스라 믿었다.

신전의 제사장들은 사도들을 하는 경전에서 내려왔다 하고 짐승을 잡고 화환과 귀한 예물을 준비하라 하였다. 사도들은 이방인이

돌린 신성을 거부했고 바울은 경배를 하나님께 돌리려 했지만 그들의 하는 짓을 돌이키기는 어려웠다. 그들은 신적인 존재들이 그대들에게 특별히 축복을 내려주기 위해 방문했다는 전승의 확증이 무산되자 짐승을 이끌고 돌아갔다.

유대인들은 거짓수단을 동원하여 루스드라 사람에게 사도들이 살인자보다 더 악랄한 자들이요, 그들을 없애버리는 자는 하나님과 인류에게 훌륭한 봉사하는 셈이 되는 것처럼 여기도록 만들었다. 그리고 그들은 폭력으로 공격하라고 선동을 했다. 루스드라 사람들은 분노와 狂暴(광포)를 가지고 사도들에게 돌진했다.

바울이 죽은 자처럼 땅에 쓰러지자 성문 밖으로 끌고 나가 성벽 아래 던져 놓았다. 제자들이 바울의 신체 주변에서 애도할 때 바울은 갑자기 머리를 들고 일어나 입술로 하나님을 찬양했다. 유대인의 거짓 책동과 악의적인 박해에도 악한 사람들의 불합리한 반대는 오히려 그 진실한 형제들에게 확고한 그리스도의 믿음을 갖게 하였다. 디모데도 목격자였으며 바울의 희생을 통해 개심하게 되었다.

✦ 6단원 유대인과 이방인

바울을 돌로 쳤던 다음 날 사도들은 이 동네에서 핍박하면 저 동네로 피한다. (마 10:23) 그리스도의 지시를 따라 성읍을 떠나 더베로 갔다. 거기에서 많은 영혼들이 진리를 받아들였다. 바울과 바나바는 심한 반대에도 옛 일터인 안디옥, 이고니온, 루스드라를 방문하기 위해 돌아갔다. 그곳에 교회조직을 정비하고 교회마다 장로를 지명하고 질서를 세웠다.

바울과 바나바가 수리아 안디옥에 있을 때 유대인들의 할례 문제를 들고 나와 혼란을 일으켰다. 교회의 화합을 위해 바울과 바나바가 예루살렘에 보내졌던 사도들과 장로들은 문서를 통해 이방인들에게 우상에게 바친 음식과 목메어 죽인 고기와 피를 금하도록 의견 일치를 하고, 이방인들에게 계명을 지키고 거룩한 삶을 요구했다.

바울과 바나바는 총회의 결정사항을 유다와 실라를 통해 전달하도록 하였다. 총회의 결정은 영향력과 판단력을 가진 사도들과 장로들이 교형(교령)을 작성하여 반포하였다. 대개의 그리스도 교회들은 그것을 수령 하나, 모두가 그런 결정을 기뻐하지는 않았으며 거짓 형제들의 내분도 있었다. 많은 사람들은 유대교의 의식들과 전승에서 떠나가는 것을 보고 새로운 신앙의 빛 가운데에서 유대인들 관습인 특유의 신성도 머지않아 사라지게 될 것이다, 인식하며 그런 변화를 야기한 바울에 대해 분노했다.

정리하면 이방인들의 할례 문제를 요구하되 이방인들도 부정한 음식 제사음식 목메어 죽은 짐승들의 음식을 먹지 말 것을 당부했을 계명을 지키도록 권했다.

실라와 함께 바울이 또다시 루스드라에 방문했는데 자기가 수고한 열매를 보니 그리스도에게로 돌아온 개심자들이 난폭한 박해에도 겁먹지 않고 믿음 위에 굳게 선 것을 발견한다.

그리스도의 왕국은 시련과 고통을 통해 이루어간다는 것을 알게 되었다. 바울과 디모데는 그리스도의 연합의 툴을, 맨 줄을 알게 되었고, 그리스도의 연민의 끈으로 그들의 마음은 강하게 결속되어 있었다. 바울은 디모데의 목회 사업을 위하여 할례를 받도록 권유하였다. 율법이 완성되었다고는 하지만 바울 사도 당시는 율법을 지켜 믿지 않은 유대인들로부터 비난을 면하고자 한 것 같다.

사실 할례와 무할례다는 아무것도 아니요. 그리스도의 복음이 전부임을 선언하였다. 빌립보 루디아의 집에서 점치는 여인이 나오며 이 사람들은 하나님의 종으로 구원의 길을 너희에게 전하는 자가 소리 질렀다. 사도들은 며칠 동안 방해를 참았으나, 바울은 하나님의 영과 감동으로, 악령으로 하여금 그 여인에게 떠나라 명했다. 귀신은 그들이 하나님의 종임을 인정하고 여인에게서 마귀의 영이 쫓겨나갔다.

그녀가 제정신을 되찾자 그녀의 주인은 점칠 수 없게 되자 불안감을 갖게 되었고, 수입원이 끊긴다는 걸 알게 되었고 바울과 실라를 관원들 앞에 끌고 가서 이 사람들이 유대인인데 우리 성을 식종 사요란케 하여 로마사람인 우리가 받지도 못하고 행치도 못하는 풍습을 전한다고(행 16:20~21) 고발하였다. 군중심리에 사로잡힌 사람들은 당국의 지시를 받아 사도들의 옷을 찢고 매로 치고 옥에 가두고 그 발을 차고에 채우고 간수에게 지키게 하더니(행 16:23~24) 사도들은 고통스러운 상황에서 찢어지고 피가 흘러도 신음하거나 불평 대신 서로 격려하고 치욕을 당할 자격이 있다며 감사하였다. 매우 캄캄한 토론속에서 바울과 실라가 하나님께 기도하며 찬양의 노래를 불렀다. 간수와 죄인들은 차갑고 배고프고 심한 조롱을 당하는 데서 기뻐하며 이야기하는 사람이 누구인지 신기하게 생각했다. 돌아가는 길에 사탄의 영향력에서 자유롭게 본 그 여인을 보게 되었고 무죄한 두 사도에게 죄를 지었다는 판단으로 로마의 법이 악한 범죄자에게 가하는 가혹한 형벌을 내린 것을 분개하였다. 그들은 아침이 되자 폭도들에게 폭행당하지 않도록 두 사도를 석방시켜 주었다. 그리고 섬을 떠나도록 호송해 주었다. 하나님께서 당신의 고통 당하는 종들에게 은혜 베풀기를 잊지 않으셨다.

감옥에서 벽들은 바람 앞에 갈대처럼 움직였다. 굳게 잠긴 빗장문은 열리며 모든 죄수의 손과 발에서 쇠사슬과 차꼬가 빠졌다. 감옥의 간수들이 인계받을 때 피가 흐르는 상처를 보았고, 자기 손으로 그들의 발을 고문대에 채워 넣었다. 그러나 죄수들은 반대로 기뻐 찬송을 불렀다. 자기 귀로 그 소리 듣고 잠들었으나 감옥의 벽이 흔들리며 잠에서 깨었다. 눈을 떠보니 감옥 문이 열려있었다. 불성실함에 간수들은 형벌이 두려워 처형 당하는 것보다 자기 손으로 죽는 게 나아 울부짖으며 자살하려 하자 바울이 소리쳤다. 네 몸을 상하게 하지 마라. (행 16:25) 간수는 죄수를 가혹하게 대했으나 그들은 분개하지 않았다. 그들은 그리스도의 사랑으로 가득 차 있었다. 간수는 칼을 버리고 바울과 실라를 찾아 용서를 구했다. 그 후 앞마당에 나와 선생들이여 어떻게 하여야 구원을 얻으리까?(행

16:30) 주 예수를 믿으라 그리하면 구원을 얻으리라. 간수는 사도들의 상처를 닦아 주며, 시중들고 침례 받았더라 감옥에 수용된 사람들이 감화감동을 받아 사도들의 진리를 받아들이더라. 아침에 상관들은 감옥에서 일어난 일을 전해 듣고 사도들을 내보내라 지시하더라.

사도들이 로마 시민이었는데 매질 당하고 정당한 재판없이 자유박탈당해 투옥되었으나 사도들에게 사과한 점을 받아들여 성읍을 나가라는 간청을 받아들였다.

감옥의 간수와 죄수가 개심했고 빌립보에서 사도들의 수고가 헛되지 않았으며 그 일로 교회 세우는데 좋은 결과를 낳아 교인들의 수가 늘어났다. 무엇보다 그리스도를 위해 고통을 당하는 바울은 개심하여 신앙을 받아들이는 자에게 깊고도 영구적인 감화력을 끼쳤다.

✦ 8단원 데살로니가에서 당한 반대

빌립보를 떠나 바울과 실라는 데살로니가에 갔다. 바울은 데살로니가에서 그리스도의 사명과 고통, 죽으심, 부활 승천에 관하여 영감을 받아 증거를 제시했다. 모세와 선지자의 증거를 통해 메시아를 입증했다.

광장에서 장대에 달았던 놋뱀이 어떻게 십자가에 달리신 예수그리스도인가 상징을 보여주었다. 그는 그리스도께서 능력과 큰 영광 뒤에 두 번째 오셔서 이 땅에 나라를 세우실 것이요. 모든 세력을 정복하시고 나라를 다스린다.

바울은 그리스도의 재림을 간절히 기다리는 자에게 재림의 사건을 능력있고 조리있게 제시했다. 데살로니가인들의 마음속에 결코 지워지지 않는 인상을 새겼다. 그러면서 바울은 그리스도께서 당대에 오시지 않을 것이라는 인상을 주지 않았다. 背道(배도)하는 일이 있어야 하고 멸망의 아들이 나타나기 전에는 이르지 아니하리니.(살후 2:2~3) 그리스도께서 당장 오실 것이나 위험이 뒤따른 것을 예견하였다. 사도들이 많은 군중을 모으고 그 성읍의 지도자격인 여인들과 다수의 이방인들이 사도의 가르침을 받아들이는데 유대인들이 보게 되자 시기와 질투로 로마당국에 거짓말로 폭도들의 격정을 조장하고 그들을 선동하고 고발할 것을 지시했다.

야손의 집을 공격하였으나 바울과 실라가 없었다. 친구들이 성읍을 빠져나가라고 하여 베리아로 떠났다. 실망한 폭도들은 야손과 그의 형제를 잡아 관가에 고발했다. 유대인들은 바울의 말이 그리스도께서 재림하여 이 땅 위에서 모든 나라들의 왕으로 다스릴 것이라고 해석하였다.반대하는 대적의 집단들은 연합을 이루고 상반된 의견만 종교적인 신앙관을 가졌을 것이다. 넷째 계명을 짓밟는 일에 그 세력들이 협력하기 때문에 진리를 받아들이지 않는 자들은 남들이 그것을 받아들이지 못하도록 열심을 내며 거짓말을 지어내며 진리를 무효화시키기 위해 저열한 흥분을 조장시킨다.

그 유대인들은 바울의 말을 그리스도께서 그 세대에 재림하여 이 땅 위에서 모든 나라들 위에 왕으로 다스릴 것이다, 라고 거짓으로 조장하며 바울의 복음을 훼방하고 있다.

베뢰아 사람이 데살로니가 사람보다 신사적이고 간절한 마음으로 신앙했다. 베뢰아 사람들은 마음이 편견으로 좁은 신앙이 아닌 사도들이 전할 진리를 상고하고 받아들이고자 노력했다. 우리도 고결한 베뢰아 사람들의 모범을 따라 성경을 상고한 신앙을 해야 한다. 하나님을 사랑한다고 공언한다면 오류에서 진리를 찾는 신앙을 돌이켜라. 마음을 즐겁게 하는 꾸며낸 선교를 고수하지 말라. 오류(잘못된 신앙)는 마음의 눈을 멀게 하고 하나님을 떠나도록 가르친다. 참진리는 마음에 빛을 주며 영혼에 생명을 주는 그런 신앙을 가져라.

바울은 그리스도의 가르침을 반대하는 자들 때문에 데살로니가에 가는 길을 접고 아덴으로 갔다. 아덴에 갔을 때 생명의 도를 배우고자 한 베뢰아 사람 몇 명을 데리고 아덴에 왔다. 아덴은 이방 나라 수도였으며 지성과 교육으로 이름난 백성들을 대변했다.

아덴인들은 예술의 아름다움과 영광에 도취되어 우상숭배에 빠져 있었다. 아덴에서 유대 형제들을 회당에서 가르치고 이교를 다뤄야 한다. 바울은 아덴에서 스도이고와 에비구레오파 철학자들과 토론을 벌였다. 철학자들의 이지적인 능력은 이지적이고 학식있는 자의 관심만 받았으나, 바울의 진지한 논리적 논법과 웅변들은 많은 사람들을 사로잡았다.

논리는 논리를, 철학은 철학으로 대결하여 존경과 감탄을 자아냈다. 고등교육을 받고 자기들 학식과 진보를 자랑하던 아덴 사람은 부패해졌고 모호한 우상숭배의 비법보다 좋은 것을 원치 않았다. 바울의 말을 납득은 하나 하나님을 인정하거나, 구원은 받아들이지 않았으니 십자가의 도는 멸망받을 아덴인에게 미련하게 보일 뿐이라 바울이 아덴 도성의 위대한 사람과 그들의 신들을 공격하는 내용이 었냐며 소크라테스처럼 운명을 맞이하는 위협을 당했다.

그들의 공적인 碑文(비문) 가운데서 고백했듯이 알지 못하는 참 하나님을 전하며 그들의 마음을 이방 신들로부터 돌아서게 하였다.

✦ 10단원 고린도에서의 바울

바울은 실라와 디모데가 아덴에 도착하기 전 고린도에 갔다. 아덴은 예술과 학문의 고시 고린도는 정치와 무역의 도시였다. 고린도는 비너스라는 우상 숭배에 빠져있었다. 그들은 천박하고 부도덕했다. 그곳엔 로마 정부로부터 쫓겨난 자들이 고린도에 많이 피난해 있었다. 그런 부류 가운데 아굴라와 브리스길라가 있었는데 그들과 기숙하고 장막(천막) 만드는 일을 하며 복음을 전했다. 바울은 비천한 작업장에서 일하며 가난에 눌린 교회에 부담을 주는 목회는 하지 않았고 돈벌이 목회라 의혹을 받지 않게 되었다. 복음의 사역자인 바울은 부양해줄 것을 요구하는 권리도 포기했다.

목회를 하려는 자들은 자급자족하는 바울의 신세 지지 않는 목회를 배워야 한다. 복음 사업을 위해 밤새 일을 했고 근면함과 고귀함을 보여주어 그리스도교의 최고의 모범자로 목회하였다. 일과 가르침을 함께 하는 목회와 동업자들과 함께 일하며 구원의 길을 가르쳐주었다. 고린도에서 바울의 목회는 자급자족의 목회가 돋보인다.

아덴에서는 논리와 철학으로 대응하며 복음을 전했다면 고린도에서는 자급자족으로 일하며 나눈 지혜의 전함보다 성령의 살아계심과 능력으로, 사람의 지혜에 있지 않고 하나님의 능력에 있음을 증거 하니라(고전 2:1~5) 예수님께서는 지금 지상 성소보다 더 좋은 언약의 보증이 되어 참 성소에서 일하고 계신다.(히 7:22)

바울은 예수의 생애와 봉사와 죽으심의 성취가 세상에 구주를 증명해 보였다. 고린도의 유대인들은 눈을 감고 비웃은 대적하는 분노와 격분으로 가득 차 있었다.

유대인들이 대적하니 너희 피가 네 머리로 돌아가라 하며 디도 유스도의 집에 갔고 실라와 디모데와 바울과 연합하여 이방인에게 복음을 전했고 바울은 공들인 원리와 웅변보다 하나님의 은혜와 능력을 가지고 십자가를 전하니, 사람들의 마음이 움직이고 회당장 그리스보가 주를 믿으며 고린도 사람들도 믿고 침례를 받더라. (행 18:8)

바울이 어느 정도 성공했지만 이방인들의 타락성과 유대인들의 멸시와 모욕으로 가망성없는 성읍을 떠나려 할 때 밤에 이상을 보고 두려워하지 말며 잠잠하지 말고 말하라. 고린도에 머무르라 라는 명령이라 여기고 1년 6개월을 더 일했다.

그러나 유대인들은 아가야 지방 총독 갈리오 재판석에 끌고 가 율법을 어기고 하나님을 공경하라 하는 자들이라하나, 총독은 편협한 유대인의 고소를 처분하고 유대인들의 부정한 일이나 괴이한 행동이 있으면 네 말을 들어주거니와, 언어와 명칭과 너희 법에 관한 것이면 너희가 스스로 처리하라. 나는 이러한 일에 재판장 되기를 원치 아니하노라 하고 저희를 재판 자리에서 쫓아내니.(행 18:14-16)

오히려 군중들은 회당장 소스데네를 잡아 재판장에서 데려와 갈리오는 상관하지 않더라. 유대인들은 그리스도교를 말살하려하나 바울은 고린도를 지켜왔고 고린도를 본부로 삼아 그곳에서 성공목회를 1년 6개월 해냈다.

그의 영향력은 사방에 퍼지며 여러 교회를 세우더라.

✦ 11단원 데살로니가 사람들에게 보내는 편지들

바울이 고린도에 머물 때 실라와 디모데가 마게도냐로부터 왔다. 그들이 함께하니 반대 세력은 저항할 힘을 얻었다.

고린도 사람들이 생전에 예수께서 재림한다는 잘못된 생각을 바로잡아주고, 동역자들이 반대와 능욕과 낙심당할 때 사람을 기쁘게 하랴, 하나님을 기쁘시게 하랴 용기를 주었다. 죽은 자의 논쟁에 관해 죽은 자는 무의식 상태에 잠잔다.

잠자는 이에 대해 슬퍼하지 마라. 예수의 부활을 믿을진데 예수안에서 잠자는 자를 하나님이 데리러 오신다. 천사장의 나팔소리에 죽은 자들이 먼저 일어나고 살아 남은 자는 공중에서 주를 영접하리라. 우리와 항상 주와 함께 있으리니 서로 위로 받아라. 고린도인은 죽으면 내세가 없다 믿었고 죽음으로 잃어버린 자들과 재회는 없다고 잘못 믿었다.

고린도인을 신앙 가운데 잠든 친구들이 부활하여 하나님 나라에서 불멸의 생명을 누릴 것이라는 확신을 얻어 죽은 자의 무덤의 어둠은 사라지게 되었다. 재림의 때에 관하여 도적같이 임한다. 평안하다, 안전하다 할 때 멸망이 임한다. 그리스도의 재림전에 있을 징조에 무관심한 것은 모두 다 어둠의 자식(죄)이라 가르치셨다. 그러니 잠자지 말고 깨어 근신하라. (살전 5:4~6)

주님의 날은 율법의 사람, 곧 멸망의 아들이 나타나기 전에는 이르지 아니하리니. (살후 2:2,3) 선지자 다니엘이 분명히 교황청이 먼저 일어날 것이고, 하나님의 백성을 대적하고 그분의 율법을 짓밟을 것이었다. 그 세력이 일어나 불경스러운 사업이 수행하기까지 교회가 주님의 재림을 기다리는 것이 허사가 될 것이었다.

지치지 않는 열심으로 그리스도의 사업을 해라. 현세 일을 할 때 근면하라 게으름이나 목적없는 흥분에 빠지면 질책해라. 자기 교훈을 무시하면 끊어버리라 원수와 같이 생각하지 말고 형제같이 권면하라.

✦ 12단원 고린도에서의 아볼로

알렉산드리아 출신 아볼로는 헬라 교육을 받은 자요 학자요 웅변가다. 그는 침례자 요한의 가르침을 들었던 회개의 침례를 받은 자로 예언학도요 유능한 성경해석자지만, 아굴라와 브리스길라가 아볼로의 가르침이 잘못된 것을 지적하였으나 그는 기쁜 마음으로 가르침을 받더라. (주의할 점) 아볼로는 세례요한의 가르침 아굴라와 브리스길라는 예수께서 가르침이니 예수그리스도의 가르침을 받아야가 옳습니다.

아볼로가 설교를 잘하냐, 바울이 설교를 잘하냐, 베드로가 잘하냐, 그런 평가는 교회가 파벌과 분쟁으로 간다. 바울이 심고 아볼로가 물 주었지만 하나님께서 길렀다는 진리만을 내세우자.

그리스도의 복음은 계몽적인 감화와 거룩하게 하는 하나님의 은혜만이 육적인 마음을 변화시키고 영적인 세계와 조화되게 한다. 하나님의 말씀을 기쁨으로 받아들일 때 보석처럼 빛나게 될 것이다. 교회를 온전케 하기 위하여 필요한 모든 자질을 갖춘 목회자는 없다. 모자라는 부분을 채우기 위해 다른 목회자를 보내신다. 목회자들 자신도 우상화하지 마라. 성도가 주의할 점은 어떤 인간 교사도 따르지 아니하고 복음 대행자들의 도움을 받지 않고 그리스도부터 가르침을 받겠다는 생각은 오류이며 교회의 음성에 순복할 줄 알아야 참신앙이다.

✦ 13단원 에베소에서의 바울

바울은 에베소에서(소아시아의 수도) 침례자 요한의 제자 12명을 만났다. 바울 사도가 성령을 받았다하자 우리는 성령이 있음도 듣지 못하였다. (행 19:2) 무슨 침례를 받았느냐? 세례요한의 침례를 받았다. (행 19:3) 바울은 그리스도가 소망의 기초가 되는 위대한 진리를 가르치고, 생애와 치욕 죽음 부활을 가르쳐주고 세례를 주었더니 그리스도를 구주로 받아들이고 성령의 침례를 받아 예언하기도 하였다. '여기서 주목' 예수께서 가신 후 보혜사 성령 시대가 열린 것을 기독교 신자가 믿어야 한다. 오순절에 임했던 영광의 성령 체험을 하여라. 이 형제들이 성령을 받고 소아시아와 에베소에서 복음의 사역을 하였다. 오늘날의 사람들이 에베소 사람처럼 마음에 역사하는 성령의 작용을 모른다는 것이다.

생명을 주는 성령의 능력은 그리스도로부터 모든 제자들에게 나누어주고 영혼 속에 스며들어 거룩하고 귀한 열매를 산출한다. 생명의 창시자 눈에 보이지 않지만 생명이 주어지고 이루어지는 방법을 인간철학으로 설명할 수 없다. 그것이 경건의 비밀이다. 요한이 손으로 세례를 받은 자들로 더 밝은 빛이신 구주를 받아들이고 재침례를 받았다. 이제 성령세례를 받아 경건의 비밀을 깨닫고 열매를 맺어라.

바울은 에베소 유대인의 회당에서 두란노 학교에서 복음을 가르쳤다. 에베소는 근사하고 타락한 도시다. 미신과 육욕적인 쾌락이 넘쳐나는 도시다. 에베소 성읍은 웅장한 아데미 신전이 있었는데 아데미 여신 숭배와 마법이 행하여졌고 주술사도 있었다. 유대의 제사장 스게와의 일곱 아들이 귀신을 쫓으려고 주문을 외우니 그 악령 귀신은 예수도 내가 알고 바울도 아는데 너는 누구냐?(행 19:15) 귀신 들린 자가 광포하여 그들을 때려 상하게 하더라. 마술의 잘못됨을 확신하고 신비스러운 술법이 기만적이고 악마적이라고 인정했다.

많은 마법사들은 마법을 버리고 그리스도를 구주로 받아들였다. 그리고 마법의 비밀을 담은 책은 약 일만 달러에 해당하는 것으로 추산되었다. 그리스도의 능력의 나타남은 바로 미신의 요새 안에서 얻은 그리스도의 당당한 승리였다. 이방신에게 조언받으면 형벌받는다 선언하였다. 이스라엘에 하나님이 없더라 메그론의 신 바알세불에게 물으러 가느냐?

여호와의 말씀이 네가 올라간 침샘에서 내려오지 못한다.

네가 반드시 죽으리라. 유층이나 불경건한 곳을 찾는 쾌락주의자들. 무신론자와 불경스러운 자와 교제 즐기는 자는 마술을 만지는 자라고 볼 수 있다. 마술에 현혹되면 영혼이 더러워진다. 에베소에 보낸 사도들의 훈계를 유의해라 너희는 열매없는 어두운 일에 참여하지 마라. (엡 5:1)

✦ 14단원 바울의 시련과 승리

바울은 에베소에서 3년간 복음 사역을 하였다.

5월은 에베소 여신경배에 바친 달이다. 한달 동안 화려하고 장려하게 축제가 거행된다. 신들을 대신하여 선발되고 행진과 제사 음악적인 경연대회, 체육인들의 묘기, 사람과 짐승들의 싸움 등이 거행되고 군중들은 야외무대로 운집했다. 축제기간에 잔치와 음주 비열한 방탕에 빠져있다. 에베소에서 바울의 수고로 이방신 경배가 타격을 받았다. 에베소에서 사당과 우상을 판매수익이 줄어들었다. 감실 제조업자 데메드리오는 자기 직공들에게 분노를 자주하려 애썼다. 데메드리오는 미신에게 호소했다. 바울이 에베소 아시아 전부에게 말하되 사람의 손으로 만든 것은 신이 아니라 크신 여신 아데미의 전각도 홀대받는다 말하니 흥분된 격정은 솟구쳐 올랐고 에베소 사람의 아데미여(행 19:28) 외침의 소문이 급속히 퍼져나 소요가 일어났다. 군중들은 아졸라의 작업장을 급습했다. 분노는 당장 갈기갈기 찢어 죽일 듯했다. 벌은 사도는 주께서 피신시켰다. 폭도들은 가이다와 아리스다고를 잡아 연극장으로 갔다. 바울은 연극장으로 가길 원했지만 친구들은 말렸다. 연극장으로부터 경고받아 단념했고 보안관들이 오지 말라 간청했던 소요는 계속되었으나, 일시적인 침묵이 찾아왔다.

성읍의 서기장이 신중함과 훌륭한 판단으로 흥분을 가라앉히는 데 성공했다. 서기장은 바울과 동료들이 아데미의 신전을 모독하거나 여신을 조롱함으로 감정을 상하게 한 일이 없다. 그리고 데메드리오의 행동을 꾸짖었다, 재판관도 있고 총독도 없으니 피차 고소하고 민회에 맡겨라 명령하고 서기장은 사람들을 해산시켰다. 서기장과 관원들의 결정으로 오류와 미신에 대한 그리스도교의 승리를 보여주었다. 에베소에서 바울은 끊임없는 수고와 시련과 고난의 시기를 보내고 집집 방문으로 복음을 가르쳤다. 모욕과 학대를 당하면서 신앙이 어린 교회의 이익을 지키며 반대 세력과 대항하였다. 육체노동으로 자기 필수품들을 조달했다. 질고와 질병 심령의 압박 속에서도 확고하게 자기 사역을 수행했다.

반대의 폭풍 원수들의 비방 친구들의 져버림 속에서 때로는 용기를 잃었으나 갈보리산 십자가에 못 박힌 예수를 전하는데 정진했다.

맺는말

그리스도의 종들은 반대와 박해를 만나도 믿음이 약해지거나 용기가 사라지도록 허용해서는 안되며 조력자 되신 그리스도와 더불어 모든 원수를 저항할 수 있고 난관을 극복할 수 있으니 사도들의 충정을 답습하여 생명의 면류관을 누리자.

바울의 부재 기간 동안 고린도 교회는 방황하고 우상 숭배와 육욕주의에 빠져있었다. 신도들과 함께 있을 때는 굳건한 믿음, 열렬한 기도, 교훈의 말씀으로 죄의 쾌락을 누리기보다 그리스도 고난을 즐겨 선택했다. 바울이 떠난 후 많은 사람이 믿음 생활에서 떠나갔다. 3년 동안 하늘을 향하던 촉구의 음성이 잠잠해졌다. 시내산의 먹구름으로 이스라엘 자손은 주저앉아 먹고 마시고 춤추며 놀듯 고린도 교인들은 이교도의 타락시키는 죄악의 길로 돌아갔다. 바울의 편지는 방황속에서 살기를 고집하는 교인들과 교제를 중단하라 권고했다. 교인들은 사도의 의도를 왜곡하고 교훈을 무시했다. 고린도 교회는 파벌로 나누어져 있으며 거짓 교사들은 바울의 교훈을 무시한 채 형제들을 인도하였고, 복음의 교리와 명령은 왜곡되었다. 그리스도 제자였던 자들이 교만과 우상 숭배 육욕주의로 자라났고 신도들이 두려워하던 일이 벌어졌다.

사도는 절망에 빠지지 않았고 눈물로 앞을 볼 수 없는 눈을 가지고 하나님께 자문하였다.

배은망덕의 분개심을 떨쳐버리고 모든 영혼을 던져 충성스런 소스데네에게 편지를 써 가장 훌륭하고 교훈적이고 능력있는 말을 고린도 교인들에게 받아쓰게 했다. 사도는 그들의 위험에 대한 경고 그들의 죄악을 질책했다. 사도는 성령의 은사를 상기시켜주었고 그리스도 신앙의 향상할 의무와 그리스도에 대한 순결함과 거룩함에 이루어져야 한다고 제시했다. 그리고 그들 사이에 불화를 이야기했고 그리스도의 이름과 권위로 분쟁을 그치고 그리스도인의 연합과 사

랑을 구하라 권고했다. 바울은 글로에의 집편으로 분쟁이 있었뜻는
걸 전했다. 바울 사도는 우상숭배는 우상숭배뿐 아니라 이것이 연
인을 사랑함, 식욕과 정욕을 원함을 의미를 부여했던 것들이 우상
숭배의 필두로 따라 오는 것이다.

우상숭배를 버려라. 거룩한 의식을 왜곡시키지 마라. 누구든지 주
의 떡이나 잔을 합당치 않게 먹고 마시는 자는 자기의 죄를 먹고 마
시는 자니라. 사도는 자기가 유익을 주고자 하던 자들에게 너무 깊
은 상처나 주지 않았는지 두려워했다.

사도 바울은 고린도 교회를 지극히 사랑하는 훌륭한 목회자였다.
바울 사도의 바른 교훈을 배워본다.

✦ 16단원 고린도 교회들에게 보내는 두 번째 편지

바울은 빌립보인들에게 보내는 그의 편지 가운데서 그들을 나무라
지 않고 따뜻한 말을 했다. 복음 진리는 그들을 철저히 변화시켰다.

바울이 후원을 사양했음에도 복음을 전하는 사도의 지원을 멈추
지 않았다. 바울이 스스로 부양하려는 결심을 가진 것은 원수들에
게 입회를 돈벌이로 이용한다는 생각을 차단하려 했다. 빌립보 교인
들은 주의 사자가 필요한 것을 채워주었다. 바울이 고린도에서 전도
할 때에도 원조자금을 보내왔다. 빌립보 교회는 부유하지 않았지만
바울 사도를 잘 섬겼다.

바울은 이렇게 칭찬했다. 저희가 힘대로 할 뿐만 아니라 힘에 지
나도록 자원하여 은혜와 성도 섬기는 일에 앞장서며 하나님의 뜻을

쫓았도다.

고린도 교회 일부 신도들 비난

교회를 정화하기 위한 사도의 노력에도 저항의 소수 세력은 있다. 바울 사도가 돈 받을 목적으로 복음을 전하고 교회를 처리한다고 교활하게 맹비난했다. 비난은 서로 모순되는 것이며 근거의 실체가 없다. 오늘날에 소수 무리가 그렇게 행동한다. 진리를 믿는다 공언하지만 하나님 사업이 전진하는 것을 방해하는 자 이다.

그들은 교회 공동체와 하나 되기를 거부하고 애써 일하는 형제를 비평하고 모호한 의심을 제기하며 암암리에 낭설을 유포한다.

'바울의 고린도 교인에게 두 번째 편지'

그들이 그리스도를 위하여 능욕을 받을 때 아무런 위로없이 낭패와 시련에 버림받지 않는다 라는 교리에 대한 그의 믿음과 소명을 표명하다.

첫 번째 편지 에베소 짐승들과 싸운 이야기

사도는 자기의 생명을 취하고자 외쳐야 했던 광적인 폭도들인 그들은 사실상 인간이라기보다 성난 야수들 같았다.

사도는 에베소에서 자기가 결국은 믿음을 위해 죽을 것이라고 자기에게 주어진 약속이 막 성취되고 있으며 자기 삶의 유용성이 이제 끝나게 된다 생각했다.

첫 번째 편지의 취지

사도는 그들의 악한 행위를 드러내고 그들의 회개함을 나타내며 저들의 음란한 행위로 교회를 망신시킨 자들에게 조치를 취하도록 첫 번째 편지를 쓴다. 만일 그들이 회개하는 사람을 용서하고 받아들인다면 그리스도를 대신하여 행하는 행위를 인정해준다. 한때 악행으로 해를 끼쳤던 자들이라도 회개하면 자기 동료로 받아들일 수 있는 권한을 인정한다.

관습과 의식문제에 대해

아무에게도 절대적으로 중요하지 않은 것을 강요함으로써 진리로부터 돌아서지 않도록 사람을 대하되 그들 입장에서 슬기롭게 대처했다고 선언했다. 그러나 그들 가운데서 그리스도의 복음을 왜곡시키고 그가 가르친 교리를 더럽히는 자는 질책을 받는다 경고했다. 그리스도를 받아들이는 자는 기별을 생명으로 쫓아 이르는 향기가 된다. 불신을 고집하는 자들에게 그것이 사망으로 쫓아 사망에 이르는 냄새가 될 것이라 충고했다.

✦ 17단원 바울이 고린도를 다시 방문함

유대주의 열사들은 수많은 그리스도 개심자들을 그들에게 복음을 가르친 교사로부터 이관시키고 성공했다.

그들은 개심자들을 돌이켜 구원의 필수 사항으로 의식법을 전수하도록 설득했다. 그리스도를 믿고 십계명의 율법에서 순종하는 것은 중요하지 않은 일로 간주되었다.

갈라디아 교인에게 바울의 편지

오직 예수 그리스도와 및 죽은 자 가운데서 그리스도를 살리신 하나님 아버지로 사도 된 바울. (갈 1:1) 그는 이 땅에 속한 것이 아니라 하늘의 속한 최고의 권위로 말이 남아 임명된 자였다.

그리스도의 은혜로 너희를 부르신 이를 이같이 떠나 다른 복음을 쫓는 것을 내가 이상히 여기노라.

갈라디아인들의 교리는 인간의 가르침이요 그리스도께서 직접 가르치신 교리와 반대되어 있었다. 갈라디아 교회의 복음의 오류. 참 기초이신 그리스도는 사실상 버리고, 유대주의의 못 쓰게 된 의식을 받아들이고 있었다.

그리스도인의 자세

자기가 유익을 주고자 하는 자들의 사정에 맞게 자기 노력은 적응시키는 법을 배워라. 부드러움, 인내, 결단과 확고, 부동함은 적당한 분별력을 가지고 사용해라. 바울은 갈라디아 교인들에게 순수복음을 제시했다.그는 지금 갈라디아 교회들을 어렵게 하고 있는 그 문제로 이방인들이 할례를 받아야 하고 의식법을 해결하기 위해 예루살렘을 방문해서 자질을 설명했다. 이방인들의 의식법에 대한 의무로부터 자유롭게 내버려 두자는 결정을 만장일치로 얻어냈다.

하나님께서 베드로를 지명하사 특별히 유대인들에게 가도록 하고 이방인들에게 진리를 전하시도록 바울을 부르셨다. 그들은 하나님께서 바울을 임명하심을 인정하고 그를 자기들과 동일한 지위를 가진 동역자로 받아들였다. 그들이란 베드로 요한 야고보를 지칭한다.(고후 11:5) 지극히 큰 사도보다 부족한 것이 조금도 없는 자. 증거 제시는 자기를 높이고자 함이 아니라 하나님의 은혜를 찬미하기 위함이라.

✦ 18단원 예루살렘을 향한 바울의 마지막 여행

(골 3:11) 거기는 할례인이나 유대인이나 할례당이냐 무할례당이냐 분별이 있을 수 없나니 이 말씀이 원수들에게 신성모독으로 들려졌더라. 바울이 로마당국에 보조하게 있지만 배가 해안을 떠날 시 즉시로 보복을 노리고 있었다.

빌립보에서 바울은 유월절을 지키기 위해 체류했다. 빌립보에서 드로아로 5일 만에 도착했고 형제들이 떡을 떼려고 모였다. (행 20:7) 다락방에 있는 3층 집이라. 문지방에 걸터앉은 유두고 청년이 이내 마당으로 떨어졌다. 바울은 유두고를 부둥켜안고 하나님께 기도했다. 그러자 죽은 청년 유두고가 생명이 회복되어(행 20:10) 놀라면서 그 지방에 소문이 퍼졌다.

여행자들은 앗소에서 에베소를 지나 밀려도 잠시 머물다 에베소 교회 장로들을 오라고 기별했다. 바울은 그들에게 율법 안에는 불순종의 형벌로 구원할 수 없는 능력이 없다 가르쳐 주었다.

자기의 죄를 용서하고 그리스도의 죄에 대한 믿음을 발휘해야 한다. 이제부터 그리스도의 은혜를 통해 하나님의 율법에 순종한다고 바울은 말한다.

범사에 너희에게 표본을 보였나니 같이 수고하여 약한 사람들을 돕고 또 주 예수가 친히 말씀하신다. 주는 것이 받는 것보다 복이 있다. 이 말은 한 후 무릎을 꿇고 기도하고 웃고 목을 안고 입을 맞추더라.(장로들과 인사)

예루살렘 가다가 두로에 2주 머물다 가이샤에 도착했다. 그들은 일곱 집사 중 하나인 빌립 집사 집에 머물렀다.

바울은 이방 교회로부터 회중 기금을 예루살렘에 전달하러 가려고 하자 형제들은 말렸다. 바울은 너희가 어찌하여 울어 내 마음을 상하게 하느냐. 주 예수의 이름으로 결박을 받다 예루살렘에서 죽을 각오가 되어있다. 형제들은 의지를 못 꺾고 주의 뜻대로 될지어다 말했다. 그리고 가이샤와 형제들을 대동하고 예루살렘으로 출발했다. 바울은 예루살렘에서 구브론 사람 나손의 집에 머물렀다. 그의 주변의 사람들은 이름만 들어도 미치듯 흥분해 날뛸 자들을 만날 것이다.

선지자를 죽이고 하나님의 아들을 살해하고 하나님의 진노를 위협받는 성읍에 와있다.

그곳에서 자기 자신에 있는 믿음의 형제들의 지원을 기대할 수 없었다. 개심하지 못한 유대인들은 그가 하는 일에 대해 예루살렘에서 좋지 못한 소문을 유포하는데 게으르지 않았으므로, 사도들과 장로들이 그의 말을 반박하지 않고 받아들였다. 조화하려는 열망도 나타내지 않았다. 그러나 실망 가운데 사도는 절망하지 않았다. 주님께서 그들의 마음을 하나의 복음서에 가운데서 자기와 연합시켜 주실 것을 믿었다.

✦ 19단원 장로들과 만남, 바울의 예루살렘에서 기부금 전달

교회 대표자들을 데리고 와서 기부금(헌금) 전달 모교회에 대한 사랑과 동정 유대인 형제 화합, 가난한 자들을 기억해달라는 약속 이행 등 정성이 담겨 있다.

헌금 모은 액수: 유대인 장로들의 예상금액 초과

예루살렘 모교 대표자 야고보 바울의 표정 선물을 받아들이는 태도에 반신반의를 느끼고 자기 의무를 다했다.(보람을 느낌) 바울을 개심하게 한 사람들의 관대한 마음과 사랑에서 위로를 받았다. 기부금 전달 후 복음 사역 보도도 했다.

바울의 보고서 에베소에서 (이교의 요새지) 커다란 교회를 세운 이야기는 흥미롭게 경청을 했다. 갈라디아와 고린도 교회를 언급했다. 혼란과 불화의 이야기도 포함시켜 말했었다. 복음이 진전되었다는 평을 받았다. 바울의 보고에 예루살렘 형제들은 음성을 높여 엄숙한 찬양과 아멘으로 바울의 사업을 인정했다.

예루살렘 교인들의 편견과 불만

옛 관습과 의식이 그리스도가 죽음으로 폐지되었는데 그리스도교

에 율법주의들은 옛 관습을 가지고 대한다. (예루살렘 교회 장로 보고
후 받음)

① 바울의 복음 사역을 정죄할 수 없다.

② 자기들이 유대인의 관습과 전승에 얽매였음을 깨닫는다.

③ 복음 사업이 유대인과 이방인 사이에 중립 답을 유지하려는
　　생각이 큰 방해 입음을 깨달았다.

예루살렘 교회의 병폐

지나친 유대주의 의식법(관습과 의식 전승)을 지나치게 주장하며 복
음 사역에 방해가 된다. 의식법은 그리스도가 죽음으로 폐지되었다.
지나친 주장은 복음사역의 걸림돌이다. 할례나 무할례가 중요한 게
아니라 그리스도의 복음을 받아들이고 지키고 따라는 것이 구원인
것에 초점을 맞춰 신앙해야 한다.

예루살렘 장로들의 생각

의식법을 존중해 동족(믿지 않는 유대인)으로부터 편견을 제시하자
그리스도를 구주로 믿기 위해선 양보하자는 생각은 여전히 남아있
었다. 바울이 온 목적은 팔레스타인 교회(개심한 이방인들 교회)의 환
심을 사기 위함이다. (지나친 의식법에 매이지 말자)

결과: 바울은 기대치만큼 양보를 끌어내지 못했다. 베드로도 이중
적 태도를 보였다가 바울 사도에게 전에 질책을 받은 적이 있다. 베
드로의 이중적인 태도는 율법주의자 유대인에게는 율법 지키는 쪽
으로 이방인에게는 부정한 음식도 허락했으니 율법 지키는 것보다
이방인들 방식대로 신앙을 하게 풀어주다.

의식법의 문제 해결은?

이방인도 지나치게 유대인들이 싫어하는 우상의 제물 먹는 것. 피와 목메어 죽은 짐승 음식 음행에서 사로잡혀 있지 말고 변화해야 유대인과 이방인의 신앙이 조화된다. 유대인 또한 폐지된 의식법인 관습과 전승들을 양보해야 그리스도교가 진정하나가 된다.

✦ 20단원 죄수가 된 바울

예루살렘의 나실인 네 명의 결례의식 행사로 바울이 예루살렘에 갔다. 바울의 공식적인 행사로 성전에 들어가는 목숨을 건 모험이다. 예루살렘 성전 안에서 에베소에서 논쟁을 벌인 패배자와 맞닥뜨려서 원수들의 손에 들어왔다.

패배자들은 격노하며 바울이 각처에서 우리 백성과 율법과 이곳을 훼방하는 자가 선동하며 헬라인을 데리고 성전에 들어왔다 외쳐댔다. 유대인의 율법은 할례받지 않으면 예루살렘 성전에 들어갈 수 없다. 그래서 패배자 유대인은 바울을 죄인으로 몰아간다. 그때 바울은 에베소 사람인 드로비모와 함께 있었다. 바울이 성전을 뜰만 걸었고 바울은 유대인이라 성전 안에 들어가도 된다. 바울은 거기서 구타와 모욕과 함께 끌려나갔다. (이방인의 뜰로)

이 소식이 로마 수비대 천부장 글라우디오 루시아에게 전달되었다. 천부장은 바울을 로마인 막사로 데려가라 했다.

군중들은 먹이를 놓치게 되자 "없이 하소서. 없이 하소서." 소리를 질러댔다. 루시아는 바울을 처벌하지 않고 다음 날 대제사장과 함께 산헤드린 회의를 소집하고 재판하도록 했다.

바울의 재판정 말: 형제들아 내가 범사에 양심을 떠나 하나님
              을 섬겼다.
대제사장: 저자의 입을 쳐라
바울: 회칠한 답이여 하나님이 너를 치리라. 네가
              율법대로 판단한다고 율법을 어기고 나를
              치느냐.
바울이 꾸짖었다.
군중: 네가 하나님의 제사장을 욕하느냐.
바울: 나는 그가 대제사장인 줄 모른다.
산헤드린 의회는 바리새인과 사두개인으로 구성되었다.

결국 바울이 예수의 부활을 전하다.

바리새파는 바울을 두둔하고 사두개파는 증오하자 바울은 다시
옥에 갇힌다. 바울은 옥에서 기도 한다. 하늘의 영접이 들린다. 네가
예루살렘에서 증거함 같이 로마에서도 증거 하여야 하리라.

바울이 위태로움에 쌓이자 생질이 살인음모를 외삼촌에게 알려준
바울은 백부장을 불러 젊은이를 천부장에 데려가라 젊은이는 글라
우디오 루시아에게 갔더라. 루시아가 젊은이 이야기를 듣고 밤 세
시에 가이샤라에 갈 보병 이백 명, 마병 칠십 명, 창군 이백 명을 준
비해(행23:23~24) 가이샤라로 떠났다. 하나님께서 바울은 원수의 손
에서 살리셨다. 400명의 보병은 예루살렘에 다시 돌아왔다. 루시아
는 총독 벨릭스 각하에게 바울을 인도했다.

벨릭스는 바울을 헤롯에 법정 가두라 명했다. 바울은 이제 가이샤랴에서 심문을 받게 될 것이다.

✦ 21단원 가이샤라에서의 심문

바울이 가이샤라에 도착한 후 로마 총독 벨릭스 법정에 서다. 원고 유대인의 변호사 더둘로는 벨릭스 총독 각하의 은혜를 힘입어 태평을 누린다. 유대인들이 예루살렘에서 로마 시민권자인 바울을 몰래 죽이려는 음모를 꾸몄다. 그러자 가이샤라의 천부장 루시아는 바울을 급히 가이샤라에게 보내서 벨릭스 총독 앞에서 심문을 받게 했다.

유대의 대제사장과 더둘로 변호사가 와서 벨릭스 총독 앞에서 직접 고소한다. 바울이 별다른 죄를 지은 것이 없는 것으로 판명되자 벨릭스는 천부장이 가이샤라에 내려오면 그때에 다시 심문을 하자고 결론을 내리며 예루살렘으로 돌려보낸다. 벨릭스는 노예 생활의 밑바닥에서 총독까지 오르는 가운데 수많은 아첨과 간사한 일들을 많이 저질렀다.

그는 돈과 색욕을 즐기며 탐욕스럽고 잔혹한 폭군이었다.

그래서 드루실라를 아내로 맞이할 때도 결혼한 그녀를 탐하여 교묘하게 빼앗아왔다. 드루실라의 고모부는 세례요한을 죽인 헤롯 안디바스이다. 바울이 장차 오는 최후의 심판에 대하여 강론했을 때는 벨릭스가 두려워하였다. 벨릭스는 성령이 날카롭게 그의 양심을 찌르자 장차 다가오는 하나님의 심판이 무척 무서웠다. 그는 두려워서 바울에게 그만하고 가라고 명한다.

벨릭스와 드루실라도 지금 바울 앞에서 회개할 기회를 스스로 놓치고 만다. 그들이 손에 거머쥐고 있는 세상이 너무 좋아서 지금 놓지 않으려고 한다.

역사에 의하면 벨릭스는 강도 떼들이 약탈하게 하여서 그 약탈물을 나누어 가지고 헬라인들과 분쟁하는 유대인들을 잔인하게 학살하여 그 탄원서로 인하여 총독의 자리에서 쫓겨나서 로마로 소환되었다고 한다.복음을 거절한 자의 최후가 비참하다. 그 모든 영예를 다 빼앗겨 버린다.

드루실라도 회개를 거부하였는데 그녀의 최후는 더 비참하다. 그녀는 총독의 아내이니 엄청난 돈을 끌어모아서 폼페이에 별장을 짓고 그의 아들과 살았는데 AD 79년에 베수비오 화산이 폭발할 때 화산재에 묻혀서 아들과 함께 비참한 최후를 맞이한다.

벨릭스 총독의 후임으로는 존경할 만한 통치자 보르기오 베스도가 등장한다. 그는 부임한 지 3일 만에 가이샤라에서 예루살렘으로 올라갔다. (행 25:1) 부임 직후 그는 지난 2년 동안 전임자 벨릭스의 손에서 지지부진했던 바울의 송사 사건을 처리하는 과정에서도 드러났듯이 유대인들의 요구를 받아들여 2년 동안 가이샤라의 옥에 감금되었던 바울을 소환하여 재판한다.(행24:27-26:32) 또한 유대인들에게도 호의적이었다. 바울은 예루살렘으로 가게 되면 유대인들에 의해 죽임을 당할 것을 알고 황제에게 상소(25:11)한다.

황제에 대한 상소는 로마 시민의 특권, 총독은 배석 판사들과 협의하고 바울이 로마 황제에게 갈 것을 선고한다. 보통의 유대인이 산헤드린의 재판권을 거부한다는 것은 상상하기 어려운 일로 이는 유대교 바깥으로 자신을 내던지는 행위나 다름없기 때문으로 바울의 상소는 유대교와 기독교의 결별을 암시하는 사건이다.

바울이 상소하자 베스도의 임무는 바울을 로마로 보내는 일을 해야 했다. 수일 후에 아그립바왕과 비니게가 베스도에게 문안하러 와서 바울을 직접 만나고 싶다고 제안한다.

바울은 이제 주님의 예언대로 왕 앞에 서게 되었고 아그립바 왕 옆에는 총독 베스도와 가이샤라의 고위층 인물들이 함께하고 있었다.

바울은 비록 죄수의 몸이었지만 고관들을 전도할 수 있는 기회를 맞게 되었다. 더욱이 이번 변명은 바울이 황제에게 상소한 가운데 이루어진 마지막 변명이었고, 황제에게 보낼 소장을 작성할 재료로 사용될 것이기 때문에 바울은 신중히 변명을 해야 했다.(행24:10) 아그립바가 바울에게 이르되 너를 위하여 말하기를 네게 허락하노라 하니 이에 바울이 손을 들어 변명하되 아그립바는 정중하게 바울에게 발언할 수 있도록 허락했다.

바울은 열정을 가지고 침착하게 복음을 변증하기 시작했다. 바울은 세상의 부와 지위가 얼마나 무가치한 것인가를 알기 때문에 아그립바가 아무리 위엄을 갖추고 나왔어도 그가 유대의 학문과 종교적 관습에 정통한 사람이었기 때문에 자신의 입장과 처지를 비교적 객관적으로 판단할 수 있으리라 여김을 다행스럽게 생각했다.

바울은 "당신이 유대인의 전통을 알고 있으니 내 말을 끝까지 신중하게 들어보고 정확하게 판단해 달라"고 요구했다. 그러면 자신의 문제가 단순히 유대인의 풍속과 관련된 문제이지 로마법과 관계없는 일임이 밝혀질 수 있어서 황제 앞에 가서 재판을 받을 때 무죄가 될 수 있었다.

바울은 자신의 종교적 배경에 대해 설명하고 아그립바 왕 앞에서 법정 진술을 하고 있지만 사실은 진술을 빙자하여 아그립바 왕에게 복음을 전하려고 신앙고백을 하고 있었던 것이다.

바울이 말한 유대인의 소망의 정체는 죽은 자의 부활이었다. 정통적 유대의 신앙에서 부활을 믿지 않는 이가 없었다. "아그립바 왕이여 이 소망으로 말미암아 내가 유대인들에게 고소를 당하는 것이다."

바울은 유대인들의 공통적인 소망인 부활의 소망으로 송사를 당했고 그 소망으로 인해 지금 박해를 받는 것이다.

이에 아그립바 왕의 호기심은 채워졌고 회견은 끝났다. 그리고 바울이 사형을 당하거나 투옥을 당할 행동은 하지 않았다는데 동의를 했다. 그는 생간의 자유가 폭력에 의하여 억압당하는 것을 열망하지 않았다.

이제 소송사건은 베스도나 아그립바 왕의 사법권을 초월하였다. 이 사건 이후 베스도는 황제에게 편지로 죄수에 대한 합법적인 죄과를 찾을 수 없다고 진술했다.

(행27:1-2) 우리의 배를 타고 이탈리아로 갈 일이 작정 되매 바울과 다른 죄수 몇 사람을 아구사도대의 백부장 율리오란 사람에게 맡기니 아시아 해변 각처로 가려 하는 아드라뭇테노 배에 우리가 올라 행선할 때 마게도냐의 데살로니가 사람 아리스다고도 함께 하니라.

바울이 무죄가 판결되었어도 가이사에게 항소를 했기 때문에 석방을 못하고 로마로 호송을 해야 했다.

베스도 총독은 바울을 로마까지 호송해야 하는 책임이 있기 때문에 바울의 호위무사로 백부장 율리오에게 위임하여 로마로 호송해야 할 죄수가 몇 명 있기에 함께 보내게 된다.

바울이 로마오 호송되자 그간에는 재판을 받을 때 2년 동안 떨어져야 했던 누가와 아리스다고와 와서 합류하게 되었다. 그간엔 누가와 아리스다고는 바울이 갇혀있는 동안에 면회도 하고 위로도 하고 도왔다.

그들은 동역자로서 끝까지 충성하는 신앙을 보여주는 것이다.

(행27:24-25) 바울아 두려워 말라. 네가 가이사 앞에 서야 하겠고 또 하나님께서 너와 함께 행선하는 자를 다 네게 주셨다 하였으니 그러므로 여러분이여 안심하라. 나는 내게 말씀하신 그대로 되리라고 하나님을 믿노라.

누가는 헬라 사람으로 안디옥 의사로서 바울의 의료 선교사로 지원하여 바울이 2차전도 여행 때 드로아와에서 합류하여 바울이 로마 1차 수감 때와 2차 수감 때까지 끝까지 바울과 동역했고 바울이 순교한 후 20년을 생존하다가 74세에 순교했다.

가이샤라에서 로마의 거리는 240km다. 가이샤라에서 로마까지 직항할 수 없어서 알렉산드리아에서 갈아타야 하므로 122km 지점 시돈항에 도착하여 잠시 머물게 된다. 배가 정박해 있는 동안 죄수들이 도망할 우려가 크므로 배 안에 감금해 두라고 명한다. 그런데 백부장 율리오는 바울에게 친절을 베풀어 자유로이 활동하도록 배려했고 친구들에게 대접받는 것을 허락했다.

(행27:14-19) 얼마 못되어 섬 가운데로 유라굴라 광풍이 대작하니 배가 밀려 바람을 맞추어 갈 수 없어 가는대로 두고 쫓기다가 가우다라는 작은 섬 아래로 지나 간신히 거루를 잡아끌어 올리고 줄을 가지고 선체를 둘러 감고 스르디스에 걸릴까 두려워 연장을 내리고 그냥 쫓기더니 이튿날 사공들이 짐을 바다에 풀어 버리고 사흘째 되는 날에 배의 기구를 저희 손으로 내어 버리니라.

(행 27:20-24) 여러 날 동안 해와 별이 보이지 아니하고 큰 풍랑이 그대로 있으매 구원의 여망이 다 없어졌더라.

여러 사람이 오래 먹지 못하였으매 바울이 가운데 서서 말하되 내가 너희를 권하노니 이제는 안심하라. 너희 중 생명에는 아무 손상이 없겠고 오직 배뿐이리라. 나의 속한바 곧 나의 섬기는 하나님의 사자가 어젯밤에 내 곁에 서서 말하되 바울아 두려워 말라. 네가 가이사 앞에 서야 하겠고 또 하나님께서 너와 함께 행선하는 자를 다 네게 주셨다 하였으니 그러므로 여러분이여 안심하라. 나는 내게 말씀하신 그대로 되리라고 하나님을 믿노라.

그런즉 우리가 반드시 한 섬에 걸리리라 하더라.

바울의 위로의 말을 이제는 모두 믿게 된다.

왜냐하면 바울이 예고한 대로 이루어졌기 때문에 하나님의 사자임을 인정하지 않을 수 없기 때문이다. 그래서 이들에게는 참 소망이고 위로였다. 3개월 동안 배에 탄 사람이 멜리데 섬에 머무니 바울은 기회를 활용해 전도하더라.

누가는 그때 일을 이렇게 말했다. 이 섬에서 제일 높은 사람 보블리오 라는 이가 우리를 영접하여 사흘이나 친절하게 유숙하더니 보블리오의 부친이 열병과 이질에 걸려 바울이 그에게 안수하여 낫게 하매, 다른 사람들도 병고침을 받고 후한 예로 우리를 대접하고 떠날 때 우리 쓸 것을 배에 올리더라.

누가보다 늦게 사명 받은 바울이 큰 사도로 보이는 견해이다.

✦ 25단원 로마에 도착함

멜리데 섬에서 겨울을 지나고 이탈리아 해안에 있는 보디올 항구에 닻을 내린다. 보디올에서 로마까지의 거리는 224Km에 불과했고 로마의 그리스도인들은 바울이 가까이 있다는 소식을 듣고 소수의 그리스도인들은 바울을 영접하기 위해 출발했다.

바울의 현재 위치는 죄수로서 차꼬를 차고 낙인 찍힌 상태에서 복음을 전한다는 소망이 좌절될 수밖에 없을 것처럼 보였다.

압비오 광장에서 많은 사람들 사이를 지나가고 있을 때 조롱의 대상이 된다. 그때 갑자기 고린도, 빌립보, 에베소에서 생명의 말씀을 가르쳐준 제자들이 바울을 알아보고 복음의 아버지인 바울 주변으로 모여들자 모든 무리는 멈추어 선다. 군인들은 지체가 되었지만 자기들이 호송하는 죄수를 존중하기를 배웠기 때문에 행복한 만남을 인정해 주었다. 바울의 지치고 질병에 시달린 얼굴에서 제자들은 그리스도의 형상이 반사되는 것을 본다. 그들은 자기들이 바울을 잊었거나 사랑하기를 그치지 않았으며 자기들의 삶에 생기를 주고 하나님과 화평케 하는 기쁨이 가득한 소망을 지닌 것에 대하여 바울에게 빚지고 있음을 강하게 어필한다.

바울이 그의 형제들을 보았을 때(행28:15) "하나님께 사례하고 담대한 마음을 얻으리라"고 누가가 말한 깊은 의미를 깨닫고 자기의 수고가 헛되지 않았음을 느꼈다. 그는 이 세상에서 소망도 없고 하나님도 없이 짙은 암흑 속에 있었던 많은 영혼들에게 그리스도를 소개함으로 영원한 생명과 평화의 빛을 허락함을 기쁘게 생각했다. 그는 속박과 고난이 기다린다 할지라도 영혼들을 구원하는 것이 자기의 평생 사업이었음을 인식하면서 그리스도를 위하여 당하는 자기의 고통 가운데 즐거워한다.

로마에 도착하자 백부장은 죄수들을 황제의 호위대장에게 인계했다.

바울에 대한 호의적 보고는 유대의 총독 베스도의 전말서와 함께 호의적 배려를 받도록 해주어서 감옥으로 보내는 대신에 임대한 집에서 살도록 허락을 받았다. 그는 자유롭게 그리스도의 사업을 전진시키기 위하여 일할 수 있었다.

바울의 복음 진리를 듣기 위해 그들이 날짜를 정하고 그가 유숙하는 집에 정한 시간에 많은 사람들이 오니, 바울이 아침부터 저녁까지 강론하여 하나님의 나라를 증언하고 모세의 율법과 선지자들의 말을 가지고 예수에 권하더라. (행28:23)

이에 어떤 이는 감동을 하고 진리를 구하는 자라 확신을 얻었다. 바울은 선지자들의 죄의 문제를 위한 하나님의 해결책이요 죄인들의 죄악을 담당하실 죄없는 분임을 설명해 주었다.

본인의 견해: 로마에 도착해서도 진리를 전하는 바울 사도는 비록 죄수의 몸이지만 같은 은혜가 제공되었음에도 간절한 마음으로 말씀을 받은 겸손하고 너그러운 베뢰아 사람처럼, 바울이 진리를 가르칠 때 그것을 배웠겠지만 다른 이들은 진리를 받아들이기를 완고하게 거절하였다.

그들은 오로지 자기들을 옹호하고 그를 정죄하기 위한 내용들을 찾아 연구했다.

진리를 제시할 때 반대의 폭풍이 생긴다는 사실이 진리에 불리하다는 증거는 아니다. 선지자들과 사도들은 양심적으로 하나님께 순종했기 때문에 그들의 생명에 위협을 당했다. 우리 구주께서는(딤후 3:12) 참으로 그리스도 예수님 안에서 하나님의 뜻대로 살고자 하는 모든 자는 핍박을 받을 터이니 라고 경고했습니다. 그것은 그리스도의 유산입니다.

로마법에 따르면 바울의 재판은 그를 고발한 자들이 그에 대한 그들의 고소 내용을 진술하기 위하여 직접 출석하기까지는 열릴 수가 없었다. 그들의 긴 선교여행으로 오지 않음으로 재판은 막연하게 지체되었다.

법을 범한 것으로 의심되는 자들의 권리를 위한 고려는 거의 없었다. 어떤 경우에는 기소한 자들이 그들의 고발사건 처리를 지연함으로써 고발당한 피고인이 오랜 시간 감옥에 갇히는 수도 있었으며 부패한 재판장은 대중의 편견을 만족시키거나 뇌물을 받고자 기대하면서 죄수를 여러 해 동안 구금할 수 있었다.

예루살렘의 유대인들은 바울에 대한 고발 건을 제출하기 위해 서두르지 않았다. 그들의 계획은 여러 번 좌절당했으므로 또다른 패배의 위험을 원하지 않았다. 루시아, 벨릭스, 베스도, 아그립바는 모두 그가 무죄라는 그들의 소신을 천명했다. 하나님의 섭리 가운데 이런 모든 지연됨은 복음을 진전시키는 결과를 낳았다.

바울은 비활동적인 생활을 하도록 정죄받지 않았다. 그는 매일 자기 말을 듣기 위해 모이는 사람들에게 진리를 가르쳤다.

(고후 11:28) 모든 교회를 염려하는 것이라 이 성경 구절에서 보듯 그의 수고는 복음을 전파하는 것에 한정되지 않았다. 그는 자기가 열심히 일했던 자들을 위협하는 위험을 깊이 느꼈으므로 직접 가르치는 대신 가능한 기록된 통신문들을 통하여 채워주고자 노력했다.

바울이 일할 때 그를 도운 동역자들은 누가, 두기고, 데마와, 마가 등이었다. 동역자들을 살펴보면 마가는 바울의 1차 선교 여행 때 삼촌 바나바와 동행했으나 더 안이한 길을 가고자 바울과 삼촌인 바나바를 등지고 도중에 귀향한다. (행13:13)

바울의 2차 선교여행 때 마가의 동행 여부를 놓고 바울과 바나바가 심하게 다투어 그 후 마가는 바나바와 함께 구브르 섬으로 건너가 사역하였다.(행 15:39) 그 후에야 마가는 다른 모든 것보다도 하나님의 요구를 상위에 두어야 한다는 교훈을 배웠고 10여 년 후 로마 옥중에 있는 바울을 돕고 좋은 협력자가 된다.(딤후 4:11)

바울은 순교 당하기 직전 로마에서 디모데에게 편지 쓰면서 이렇게 당부했다.

"네가 올 때 마가를 데리고 오라. 저가 나의 일에 유익하니라." 데마는 충실한 조력자였지만 세상의 유익을 위하여 세속적 이익을 추구하여 데마는 복음 사역을 중단하고 고향으로 돌아간 것으로 보인다.(딤후4:10)

그리스도를 위해 고난받기를 택하는 자들은 영원한 부(富)를 얻을 것이요. 그들은 하나님의 후사가 되고 그분의 아들과 함께 유업을 얻을 것이요. 행복하게 되기 위하여 우리는 십자가 밑에서 자기부정의 원칙을 배워야 한다.

로마에서 바울에게 수종 들었던 제자들 가운데는 골로새 성읍에서 도망친 노예 오네시모도 있었다.

그는 골로새 교회의 신자로 빌레몬이라는 이름을 가진 그리스도인에게 속한 자였다. 그러나 그는 자기 주인의 물건을 훔쳐 로마로 도망친 이교도 노예이다. 그 방탕하고 파렴치했던 이교도 노예는 복음의 진리를 접하게 된다. 오네시모는 한때 멸시했던 그 생명의 말씀을 주의 깊게 들었고 자기의 죄를 자백하고 사도의 권고를 받아들여 주인에게 돌아가 회개하였다. 오네시모가 개심함으로써 그는 믿음 안에서 한 형제가 되었으므로 바울의 죄인을 향한 사랑을 보여주는 예증이다.

바울은 오네시모의 빚을 떠맡겠다고 제안한 다음에 빌레몬에게 그 자신도 사도에게 얼마나 큰 빚을 졌는지 상기시켜주었다.

바울은 노예제도의 기초를 가격하는 원칙들을 가르쳤던 바(고후 3:17)에서 보듯이 주의 영이 계신 곳에는 자유로움이 있느니라. 그리스도의 종교는 그것을 받아들이는 자를 변화시키는 능력을 가지고 있다. 그 개심한 노예는 그리스도의 몸의 한 지체가 되었으며 복음의 특권들을 자기 주인과 함께 유업으로 받는 사랑과 대우를 받았다.

그리스도교는 주인과 노예, 왕과 백성, 복음 사역자와 그리스도 안에서 자기 죄악의 짐으로부터 구원을 찾는 가장 타락한 죄인 사이에 강한 연합의 유대를 맺게 한다. 그들은 동일한 피로 씻음을 받았고, 동일한 성령으로 말미암아 소생함을 받음으로 그리스도 예수 안에서 하나가 된다.

바울 사도의 사업이 천하고 낮은 계층에서 시작했으나 그 감화력은 황제의 궁궐까지 퍼져나갔다. 복음은 2년도 채 못되어 수감자의 천한 집으로부터 황제의 저택들에까지 들어가는 길을 찾게 되었다. 바울은 행악자로 매인 바 되었지만 하나님의 말씀은 매이지 아니하리라. (딤후 2:9) 그 당시 악의 우두머리로 서있는 악한 괴물과 같았던 로마의 왕실보다 더 기독교에 부적합한 분위기는 어디에도 없었다. 네로는 인간의 흔적을 지워버린 사탄의 모습만을 지닌 듯하며 그리스도교가 네로의 왕실과 궁궐에서 발판을 얻는다는 것은 불가능해 보였다. 그러나 다른 많은 경우 들처럼 이 경우에도(고후 10:4) 우리의 싸우는 무기는 육신에 속한 것이 아니요. 오직 어떤 견고한 진도 무너뜨리는 하나님의 능력이라 바울의 단언이 진리임이 판명되었다. 그리스도가 들어갈 수 있게 된 견고한 발판을 얻을 수 있었던 비결은 무엇일까?

바울은 겁없는 용기를 가지고 왕들과 총독들 앞에 서서 다가올 심판에 대하여 변론했고 마침내는 그 거만한 통치자들이 이미 하나님의 날의 공포를 보는 것처럼 떨게 되었다.

빌립보에 보내는 그의 편지 가운데서 바울은 네로의 집안으로부터 믿음으로 개심하는 자들을 이끄는 데에 성공한 것은 자신의 투옥 덕분이었다고 말한다. (빌1:12)나의 매임이 그리스도 안에서 온 시위대 안과 기타 모든 사람에게 나타났으니 라고 말한다.

장기간의 부당한 감금을 인내와 온유로 감수하는 그의 태도는 사람들의 주목을 끌게 되었고 그의 모본으로 다른 그리스도인들은 더 큰 힘을 내도록 격려를 받았다. 사탄의 악의로 인해 그들은 박해를 당하고 교수대나 화형주로 끌려갈 순간에도 진리는 승리하게 된다.

그가 가는 길에 어떠한 난관들이 있더라도 그것들은 그가 하나님의 나라와 의를 제일 먼저 구하기로 작정한다면 그를 방해할 수 없을 것이다. 그리스도인의 신분이 높든 낮든 간에 자기 신분의 의무들을 충실히 이행함으로써 참된 종교의 능력을 나타낼 수 있을 것이다.

그리스도를 따르는 사람들이 고통 중에 인내함으로 강하게 되고 복종함으로 정복하고 종일토록 죽임을 당하여 살고 십자가를 짐으로 썩지 않을 영광의 면류관을 얻게 되는 것, 이것이 바로 그리스도인 신앙의 승리이다.

구주께서 하늘궁전을 떠나 죄로 오염된 세상에 오셔서 우리를 구원한다는 확실을 안다면 어떤 어려운 환경, 즉 가이샤의 왕실 속에서 가족이나 고용인이 그리스도의 복음을 받아드리기 어렵지만 바울 서신은 받아들이는 과정을 잘 나타내고 있다.

✦ 28단원 바울이 자유를 얻음

바울이 로마에 도착했을 때 황제의 시위 대장 감독 아래 배치되어 2년간 자유롭게 복음 전하는 사업을 잘하고 있었다. 그러나 2년간의 구금 생활이 끝나기 직전에 그 사람은 비행과 포악함으로 다른 관리에게 자리를 넘겨주게 되었다. 통치자 네로는 도덕적으로 타락했고 비인간적인 폭군이었다. 그는 모든 문명 세계의 절대적인 통치자로 인정을 받았고 신으로 경배를 받았다. 인간의 판단 견지에서 볼 때 바울이 그런 재판장 앞에서 정죄를 받으리라는 것은 확실시되었다. 그러나 바울 사도는 자기가 하나님께 대한 충성과 사랑을 간직하는 한 두려워할 것이 전혀 없다고 생각했다. 그의 생명은 네로의 수중에 있는 것이 아니며, 그의 사명이 끝나지 않았다면 로마 황제는 그를 죽일 수 없을 것이다.

과연 하나님께서는 당신의 종을 보호해 주었다. 네로는 자기 성품과 반대로 공의를 존중하며 그 죄수의 무죄를 선언했다. 바울의 속박은 풀리고 자유인이 되었다. 재판이 더 오래 지연되었다면 죽임을 당했을 것이다. 바울이 수감 되어있는 동안 개심한 자들이 많았으므로 이목을 받았고 당국의 증오심을 일으켰다. 황제의 집안 식구들이 개심함으로 인하여 황제의 분노가 촉발되었는데 황제는 그리스도인들을 자기의 무자비하고 잔혹한 행위의 대상으로 삼기 위한 구실을 찾아냈다.

그때쯤에 로마에는 무시무시한 화재가 일어나서 도시의 절반이 손실되었다. 네로 자신이 화재를 일으키도록 지시했으나 혐의를 피하기 위하여 가난한 자를 구제하는 척 관용을 베푸는 척했으나 방화 혐의를 그리스도인들에게 돌림으로써 그 도시로부터 자기가 두려워하고 미워하는 부류의 사람들을 쫓아내기로 작정하였다. 그리스도를 따르는 수천 명의 남자, 여자, 어린이들은 극히 잔인한 방법으로 죽임을 당했다.

바울은 석방된 직후에 로마를 떠났기 때문에 그런 끔찍한 시련을 면할 수 있었다. 그 귀중한 마지막 자유의 기간은 교회들을 위하여 열심히 봉사하는 데에 활용되었다. 예루살렘과 안디옥에서 그는 유대주의의 편협한 규제들에 맞서서 그리스도교를 방어했고 다양한 계급과 지위를 가진 사람들에게 복음을 전했고 그는 자기의 마지막 사업을 하고 있었다.

✦ 29단원 마지막으로 체포됨

바울의 활동이 주로 교회들 가운데서 이루어지긴 했으나 그는 원수들의 감시를 피할 수 없었다. 이제 유대인들은 바울에게 화재를 선동한 죄를 뒤집어씌우려는 생각을 하게 되었다.

드로아 성읍에 있는 한 제자의 집에서 바울은 다시 잡혔고 그곳으로부터 그는 마지막 감금장소로 이송되었다.

그가 체포된 에베소에서 바울 사도의 복음 사업을 방해했으나 큰 효과를 보지 못했던 구리 장색 알렉산더에 의한 것이었는데 바울은 후일에 디모데에게 보내는 두 번째 편지에서 그 믿음의 원수가 나타난 간계에 대하여(딤후4:14) 구리 세공업자 알렉산더가 내게 해를 많이 입혔으매 주께서 그 행한 대로 그에게 갚으시리니 라고 했고 그들은 믿음에 파선한 자들이며 그 사람들은 복음의 신앙으로부터 떠났으며 바울이 행한 놀라운 일들을 사탄의 능력으로 돌림으로써 은혜의 성령을 멸시했다.

로마로 가는 바울의 두 번째 항해에는 상황이 훨씬 좋지 않았다, 네로 통치하의 박해는 로마에 있는 그리스도인들의 수효를 크게 감소시켰다. 수천 명의 신자들이 그들의 신앙을 위하여 순교 당했으며 많은 사람들은 그 도시를 떠났고 남아있는 자들은 큰 억압과 위협을 당하고 있었다. 전에 바울의 무죄함을 입증해 주기 위한 베스도나 아그립바의 진술이나 제자들이 이번에는 없었다.

누구든지 바울에게 조그만 관심이라도 나타낼 경우 생명에 위험이 도사리고 있었다. 바울은 자기 친구들이 하나둘 떠나는 것을 보았다. 그들은 세상 생활의 안일과 안전을 찾아 박해받는 바울사도를 저버렸다. 친구인 누가는 그와 함께 있었고 그리스게는 갈라디아 교회로, 디도는 달마디아 교회로, 두기고는 에베소 교회로 사명을 주어 보냈다. 누가로 하여금 바깥세상과 형제들과 교통할 수 있도록 만들어 주었다.

그때 기쁨의 격려가 있었는데, 에베소의 신자였던 오네시보로가 바울이 도착한 지 오랜 후에 로마로 와서 그를 방문했다. 그는 여러 번 그의 지하 감옥을 찾아와 감옥살이하는 그의 짐을 덜어주기 위하여 온갖 노력을 다하였다.

친구들이 떠나 외로울 때 사랑이 가득한 충성된 오네시보로의 방문은 바울의 수감 생활에 밝은 부분이었다.

(딤후 1:16-18) 바라건대 주께서 오네시보로의 집에 긍휼을 베푸시옵소서 저가 나를 유쾌하게 하고 나의 사슬에 매인 것을 부끄러워 아니 하여 로마에 있을 때 나를 부지런히 찾아 만났느니라. 바라건대 주께서 저로 하여금 그 날에 주의 긍휼을 얻게 하여 주시옵소서 바울은 그 충성된 제자에 대하여 이렇게 말한다. 주께서는 특별한 방법으로 바울에게 당신 자신을 나타내셨고 많은 영혼들을 구원함에 있어서 그를 도구로 삼으셨다.

✦ 30단원 네로 앞에 선 바울

바울이 심문을 받기 위해 황제 앞에 출두 명령을 받았다. 헬라인들과 로마인들의 관습은 고발된 사람에게 법정에서 변호사를 허용하거나 자기 자신을 위해 탄원할 기회를 주었다. 그러나 바울의 자문관이나 변호사로 활동하려는 사람은 아무도 없었다.

그때 관한 유일한 기록은 디모데에게 보낸 두 번째 편지에서 바울이 직접 한 말 가운데 나타난다.

내가 처음 변명할 때에 나와 함께한 자가 하나도 없고 다 나를 버렸으나 저희에게 허물을 돌리지 않기를 원하노라.

주께서 내 곁에 서서 나를 강건케 하심은 나로 말미암아 전도의 말씀이 온전히 전파되어 이방인으로 듣게 하려 하심이니 내가 사자의 입에서 건지웠느니라. (딤후 4:16-17)

세상의 능력과 권세와 부의 최고봉에 있으면서 세상의 모든 화려함과 위대함의 외관으로 에워 싸이고 인간의 형체를 가진 신으로 숭배와 경배를 받았지만, 마귀의 마음을 소유한 네로 앞에 대면한 바울은 조용한 위엄을 유지했으니 유대인들과 로마인들 심지어 배심원들까지도 바울의 평온함과 차분함에 놀라움을 가지고 그를 바라보았다.

그가 자기 자신을 위하여 변호하도록 허락을 받았을 때 모든 사람들은 뜨거운 관심을 가지고 그의 말을 경청했다.

다시 한 번 바울은 의아해 하는 군중 앞에서 그리스도의 십자가의 깃발을 높이 치켜들 수 있는 기회를 갖게 되었다. 그는 그날 인간 이상의 웅변술과 능력을 가지고 그들의 마음속에 복음 진리를 강조했다.

바울이 세상의 황제 앞에 섰을 때 그의 말은 가장 완고한 사람들의 심금을 울리고, 천사들의 노력과 합하여 그들에게 감동을 주었다. 하나님의 지혜가 그분의 종을 통하여 나타난 것이다.

그는 이 모든 것들을 초월해 하나님의 중보자이신 예수, 죄인들을 위하여 하나님의 보좌 앞에서 탄원하시는 변호사를 바라보았다. 그는 인간의 구속을 위하여 무한한 값을 지불하신 예수 그리스도이시다. 하나님은 살아계시니 진리는 승리할 것이다.

그 재판정에서 그를 바라본 많은 사람들은 "그 얼굴이 천사의 얼굴과 같은 것을 보았다."(행 6:15)

바울의 투옥이 아니었다면 결코 기별을 듣지 못했을 많은 사람들의 마음과 가슴에 그 기별은 파고들었다. 네로는 이때 그가 들었던 진리를 일찍이 들어본 적이 없었다. 그는 세상의 지배자인 자기가 그 앞에 서서 자기의 행위로 인하여 공정한 보응을 받아야 하는 한 법정을 생각하며 두려움에 치를 떨었다. 그는 그 사도의 하나님을 두려워했으며 아무런 죄와도 확증할 수 없는 바울에게 감히 유죄를 선고할 수 없었다.그러나 그것은 일순간에 불과했고 바울을 지하 감옥으로 다시 데려가라는 명령이 내려졌고 하나님의 자비를 거절한 그 결정적인 행위로 인해 그에게는 죄악을 갚으시는 하나님의 공의로운 심판만이 남게 되었다.

이 일이 있고 얼마 후에 네로는 배를 타고 헬라 원정을 나갔고 그가 유흥에 빠져있을 때 군대의 두목인 갈바(Galba)가 로마를 향해

진군하고 있으며 도성에서는 이미 반란이 일어났고 폭도들로 가득 찼으며 왕궁을 향해 빠르게 몰려오고 있다는 소식이었다. 그에게는 충성스러운 바울처럼 위기의 순간에 자기가 의지할 수 있는 능력있고 자비로운 하나님이 없었다. 그는 수치스럽게 도망치고 있는 동안 로마의 원로원은 사형을 선고했다. 그리하여 폭군 네로는 32세에 생을 마감하였다.

회개하라는 호소와 함께 하나님의 자비가 오랫동안 그들에게 주어지긴 하지만 그들의 죄악이 그분께서 정하신 어떤 한계에 도달하면 그때 자비는 탄원을 그치고 진노의 사역이 시작됨을 명심해야 한다.

✦ 31단원 바울의 마지막 편지

가이샤의 법정에서 감방으로 돌아온 바울은 자기가 매우 짧은 집행유예의 기간만이 남음을 알았다. 자기의 원수들은 자기를 죽일 때까지는 쉬지 않을 것이다. 그는 진리가 한동안 승리했다는 것도 알았다. 그의 말을 경청했던 많은 사람들 앞에서 십자가에 달리셨다가 부활하신 구주를 선포한 것 자체가 승리이다. 바울 사도는 디모데에게 에베소 교회를 위탁했고 로마로 마지막 여행을 떠날 때까지 남게 되었다. 그들의 성격과 나이 차이가 상이함에도 불구하고, 상호 간의 관심과 사랑은 그들의 관계를 더 진지하고 거룩하게 만들었다. 뜨겁고 열렬하며 굽히지 않는 바울의 기질은 온화하고 순종적이며 수줍어하는 디모데의 성품 가운데서 쉼과 위로를 찾았다. 바울은 날마다 자기의 음산한 독방에 앉아 디모데를 생각하여 그를 부르기로 생각한다.

디모데에게 그가 말할 수 있도록 유언을 받아쓰도록 한다. 디모데에게 하는 바울의 말은 말세에 이르기까지 모든 목회자들에게 똑같은 효력으로 작용한다.

(딤후 4:1-2) 하나님 앞과 산 자와 죽은 자를 심판하실 그리스도 예수 앞에서 그의 나타나실 것과 그의 나라를 두고 엄히 명하노니 너는 말씀을 전파하라. 때를 얻든지 못얻든지 항상 힘쓰라. 범사에 오래 참음과 가르침으로 경책하며 경계하며 권하라. 디모데와 같이 열심있고 충성스러운 이에게 한 엄숙한 당부는 복음 사업의 큰 중요성과 책임에 강조해 주는 증언이다.

(딤후 4:2) 때를 얻든지 못얻든지 항상 힘쓰라. 하나님의 말씀을 진지하게 가르치라고 당부한다. 또한 디모데의 유연한 기질 때문에 꼭 필요한 복음의 부분을 회피하지나 않을까 걱정하면서 심한 악행을 범한 자들에게는 심지어 신랄하게 꾸짖을 것을 권고한다. 그러나 그 일을 오래 참음과 가르침으로 할 것이며 그리스도의 인내와 사랑을 나타내야만 하고 하나님의 말씀으로 자기의 질책과 권고를 설명하고 시행해야 한다고 권고한다.

(딤후4:3-4) 때가 이르리니 사람이 바른 교훈을 받지 아니하며 귀가 가려워서 자기의 사욕을 좇을 스승을 많이 두고, 또 그 귀를 진리에서 돌이켜 허탄한 이야기를 좇으리라. 자기들의 죄를 질책 대신 칭찬하고 아첨을 하는 교사들을 두어서는 안 된다고 바울 사도는 가르친다.

바울은 자기의 종말은 어느 때라도 이를 수 있음을 알았으므로 평소에 자기 자신을 생각하지 않고 교회에 부담을 주기 싫어했던 대로 자기 때문에 경비가 지출되기를 원치 않았다. 바울은 사랑하는 디모데를 목자들이 쓰러질지라도 여전히 당신의 종들과 양 떼들을 돌보실 목자장의 보호하심에 위탁함으로써 편지의 끝을 맺는다.

여기에서 보듯 바울 사도의 모본과 목양 정신을 본받아야 한다는 교훈을 남긴다.

✦ 32단원 바울과 베드로의 순교

사도 바울과 사도 베드로는 다른 분야에서 일해 왔는데 바울은 이방인에게 베드로는 유대인에게 복음 사역을 중점으로 해왔다.

바울이 두 번째 체포되었을 때 베드로는 투옥되었다. 마술사 시몬은 로마까지 와서 베드로의 사업을 방해하였다. 바울에 대한 황제의 원한은 황제 식구들의 기독교 개심으로 인해 더욱 커지게 되었다. 네로의 선고는 오래되지 않아 바울을 순교자의 무덤으로 넘겨줄 판결이 선포되었다. 그가 로마 시민이라는 사실로 인해 고문을 가할 수 없었으므로 그에게는 참수형이 선고되었다.

유대인이요 외국인인 베드로는 채찍으로 때리고 십자가에 못 박으라는 선고가 내렸다. 그 두려운 죽음을 눈앞에 둔 사도는 예수님이 재판을 받으실 때 자기가 예수님을 부인했던 큰 죄를 기억했으며 그는 오직 주님이 죽으신 것과 같은 방법으로 죽는 영광을 받을 자격이 자기에겐 없다는 생각뿐이었다.

최후의 부탁으로 그는 자기 사형 집행관들에게 자기의 머리를 아래로 향해 십자가에 못 박아 달라고 간청했고 그 요청은 수락되었다. 바울은 유명한 말을 남긴다.

(고후 4:7) 우리가 사방으로 욱여쌈을 당하여도 싸이지 아니하며 답답한 일을 당하여도 낙심하지 아니하며 핍박을 받아도 버린 바 되지 아니하며 거꾸러뜨림을 당하여도 망하지 아니하고 우리가 항상 예수 죽인 것을 몸에 짊어짐은 예수의 생명도 우리 몸에 나타나게 하려 함이라.

바울은 사형 집행관의 번쩍이는 칼날보다 하늘의 영원한 보좌를 바라보며 "오 주여. 주는 나의 위로자이시며 나의 분복(分福)이시나이다. 언제 내가 주를 뵈오리까."

바울은 그의 지상 생애 동안 하늘 분위기를 지니고 다녔다. 바울은 고문대와 화형주와 지하감옥으로부터 땅의 토굴과 동굴로부터 궁핍과 고생과 고문을 당할지라도 세상이 감당할 수 없는 순교자의 승리로 마지막 신앙을 장식한다.

슬픔에 잠긴 자들을 위해 우리가 체험한 그리스도를 쏟아붓는다는 관제와 같이 내가 부음이 되고 나의 떠날 기약이 가까웠도다. 내가 선한 싸움을 싸우고 의의 면류관이 예비되었으므로 주 곧 의로우신 재판장이 그날에 내게 주실 것이니. 내게만 아니라 주의 나타나심을 사모하는 모든 자에게너라. (딤후 4:7,8)

✦ 바울 신앙의 정신과 본인의 견해

바울은 히브리 사람 유대인으로 로마 시민권을 가지고 다소 지방에서 태어났으며 이방의 빛으로 부름을 받았고 베드로는 유대인을 복음 사역의 몫으로 바울은 이방인을 위한 복음 사역자로 부름을 받았다. 바울은 12사도는 아니지만 12사도 안에 드는 사도라는 직분과 명칭을 얻는다. 그의 복음 사역의 활약은 베드로와 라이벌이다. 오히려 12사도였던 누가가 따라다녔다.

선교를 할 때도 자신의 경비(자비)로 선교하려 했고, 교회들에게 신세를 지지 않으려 했다. 그는 검소했고 침착하고 담대하게 복음을 잘 전했다. 수하에 많은 복음의 제자를 두었고 여러 개의 교회를 설립하고 유대인들에게 수없이 쫓겨 다니고 투옥되고 여러 재판장을 만났고 그래도 바울에게서는 죄목을 찾을 수 없었다.

그는 감옥에서도 복음을 전하는 특별한 달란트를 받았다. 최고의 매와 태창으로 수없이 맞으면서도 감옥에서 찬미하며 기도 드리는 신에 가까운 바울 사도였다.

자기가 세운 교회를 늘 걱정하고 분파나 우상 숭배에 빠질 때 편지로 달래고 혹독하게 교육시켜 왔다. 복음의 아들 디모데와 뜻이 잘 맞아 죽는 순간에도 유언적 편지를 남겼고 수많은 무리가 그를 존경하며 따랐다. 그는 마지막 순교할 때 로마인이라 고문 대신 참수형을 당했다. 순교하면서도 그리스도와 같이 죄를 저들(원수들)에게 돌리지 않는 등 그리스도의 모본을 닮은 그리스도의 체취를 느끼게 하는 사도 중의 사도다.

환난과 핍박을 두려워하지 않고 토굴의 감옥을 두려워하지 않고 죽음 앞에서도 담대히 복음을 전하는 그의 복음 사역은 후대 목회자들이 그의 정신을 본받아 아름다운 목회, 순교의 목회, 성령 충만의 목회, 검소한 목회, 성도를 지극히 사랑하는 목회 정신과 철학을 배워야 한다는 본인의 견해이다.

장로 고시를 갈음하는 바울 서신은 신앙인의 지침서요. 교회를 이끌어 나가는 장로로 죽기까지 희생을 준비하며 바울 신앙과 예수 신앙을 본받아 험한 세파 속 안에서도 주님 나라와 내가 섬기는 교회를 잘 이끌어 하나님 보시기에 심히 좋았다는 평가와 인정을 받도록 심혈을 기울여 일할 것을 다짐해 본다.

9. 십자가의 도(1)

(고전 1:18절) 십자가의 도가 멸망 받은 자에게는 미련한 것이요 구원 받은 우리에게는 하나님의 능력이라. (본문)

세상을 살면서 많은 사람들은 당신 도 닦았어? 집안이나 한적한 곳에 거하여 도 닦았어? 라는 말을 주고받습니다. 스님 몇 년 도 닦았습니다. 불도를 닦는 것만 흔히들 도라고 압니다.

크리스천도 도를 닦습니다. 그 도의 이름은 십자가의 도라고 바울 사도는 말했습니다. 십자가의 도가 분명히 있습니다. 십자가의 도는 무엇일까요?

말로 표현을 하면 십자가의 도는 예수님께서 이 땅 위에 거하는 모든 이들의 죄를 위해 십자가 못 박혀 죽으셨다는 것이 십자가 사건입니다. 십자가에 못박혀 죽으시지 않으셨다면 십자가의 도는 없습니다. 예수께서 십자가에 돌아가셨으니 십자가의 도라고 표현하지만 강도들이 십자가에 죽었다 무엇이라 부를까요?

아마 강도들의 도 아니면 강도들의 형틀이라고 말하겠지요. 십자가의 도에 들어가기 전에 십자가를 잘 살펴볼까요? 손에 못을 박았던 가로 막대기는 무슨 뜻일까요? 온 세상 누구나 주님 안에 높고 낮음이 없다. 평등하다. 가로 수평입니다.

세로 막대기를 살펴보도록 하겠습니다. 세로는 성부(하늘)에서 땅으로 아버지의 뜻이 임하고 이 땅의 거민들은 땅에서 하늘 아버지께 구하고 소통하라는 것입니다. 십자가의 막대기를 다시 사랑으로 풀어드리겠습니다. 세로 막대기는 하늘 아버지의 사랑 하나님의 내리사랑입니다. 그러니 이제 하나님을 공경하여 하나님 사랑을 받으세요.

둘째. 가로 막대기는 이웃 사랑이다. 이웃을 사랑하라 네 이웃을 섬기세요. 과부나 고아 소외된 자를 살펴라 돌보세요. 그리하지 아니하면 나는 너를 모릅니다.

십자가의 사랑을 통틀어서 아가페 사랑, 값없이 거저 주는 사랑. 값없이 거저 사랑을 받으면 은혜라 합니다. 아 하나님의 은혜로 내가 구원받고 영생한다. 그러니 난 그리스도를 믿는다.

난 깨우쳤네. 십자가의 도. 아하 난 그 은혜 고마워 난 십자가의 도를 전한다. 이것을 전도라 한다. 아하 내게도 십자가의 정신이 흐른다. 나도 십자가를 져야겠다. 누구든지 자기를 부인하고 주님을 따르라 각오가 되있습니까? 그대는 십자가의 정신이 흐른다.

⑴ 여기서 십자가의 도 1부를 마칩니다

10. 십자가의 도(2)

십자가의 도를 십계명으로 풀어갑니다. 십자가의 가로 막대기는 이웃 사랑이라고 말했습니다. 십계명으로 가면 십계명 5-10계명, 이웃 사랑에 해당하는 계명입니다.

세로 막대기 위에서 아래도 수직. 사랑 아래서 하나님께 공경하는 사랑입니다. 이것은 십계명에 1-4계명안에 있습니다.

잠깐만,

우리는 계명을 폐했다. 흔히들 말하니 예수님은 율법을 폐하러 온 게 아니다. 완성하러 왔다. 율례는 안 지킬지라도 법궤 안에 들어있던 십계명은 지켜라. 여러분 십계명은 지키세요.

십계명은 둘로 나뉩니다.

하는 아버지의 사랑과 이웃 사랑입니다. 이 말이 당신 생각이지?

아닙니다. 신학은 그렇게 가르칩니다. 율례와 법도는 떠났지만 십계명을 폐하면 안됩니다.

제일 중요한 것은 나 이외에 다른 신을 섬기지 말라, 유일한 사랑인 첫 번째 계명입니다.

첫 번째 계명은 하나님 사랑입니다. 첫 번째 계명을 지키면 아버지의 말씀에 순종하는 것이며 하나님을 사랑하는 것입니다.

하나님은 사랑이시다.

God is Love입니다.

내가 첫 번째 계명을 지키면 하나님은 우리를 너무나 사랑하실 것입니다. 하나님 사랑 듬뿍 받으시길 예수 그리스도의 이름으로 축복합니다. 예수께서 말씀하시길 내가 새계명을 주노라.

그렇습니다. 새 계명은 서로 사랑하라입니다.

나는 당신을 사랑해. 그러나 사랑받는 자는 사랑 공급하는 자를 사랑 안한다. 그건 실례입니다. 사랑은 서로 사랑하는 것이며 일방적으로 혼자 사랑하면 짝사랑이 되어버립니다 그래서는 안됩니다.

예수께서 십자가에 달려 죄 사함 통로를 여셨으니 우리는 예수님을 믿어야 합니다. 그리고 예수여 날 위하여 십자가 지셨으니 감사합니다. 이 죄 많은 종의 죄를 사하여 주소서 기도를 드려야 합니다. 십자가의 예수님 몸은 구약에서 보면 소, 양, 비둘기. 즉 죄를 사함 받는 제물입니다.

예수님께서 "애들아 너희 죄가 큰지 번제 드리려면 돈도 들고 소 잡을 때 피가 네 몸뚱이에 튀고 묻지. 얼굴에도 피가 묻지. 이제 소, 양, 비둘기들을 내가 대신할게. 오직 예수의 이름으로 용서해달라."

오직 예수의 이름으로 죄 사함 받아라. 오직 예수의 이름으로 용서해달라. 오직 예수 이름으로 죄값을 대신해 주소서 간절히 회개하라. 그리하면 너희 죄가 사함 받으리라. 이것이 사랑이며 십자가 정신입니다 십자가의 정신이 흐르는 교회되길 소망합니다. 십자가의 정신이 흐르는 부서되기를 기도합니다. 십자가의 정신이 흐르는 가정되길 소망합니다.

중요한 대목을 전하고 십자가의 도 3(부)로 넘어갑니다.

예수께서 갈보리 산상에서 숨을 거두시니, 지성소의 휘장이 찢어지더라. 이 말씀 가슴 깊이 새기십시오. 모르면 기독교 신자가 아닙니다. 지성소의 휘장이 찢어졌다는 것은 예수께서 운명하셨다는 것입니다.

이제 모세의 율법이 완성되었다. 613가지 율법이 완성되었다. 서로 사랑하라. 그러나 기본틀 십계명을 꼭 지키시길 예수 이름으로 축복합니다. 이제 십자가의 도(道) 3부에서 뵙겠습니다. 감사합니다.

11. 십자가의 도(3)

십자가의 도가 멸망 받은 자에게 미련한 것이요.

왜 미련할까요? 믿어지지 않기 때문에 미련하게 보입니다. 그러면 멸망이다. 구원은 없다. 이 땅 위에 살면서 예수 안 믿고 의롭게 살면 지옥에 안 가겠지? 당신의 자유의지야.

성서는 누구든지 예수 믿으면 멸망하지 않고 영생을 얻으리로다. 예수 믿어야 구원 받는다. 예수 안 믿고 거룩한 척한다고 해서 착하다고 구원 받는 게 아니다.

창조주 하나님의 아들을 믿어라. 믿고 또 예수님의 복음을 전파하라고 했지. 예수 복음 듣고 입을 딱 다물라 그게 아닙니다. 전해야 하는 사명을 누구에게나 주셨습니다. 큰 사도나 작은 사도나 중요한 게 아닙니다. 그리스도의 복음을 전하며 가르쳐야 합니다.

미련하게 보는 자와 믿지 않는 자는 멸망 당한다. 예수가 십자가를 지셨다. 믿지 않아? 잘못된 생각이 짓눌려 안 믿어져. 그럼 멸망 받아요. 점쟁이 무당 말은 믿어지고 예수님의 복음은 안 믿어져. 미신을 믿느냐. 미신 토속신앙이 어떻게 이롭게 하느냐. 시험에 합격할건지 궁금해 무당한테 묻는다 하지 마십시오. 창조주의 아들을 믿으십시오. 하나님 나라의 상속자를 왜 안 믿는지. 그래서 성서는 네 눈에 십자가의 도가 미련하게 보이리라.

안 믿는 자체가 미련한 것이라. 여보세요. 당신을 위해 대신 죽은 신은 없다. 불교도 유대교도 이슬람교도 없어요. 우리를 위해 십자가를 진 적이 없는데 그곳에는 구원이 없다. 우리를 위해 피 흘려 죽으신 예수를 믿어야 구원 받습니다. 행위만으로 구원 못 받는다. 다시 말하지만 예수 믿어야 구원 받는다.(행 7장 31절) 이 예수 믿는 것이 작은 일이냐 이 얼마나 큰일이며 영생한다는데, 얼마나 큰일인지 성경을 보도록 합시다.

(슥 4:10) 작은 일의 날이라 멸시하는 자가 누구냐 예수님께서 재림주로 오신다. 예수님은 왜 십자가에 못 박히셨나. 우리 죄를 위하여 즉 원시 복음을 이루려고(창2장 15절) 뱀은 여자의 발뒤꿈치를 물고 이 말씀은 예수를 십자가에 못 박혀 죽이시고 여자의 후손은 뱀의 머리를 상하게 하리라. 예수께서 뱀에게 뒷꿈치를 물린다는 원시 예언적 복음을 이루려 십자가에 달리셨습니다. 이미 창세 때 예수님의 죽음은 예언되어 있었습니다. 이 놀라운 사실을 믿으시길 간절히 원합니다. 못 믿을 수 있습니다. 그러니 오늘 본문은 십자가의 도가 미련하게 보인다.

구원을 얻은 우리에게는 능력이라 능력은 구원받는 힘이 되리라. 어떤 자로 살렵니까? 믿지 않으면 미련하여 멸망받을 것이요. 믿으면 구원의 능력 구원의 축복을 주신다. 이것이 십자가의 도(道)입니다. 십자가의 도가 주는 최종 메시지는 믿지 않으면 멸망이고, 믿으면 구원의 능력 곧 구원 받는다는 십자가의 사건을 받아들여 다 구원받으시길 예수님의 이름으로 축복합니다.

아직도 믿어지지 않으시나요?

고전 1장 12절 하나님의 지혜에 있어서는 이 세상이 자기 지혜로 하나님을 알지 못하므로 하나님께서 전도의 미련한 것으로 믿는 자들을 구원하시기를 기뻐하셨도다.

인간의 지혜로 믿어지지 않지만 전도의 미련한 것으로 믿는 자를 구원받게 하신다. 미련한 자를 들어 강한 자를 부끄럽게 하신다. 예수님 오신 때도 지식인 바리새인과 서기관과 율법사들이 믿어지지 않아 반대하고 그 말은 십자가의 도 주인 되신 예수를 믿을 수 없다.

그래서 십자가에 잘난 지식인들이 예수를 죽였고 지식이 있다 하는 자들이 십자가의 도를 받아들이지 못하더라. 그러나 전도의 미련한 것으로 믿게 하시니 믿는 자들을 기뻐하게 하신다.

(고전 1:26절) 어떤 자가 십자가의 도를 믿나.

형제들아 너희를 부르심을 보라. 육체를 따라 지혜로운 자가 많지 아니하며 능한 자가 많지 아니하며 문벌 좋은 자가 많지 아니하도다. 문벌 좋은 자가 세상 지식 때문에 십자가의 도를 더 믿지 않는다. 말씀하십니다. 십자가의 도를 믿게 해 주신 하나님께 감사합시다.

미련하게 보인다. 그러니 안 믿는다. 그래 그러면 멸망이다.

믿어진다. 그래. 구원받는 우리에게는 능력이니 구원의 축복을 주신다. 여러분 이제 십자가의 도가 무엇인지 알았으니 믿읍시다 감사합니다.

12. 할 례

할례는 남성 성기의 포피 끝부분을 잘라 버린다는 뜻의 예식이며 하나님과 인간 사이의 계약행위이다.

(창 17:10-14) 할례의 원뜻은 하나님의 이스라엘의 하나님의 되시고 그들은 특별히 선택되어 하나님의 소유된 백성으로 오직 하나님만을 예배하고 복종하겠다는 의미이다. 할례 행위는 완전한 삶을 요구하신다. 이는 하나님과 아브라함의 계약이다. (창 17:1) 너는 내 앞에서 행하여 완전하라. 보라. 내 언약이 너와 함께 있으리니 너는 여러 민족(열국)의 아버지가 될지라. (창 17:7) 내가 내 언약을 나와 및 네 대대 후손의 하나님의 되리라.

✦ 하나님과 아브라함이 언약하신 장면

언약을 지키기 위해 할례받으라.

(창 17:10) 너희 중 남자는 다 할례를 받으라. 이것이 나와 너희와 너희 후손 사이에 지킬 언약이라. (창 17:11) 너희는 포피를 베어라. 이것이 나와 너희 사이의 언약의 표징이니라. (언약의 상징 곧 할례 행위) 그러므로 약속을 지켜라. (창 17:8) 그 댓가는 가나안 온 땅을 주어 영원한 기업이 되게 하고 나는 그들의 하나님이 되리라.

✦ 할례 받을 대상

(창17:12) 너희의 대대로 모든 남자는 집에서 난 자나 또는 너희 자손이 아니라 이방 사람에게서 돈으로 산 자를 막론하고 난 지 8일 만에 할례를 받을 것이라. (창 17:13) 내 언약이 너희 살에 있어 영원한 언약이 되리라. (창 17:14) 할례를 받지 아니한 남자, 곧 그 포피를 베지 아니한 자는 백성 중에서 끊어지리니 그가 내 언약을 배반하였음이라.

아브라함이 할례 받은 나이는? 아브라함 99세에 할례를 받았고 이스마엘은 13세에 할례를 받았다. 할례는 아브라함의 자자손손 남자에게 그리고 돈으로 산 자(부리는 종)도 할례를 받아라. 안식일에도 할례를 받게 하셨다. (요 7:22-23) 그러므로 너희가 안식일에도 사람에게 할례를 행하느니라. (출 12:48) 할례를 받아야 공동체의 일원이 될 수 있다. (창 17:14) 혈통상 이스라엘인이라 해도 할례를 받지 아니하면 공동체(민족)에서 끊어지리니. 그가 내 언약을 배반하였음이라.

《참고》 히브리인이 할례받지 않은 자. 무할례자를 심히 경멸하고 그들과 교제를 단절하기로 하였다.

(삿 14:3, 15:18) (삼상 14:1) (사 52:1)

지금까지 할례는 무엇인가? 할례의 중요성과 할례받을 대상에 대해 알아보았습니다.

할례받지 않은 자는 공동체(민족)에서도 끊어버린다. 히브리인은 할례받지 않은 자를 경멸했다. 할례는 하나님과 아브라함의 언약이며 계약이다. 아브라함은 열국의 아비가 되고, 하나님은 아브라함과 자손들의 하나님이 된다는 계약이다.

지금까지 살펴본 할례는 완전한 자, 하나님의 자녀가 된다는 표징이며 언약이요 계약이다. 할례를 통한 하나님과 아브라함과 후손은 하나님의 백성이 되고 가나안 땅을 대가로 주신다고 하신 놀라운 뜻이 담겨있다. 이스라엘 민족들은 여호와 하나님으로부터 선택된 민족이라고 하면서 우월적 선민사상에 젖어있다.

할례를 통한 선민사상도 좋고 하나님 백성이 되는 것도 좋다. 그러나 할례를 받았다고 해서 완전한 자가 과연 될까?

해답은 그렇지 않다. 육신을 가진 자는 완전한 자가 될 수 없다. 선택된 이스라엘 민족이 죄를 범하고 또한 하나님 뜻을 거역하고 하나님 외에 바벨론의 신 바알을 섬겼으니 할례 행위가 무너졌다. 바울 사도의 논증을 통해 할례가 완전하게 되지 못하다는 주장을 피력(披瀝)해 보고자 한다.

Ⅰ (갈 6:15) 할례나 무할례가 아무것도 아니로되 오직 새로
   지으심을 받은 자뿐이니라.

Ⅱ (롬 4:9-11) 할례자냐 무할례자냐 논쟁하지만 아브라함은
   의로 안쳤다. 아브라함은 무할례자로써 믿는 모든 자의
   조상이 되어 저희로 의로 여기심을 얻게 하려 함이니라.

Ⅲ (롬 2:28) 대저 표면적 유대인(할례 받은 유대인)이 유대인이
   아니요, 표면적 육신의 할례가 할례가 아니니라. 왜 할례 받
   은 이스라엘 민족이 유대인이 아닌지 논증 Ⅳ에서 살펴보겠
   습니다.

Ⅳ 다윗왕은 유대인이요, 할례 받은 아브라함의 혈통이고 이삭
   의 후예다. 그러나 의롭다 칭함 받은 다윗왕도 왕위에 오르
   고 자기 부하 자기 장수(우리아)의 아내 밧세바를 아내로 취
   했다. 헷족속 우리아는 요압 장군의 지시로 전쟁터에 나간다.
   우리아를 전쟁터로 내보낸 밧세바가 다윗왕의 자식을 임신
   했으니 다윗은 우리아를 전쟁터로 내보낸다. 그러므로 밧세
   바가 낳은 아들이 솔로몬 왕이다.

역사는 거짓없이 이뤄지지만 할례, 즉 살을 칼로 베어 하나님께
맹세하여 의롭게 산다는 형식의 할례가 진정한 할례로 자리매김 된
것이 아니다.

예수님이 오시자 유전과 전통의 율법은 한시적으로 폐기되며 완성되었고 하나님을 아브라함이 처음 만날 때 믿음의 의로 믿음의 조상이듯 믿음의 의로 다 돌아간다.

예수께서 십자가에 달려 돌아가십니다. 혈맹(血盟) 할례로는 완전한 자가 못 된다. "내가 대신 피를 흘릴 테니 이 보혈의 피가 너희를 거룩하게 만드나니, 오직 믿음으로 의롭다 여김을 받으리라."

이리하여 칼자국을 낸 할례는 바울 사도 이후 사라져 간다. 할례는 고통만 주었다는 평을 남기지만 육신의 살을 베어 잠시나마 하나님을 잘 섬기겠다는 징표이다.

아프리카 일부 지역에서 오랜 관습으로 이스마엘의 후손 알라신을 믿는 자들이 여자의 음핵의 일부를 베는 할례를 아직도 행해지고 있다. 창세기 17장에는 남자가 할례를 받는다고 했으며 여자가 할례를 받는다는 말씀은 안 나온다. 그러나 할례는 예수님 오심으로 폐지되었습니다

바울 사도의 정리를 살펴보면 표면적 유대인은 유대인이 아니다. 이면적 유대인이어야 한다. 할례는 마음의 할례를 받으라. (에레미야 4:3-4) 유다인과 예루살렘 거민들아 너희는 스스로 할례(割礼)를 행하고 마음 가죽을 베라. 마음 가죽을 베는 마음의 할례가 최종적으로 남는다. 육체의 할례는 예수의 피로 자취를 감춥니다. 그리고 귀의 할례, 눈의 할례 등은 여전히 남습니다.

그러나 귀의 포피와 눈의 포피가 아니라 영적으로 들을 수 있는 정신적 귀의 할례, 영적인 눈으로 볼 수 있는 정신적 눈의 할례를 받아

서 하나님의 오묘한 섭리를 잘 이해하고 지키고 만드는 것입니다.

　할례(割禮)는 육체적 할례에서 마음의 할례 곧 믿음의 할례로 바뀌었다는 사실을 바로 잡아서 믿으시길 예수님 이름으로 축복합니다.
　이스라엘 민족은 아브라함 조상의 하나님과 할례를 통해 언약 곧 계약을 맺은 선택된 백성, 즉 선민사상만 고집해서는 안 된다.
　선민사상(選民思想)이 곧 시오니즘(Zionism)이다.
　참고: 시오니즘 이란 세계 여러 곳에 흩어져 있던 유대인이
　　　　그들 조상의 땅인 팔레스타인에 유대민족국가를 건설하
　　　　려는 민족주의 운동으로 1948년 이스라엘의 독립으로
　　　　시오니즘은 실현되었다. 시온주의 유대주의를 뜻한다.

　정치 운동의 시오니즘은 1897년 헝가리 유대계 출신 테오도르에 의해 준비되었으며 제1회 세계시오니스트회의에서 구체화 되었고 스위스 바젤에서 개최되었다. 스위스 바젤에서 개최된 회의는 유대민족을 위해 공법(公法)으로 인정받는 국가를 시온산 이 있는 팔레스타인에 건설한다는 것이다.

　제1차대전 1917년 팔레스타인에서 유대인 향토 건설에 대한 보장(밸푸어선언)을 영국으로부터 받아낸 시오니스트들은 팔레스타인이 영국의 위임 통치령이 된 20년 이후부터 유대인의 전입을 추진하였고 1940년에 미국의 지원을 받아 1947년 영국의 위임 통치 종료 후 팔레스타인에 유대인과 팔레스타인 쌍방이 주권을 부여한다는 국제연합(United Nation)의 승인을 얻어내 1948년 5月 15日 이스라엘 국

가가 건립되어 시오니즘의 꿈은 51년 만에 이루어졌다.

✦ 기독교에서 본 시오니즘(Zionism)

시온산에 이스라엘 유대인 국가 건설의 육 적 이스라엘의 지향적 꿈이 51년 만에 이루어졌다. (계14:1) 또 내가 보니 보라. 어린양이 시온산에 섰고 그와 함께 십사만 사천이 있는데 그들의 이마에는 어린양의 이름과 아버지의 이름을 쓴 것이 있더라.

영적 통치자 메시아(Messiah) 예수 그리스도가 이 땅에 재림하여 시온산에서 새 예루살렘 도성을 건설할 날을 기다린다. 이것이 기독교 시오니즘이다.

✦ 정리 및 맺는말

1. 육체의 할례(割礼)

이스라엘 민족의 역사에 할례가 등장한다 태어난 지 8일 만에 남자아이 성기의 포피를 베라고 하나님께서 말씀하셨다. 너희는 내 백성으로 구별된 자이니 거룩하게 살라는 여호와 하나님의 깊은 뜻이 담겨있다. 대표적인 육체의 할례를 말한다.

육체의 할례는 실제 그 당시에는 뾰족한 돌을 갈아 사내아이의 성기 표피를 베어 정갈하게 하나님 백성으로 살라는 표피를 베는 할

레 행위가 이어져 내려왔다.

신약에 와서도 바울 사도가 유대인의 시빗거리를 차단하기 위해서 복음의 아들 디모데에게 육체의 할례를 행하는 행위가 내려왔다고 성서는 말하고 있다.

왜 남자아이의 성기 포피를 베라 하셨나? 신학적 관점의 눈으로 바라본다면 남자아이가 자라 성년이 되어 성생활을 문란하게 살지 말라는 주 하나님의 뜻이 내포되어있다고 유추해본다.

내 백성 이스라엘아 성기를 함부로 사용하지 말라. 창기들과 어울리며 방탕한 생활과 성의 문란한 생활을 하지 말라. 성 문란행위를 예방하기 위한 여호와 하나님의 깊은 뜻이 서려있다고 신학적으로 해석해 본다.

2. 마음의 할례 3. 눈의 할례 4. 귀의 할례 등의 순서를 통해서 할례가 주는 의미를 추적하며 심오한 진리를 파헤쳐 본다.

2. 마음의 할례(割礼)

마음의 할례는 예레미야 선지자는 너희 마음 가죽을 베라. (렘 4장 4절) 즉 마음의 할례를 말씀하셨다.

육체의 할례 표시가 이제는 본인의 중심을 찢는 할례로 변해야 한다고 말씀하신다. 육체의 할례를 행하였다고 해서 거룩한 삶을 살고 있다고 자신있게 말할 자 없기에 이젠 너희 마음 가죽, 즉 중심을 찢는 할례를 행해야 한다고 예레미야 선지자는 말씀하신다.

육체의 할례가 이제 마음의 할례, 즉 정신적 할례를 통해 하나님 앞에 거룩한 삶을 살 것을 말씀하셨다. 우리 몸에 나타난 두 번째 과정을 전하여 보았습니다. 다음은 육체의 할례에서 실패한 삶 속의 인물을 소개해 보겠습니다.

다윗왕이 거룩하게 신앙생활을 하였지만 성생활에서 자제하지 못한 실패한 경우를 소개합니다. 다윗왕의 총애를 받는 우리아의 아내가 어찌나 예뻤던지, 부하의 아내를 취하기 위해 우리아를 전쟁터에 내보내 전쟁터에서 죽게 하고 그의 아내 밧세바를 취하여 두 번째 아내로 삼았다.

의인에 가까운 삶을 살지라도 육체의 할례의 한계성이 드러나 예레미야 선지자가 육체의 할례도 소중하지만 이제는 마음의 할례를 받아야 한다고 말씀하셨다.

3. 눈의 할례(割礼)

눈으로 사물과 눈으로 글자나 문서를 보게 된다. 눈에 보는 것이 다 아름다울까? 그것은 아니다. 아름다운 것은 많다. 자연이나 사물 그런 아름다운 것을 보는 것을 관광이라 한다.

보지 못할 것을 보는 것. 의로 뛰어넘는다면 참으로 그 사람은 의인인 것이다. 행위 곧 행함이 눈에 거슬린다. 거슬린 것을 자꾸 말하자 예수께서 이같이 말씀하신다. 네 눈에 들보는 빼지 않고, 즉 본인의 잘못은 깨닫지 않고 어찌 남의 허물만 들고 나와 흉을 보는

가? 자신의 들보, 자신의 행동거지부터 고쳐야 한다고 주님께서 예증하셨다.

구약에 나온 예증을 들어 논증할까 합니다. 노아 방주가 땅의 홍수로 세상이 심판받고 방주가 정착되고 방주의 사명이 끝나 노아가 매우 기뻐 포도주를 마시고 취해 하체를 들어내고 잠을 자고 있더라. 나체를 들어내고 잠든 아버지의 모습을 보고 함은 즐기더라. 더 나아가서 쑥덕거리며 흉을 보나 다른 두 형제 셈과 야벳은 흉보는 일을 삼가고 뒷걸음쳐서 벌거벗은 아버지의 하체를 이불로 덮어 드리더라.

보는 눈이 다르죠. 본 것을 비방하는 눈이 있는가 하면 잘못 본 것도 안본 척 못본 척 뛰어넘는 그런 행위 둘 중 어느 쪽입니까? 못 볼 것을 봐도 의로 건너뛰어야 합니다. 그런 자를 가리켜 눈의 할례를 받은 자라고 칭합니다.

하나님께서 이스라엘에게 육체의 할례를 강조하시고 그 표시로 어린아이의 고추 표피를 베어 거룩하게 살라 하는 뜻에서 할례가 시작되었지만 그것 또한 다 지키기 힘듭니다. 그래서 두 번째 예레미야 선지자는 마음의 할례, 곧 마음 가죽을 베라 심오한 말씀을 하십니다.
예수께서는 네 눈의 들보를 빼라. 남의 눈에 있는 들보만 말하냐? 이 뜻을 풀이하면 눈의 할례를 받으라는 뜻입니다. 할례는 히브리어로 브릿트밀라 헬라어로 페라토메라고 합니다.
예레미야 선지자는 (렘 5:21) 눈이 있어도 보지 못하며 육체의 눈이 아니라 영적인 눈, 영안이 안 열려 보지 못한다. 그런 자들이다. 다 눈의 할례를 받아야 합니다. 이사야 선지자도 (사 6:9-10절)에 보기는 보아도 알지 못한다. 영안이 닫힌 자가 눈에 할례를 받으면 하나님 일을 눈으로 보게 됩니다.

예수께서 말씀하신 눈에 들보도 영성훈련을 통해 의의 눈으로 보아야 하며, 눈에 할례를 받으며 눈에 들보도 거슬리는 말로 상처를 주지 않아야 합니다.

보는 시각이 달라지는 겁니다. 노아의 하체도 보는 시각이 달라야 합니다. 눈의 할례를 받으면 수치스러움을 의로 덮어 줍니다. 여러분 눈의 할례 매우 소중합니다. 못볼 것을 봐도 의로 건너뛰게 하소서. 못볼 것을 의의 눈으로 보는 연습을 합시다. 그것은 경건의 연습입니다. 하나님의 거룩한 행동을 본받기 위해 할례는 소중합니다. 못볼 것을 봐도 의로 건너뛰는 경건 연습을 통해 날마다 하나님의 성품을 닮아가시길 주 예수의 이름으로 축복합니다.

오늘 저와 여러분이 받은 은혜 눈의 할례를 잊지 말고, 모든 사물을 의의 눈으로 바라보며 거룩한 행실로 아름다운 삶을 살아갑시다. 우리 신체의 3번째 이야기 눈의 할례에 대해 은혜를 나누어 보았습니다.

4. 귀의 할례(割礼)

(계 2:7) 귀 있는 자는 성령이 교회들에게 하시는 말씀을 들을지어

다. 이기는 그에게는 내가 하나님의 낙원에 있는 생명나무의 열매를 주워 먹게 하리라. (본문)

귀의 할례에서 귀가 주어입니다. 하나님 말씀을 전해도 못받아들이면 귀의 할례가 이루어지지 않았기 때문입니다. 귀의 할례는 매우 중요합니다. (마 24:15-20절) 선지자 다니엘이 말한 바, 15 멸망의 가증한 것이 거룩한 곳에 선 것을 보거든 읽는 자는 깨달을 진저. 16 유대에 있는 자는 산으로 도망가라. 17 지붕 위에 있는 자는 집 안 물건을 가지러 내려가지 말며, 18 밭에 있는 자는 겉옷을 가지러 뒤로 돌이키지 말지어다. 19 그날에 아이 밴 자와 젖 먹이는 자에게 화가 있으리라. 20 너희의 도망하는 날이 겨울에나 안식일이 되지 않도록 기도해라

멸망의 미운 물건이 선다는 경고의 말씀이 들립니까? 무슨 그런 일이 있어요. 귀담아듣지 않으면 화가 닥칩니다. 귀의 할례를 받아야 이 말씀이 귀에 들어와 뇌에 전달합니다. 한쪽 귀로 듣고 한쪽 귀로 흘려보냈다. 대수롭지 않게 생각하다가 큰코다칩니다.

기독 교회사를 보도록 합시다. 예수님이 태어났을 당시 유대 나라는 로마의 속국이었습니다. 당시 분봉왕은 헤롯왕이었습니다. 예수님이 탄생 시 국가 흐름은 어떠했습니까? 로마의 속국 식민지였습니다.

희망이 없는 시국에 예수님은 탄생하셨습니다. 탄생 때도 어린아이가 장차 왕이 된다. 동방박사의 말을 들은 헤롯왕은 분노하여 갓 태어난 아이부터 한두 살 남자아이는 모두 죽여라. 희망이 없는 열

악한 시국에 오셔서 목숨까지 위태로울 때를 만났으나 하나님께서 피할 길을 주셨습니다.

예수님이 십자가를 지시고 화목제로 우리의 죄를 대신해 돌아가셨습니다. 생시에 예수님은 미운 물건이 거룩한 곳에 선다 그러면 산으로 도망가라 예언하셨습니다.

서기 538년 로마 가톨릭이 세계를 장악합니다. 그들은 네 번째 계명 안식일(토요일)을 일요일로 바꿉니다. 안식일은 원래 토요일입니다. 가톨릭 교황이 하나님의 대리인이며 그는 무오성(오류가 없다)을 주장합니다.

예수교(기독교)를 탄압합니다. 안식일은 유대인과 그리스도인들이 가장 잘 지킵니다.

토요일 폐하라 일요일에 예배드리라고 합니다. 말을 안듣는 자는 죽입니다. 장작더미에 올려놓고 불태워 죽입니다. 화형주 기둥에 묶어 불 지릅니다. 미운 물건이 하는 짓을 말씀드렸습니다.

하나님 말씀을 비진리로 만들어 기독교를 탄압할 때가 온다. 유대에 있는 자들아 산으로 도망가라. 로마가 유대 나라를 점령하고 예루살렘 성전을 헐어버리고 폭군으로 다스립니다. 예수님의 예언 멸망의 가증한 것이 거룩한 곳에 선다. 그러니 예루살렘에 남아있지 말고 다 산으로 도망가라. 산으로 도망을 안가고 예루살렘 곧 유대. 유대는 유대 나라, 즉 이스라엘을 말합니다. 유다왕국 들어 보셨지요! 유다가 음차 음역 즉 지역이 유다인데 소리글로 바뀌어 유대가 되었습니다.

이스라엘은 북이스라엘과 남유다로 나누어졌습니다. 마지막 나라 유다 나라가 유대 나라로 음역으로 유다라 하지 않고 유대라 부릅니다.

예수께서 유대에 있는 자들아 산으로 도망가라. 유대 나라에 예루살렘 성전이 있었습니다. 그 성전을 로마가 식민지 해도 유대인이나 그리스도인들은 예루살렘에 모여 예배하며 신앙하다. 산으로 도망 못 간 유대인 그리스도인은 예루살렘 성전을 불 지를 때 많이 죽었습니다. 그때뿐이 아닙니다. 가톨릭이 1260년 지배할 때 기독교인을 일억 명 넘게 죽였습니다.

1798년 로마교황이 나폴레옹 휘하 장수에 의해 죽고 기독교가 해방됩니다.

예수님의 예언을 지켰으면 안죽었을 겁니다. 예루살렘에 있다가 불태워 죽고 예수교 믿는다고 1260년 시달려서 죽고 수많은 사람이 죽습니다. 그것은 듣고도 실천 못하는 귀머거리 신자, 즉 귀의 할례를 받지 않으면 결국은 죽습니다. 누구한테? 멸망의 가증한 물건한테 죽습니다.

그들을 가리켜서 적그리도라 일컫습니다.

귀 있는 자는 교회들에게 하시는 말씀을 들을지어다.

아멘으로 받아들여야 합니다.

멸망의 미운 물건이다. 적그리스도라면 도망가야 삽니다. 그래서 하나님 말씀을 바르게 받아들이는 듣는 귀의 할례를 받아야 삽니다. (사 6장 9절) 여호와께서 이 백성에게 이르기를 너희가 듣기는 들어도 깨닫지 못할 것이요. 보기는 보아도 알지 못하리라.

어느 때까지 이런 일이 있습니까? 11절 성읍들이 황폐하여 주민이 없으며 예루살렘 성읍이 없어져 유대인이나 Christian이 없더라.

듣기는 들어도 깨닫지 못하다. 황폐하게 당했다. 예루살렘 성전이 불타 없어지리라. 그런 환란이 온다고 예수님께서 예언하셨습니다. 그렇다면 귀가 할례를 받아 영적 하늘의 소리를 듣고 깨닫고 실천해야 삽니다.

(계시록 1장 7절) 귀 있는 자는 성령이 교회들에게 하시는 말씀을 들어야 합니다. 할례받아야 합니다. 그러면 생명나무 열매를 먹으리라. 곧 영생한다. 귀의 할례 꼭 받으시길 축복합니다.

제가 네 번째 할례 귀의 할례에 대해 논증했습니다.

처음에 나타난 할례는 육체의 할례입니다. 육체의 할례. 하나님 백성으로 의롭게 사는 하나님과 아브라함의 계약이 있는 할례입니다.

혹시 건달 조직을 보셨나요? 팔에 칼을 그어 동맥을 자르기도 합니다. 혈맹(血盟)이 고대 할례에서 유래된 것입니다.

그러나 결국 할례는 마음의 할례로 종지부를 찍습니다. 예수께서 십자가에 피 흘려 한시적 율법이 폐하여 완성되었기에 육체의 할례는 더 이상 소중하지 않다고 하면서 네 번째 할례를 모두 마칩니다.

✦ 맺는말

육체적 할례(割禮)는 실패하였다. 의롭게 사는 백성이 되어 하나님을 섬긴다는 언약, 즉 계약은 허약(虛弱)한 육체적 표시의 할례로는 감당할 수가 없었다. 할례자 다윗도 우리아 장군을 죽음으로 몰게 하고 아리따운 여성 밧세바를 아내로 맞아 솔로몬 왕을 낳았으니 하나님과 아브라함의 언약은 무너지고 재수술을 해야 해서 예수그리스도를 이 땅에 보내시어 아브라함의 육체적 할례가 아니라 아브라함이 하나님을 처음 만나 인정을 받았던 믿음의 의로 하나님과의 새로운 계약이 예수님을 통해 복원시킨다. "내가 십자가에 달려 피 흘린다. 나를 믿는 자는 영원히 살리라." 이것이 믿음의 의입니다.

육체적 할례가 예수 그리스도를 통해 믿음의 의로 새롭게 태어나 아브라함과 맺은 언약을 다시 이어 주시고, 가나안 땅에 들어간다는 언약을 성취시킨다. 이름은 바뀌어 하늘로부터 내려오는 새 예루살렘성이라 칭하며 예수께서 통치하시는 새 하늘과 새 땅이 펼쳐진다.

우리는 팔레스타인에 건설되는 시오니즘(Zionism)을 믿는 게 아니오. 하나님과 아브라함의 언약 계약을 예수께서 중보하시며 지키고 이루어질 때 새 예루살렘 성에 들어간다.

이것이 기독교인이 바라는 New Zionism이다. 이것으로 할례의
모든 편을 마칩니다.

13. 아비가일 4행시

아:　아무도 모르리 속 깊은 아비가일

비:　비단결 같은 심성으로

가:　가정 과 남편을 구했다오

일:　일세기에 한 번 태어날까

아비가일 4행시를 쓰다

오늘은 아비가일 시리즈

설교. 축도. 아비가일 기도시.

아비가일 4행시로 글 잔치 벌이다.

14. 아비가일 축도

은혜의 하나님

저희들이 아비가일을 순수하고 현명하고 현숙한 여인으로 보게
하시고

하나님이시여.

저희들이 다윗을 볼 때 아비가일처럼 여호와의 영이임한 줄 알고
주(主)라 부르게 하소서.

하나님의 사자를 알아보는 지혜를 주시고 아비가일처럼 영접하며
가족의 허물을, 교회의 허물을 대신해서 중보로 용서를 구하는 현
숙한 삶을 살게 하소서.

무엇보다 먼저 아비가일처럼 하나님의 임재 하심을 알게 하시고
여호와의 영이 임할 때 주를 대하듯 영접하는 삶을 살게 하시어.

가정과 교회를 위기로부터 건져내는 삶을 살게 하소서.

이제는 아버지 하나님의 역사하심과, 예수님의 중보와 성령님의
감화, 감동, 은혜 내리 부어(위에서 아래로 퍼붓다) 주심을 가정과 온
교회와 나라 위에 찬란한 아버지의 이름이 영원무궁토록 꽃 피우기
를 성부와 성자와 성령의 이름으로 기도드리옵나이다.

A-men

15. 알렉산드리아 신학과 영지주의

알렉산드리아 지역명부터 전하겠습니다. 알렉산드리아는 이집트 북부 알렉산드리아 주(州) 지중해 연안 항구 도시(都市)이다. 이집트 수도 카이로 다음 두 번째 도시이며 가장 큰 항구 도시 알렉산드리아다. 알렉산드리아는 영지주의 신학(神学)을 따랐다.

영지주의(靈脂主義 gnosticism)는 일반적으로 1세기 후반의 유대교와 초기 기독교(사도시대) 종파 사이에서 시작된 종교적 사상과 체계를 주장한다.

이들의 특징은 교회의 정통 가르침 전통 및 권위에 대항하며 개인적 영적 지식을 강조한다.

어떤 자가 영지주의자들인가? 예수께서 육체로 임하심을 부인(否認)하는 자라. 이것이 미혹하는 자요. 적그리스도라 (요일서 1:7)

또한 영지주의자들은 주 후 80-150년 사이 초대교회가 경계했던 종교라 하기보다는 그 당시 민중 신앙의 하나인 이단이다.

다시 기독 교회사 알렉산드리아 영지주의 신학은 유대 기독교까지를 포함해서 유대적인 것은 그 어떤 것이나 다 적대시하였다. 후(後)에 로마교회(가톨릭)가 이 신학을 따랐다. 이같은 사실에 근거하여 우리는 초기의 시리아 기독교가 그 조직에 있어서 로마교회의 모형을 따르지 않고 유대와 성서의 모형을 따라서 조직되었다고 기독 교회사는 말하고 있다.

사려 깊은 학생들은 그 선교 교회들이 광범위한 영역에서 이룬 업적들, 즉 시리아의 모교를 통해 수많은 교회와 회중을 생각할 때 큰 감명을 받는다.

알렉산드리아 기독 교회사를 공부할 때 알렉산드리아인들이 영지주의 신학을 따랐으며 로마교회도 따라 했고 이단들이 초기 기독교에 나타났다. 그런 가운데 시리아 기독교는 영지주의자들과 로마교회의 이교를 물리치며 신앙했으니 얼마나 힘들었나 기독 교회사는 말해주고 있다.

끝으로 알렉산드리아 영지주의와 맞서 시리아의 기독교인들이 얼마나 신앙을 하는데 큰 장애물을 겪었나! 기독 교회사를 공부하는 신학도들이 잘 기억하여 기독 교회사를 잘 전해야 할 것이다.

16. 욥의 신관론 신앙관

욥기는 하나님을 믿는 사람들이 인생을 살아가면서 당하는 고난이라는 복잡한 문제를 접하면서 일어나는 온갖 고민스러운 질문에 대하여 묻고 답하고 있다.

1. 경건한 사람들이 고난을 당하는가?
2. 정의는 반드시 승리하는가?
3. 하나님은 자기 자녀들의 삶에 정말 관심이 있고 인생의 진정한 가치는 어떤 것인가?
4. 사탄은 정말로 존재하는가?
5. 죽음 저편에는 정말 삶이 있는가?

살아가면서 인생살이 질문으로 하나님께 대한 신관과 욥과 친구들의 신앙관으로 대토론을 벌이는 시가서이다. 베드로 사도는 (벧전 1:7) 너희 믿음이 시련의 불로 연단하여도 없어질 금보다 더 귀하여 예수 그리스도의 나타나실 때 칭찬과 영광과 존귀를 얻게 하려 함이라.

욥의 배경:　 욥의 아랍어 뜻은 회개하는 자. 히브리어 뜻으로 핍박 받은 자란 의미를 가지고 있다.

욥의 출생지: 팔레스틴 동부 쪽 다마스커스와 유브라데스. 강 사이 사막 근처에 있는 우즈라는 도시 출신 (욥 1:13. 19) 현 이라크와 사우디아라비아 국경

지방이며 욥의 친구들이 이 지역 출신들이며 시
기로는 아브라함 때 사람이다.

✦ 욥의 시험의 목적은 이러하다

1. 하나님은 어떤 분인가?
2. 무조건 하나님을 신뢰하라.
3. 하나님의 자녀들에 대한 사랑의 표현과 사탄의 참소에 대한
   통제를 다룬다
4. 왜 악한 자가 잘 살고 착한 사람은 고생하는가에 대한 답을
   제시하고 있다.

주요교리
1) 신관
2) 인간론
3) 자연론
4) 사탄론
5) 죄와 의
6) 고난 훈련 축복
7) 정의
8) 믿음
9) 그리스도의 영적 모험

절대자 하나님을 신관과 신앙론으로 바라보는 견해를 묻고 답하고 있다. 욥기의 관심은 하나님이 사랑의 하나님이라면, 왜 의로운 사람들이 고난을 당해야 하는가의 문제라기보다 고난을 통해서 하나님이 누구이신가를 찾는 데 있다. 인간에게 어떠한 일이 일어나도 역시 하나님은 절대 주권자요. 우주의 통치자이심을 배운다.

욥기 3장부터 37장 사이의 논쟁은 왜 하나님께서 죄없는 사람에게 고통을 허락하시는가의 질문을 던지며 가장 젊은 엘리후가 하나님께서는 고난을 통해 의로운 자를 더 성결케 하신다는 지적을 했을 때 그나마 진리에 대한 의견을 피력했다고 볼 수 있다. 엘리후의 지적에 욥은 교만해지고 외로움에 취한 자신을 회개하게 된다. 자신의 부족함을 깨닫고 하나님의 위대하심과 존귀하심을 인정한다. 인간이 하나님을 충분히 이해하지 못하지만 그래도 하나님은 언제나 우리가 신뢰할 수 있는 분이라는 것을 가르쳐주고 있다. 고난은 언제나 우리가 신뢰할 수 있는 분이라는 것을 가르쳐주고 있다. 고난을 언제나 죄의 결과인 것은 아니다. 하나님께서 주권적으로 고난을 들어 우리를 바르게 가르치신다. 이것이 주요 골자입니다.

1. 하나님과 욥의 첫 번째 토론. (욥 38:1-40:5)
   하나님께서 욥에게 창조의 세계에 대해 질문. 동물의 세계에 대해 질문. 욥에게 질문에 대한 대답을 요구하시나 욥은(욥 40:3-5) 입이 열이 있어도 할 말이 없습니다. 절대권자인 하나님 앞에 굴복하였다.

2. 하나님과 욥의 두 번째 토론(욥 40:6-42:6)

하나님은 욥에게 자신을 구해보라. 하나님이 욥의 능력을 비히모스와 비교하신다. 하나님의 능력을 레비야란과 비교하신다.욥의 대답. 욥이 자신의 이해 부족을 고백하고(욥 42:1-3) 욥이 자신의 반항을 회개한다. (욥 42:4-6) 욥의 신관은 창조의 세계와 동물의 세계에 대한 질문에 입이 열이 있어도 할 말이 없습니다. 절대권자인 하나님의 능력 앞에 저항해서는 안된다는 피조물이 순종하며 신뢰해야 한다는 신관을 확립하는 계기로 삼아 삶의 회복이 이루어져 전의 삶보다 배나 더 큰 축복받는 자가 되었다.

추가 글:　(시 74:13) 당신은 권능으로 바다를 뒤흔드시고 물 위에서 용의 머리를 부수셨나이다. 14절 당신은 레비야란의의 머리를 깨뜨리어 바다의 상어 다리에 주셨나이다. 레비야탄은 리워야란 용을 상징한다. 욥의 신앙관 동방의 의인이라는 칭호를 얻을 정도의 욥은 의롭기 한이 있는 하나님의 참 신앙인이다. 그렇지만 사탄의 시험의 대상이 되어 친구와 논쟁을 벌이나 의로운 행실을 주장하던것을 접고 절대권자의 하나님의 말씀과 위대하심을 깨닫는 신앙관을 보여주었다.

✦ 엘리바스의 신관

엘리바스의 뜻은 하나님은 정금이시다. 하나님은 심판자의 뜻을 가지고 있다. 이 뜻은 신학적 무게가 실려있다. 그의 논증은 지식에 근거한 논리를 가지고 있으며 그의 인품은 다소 동정적인 모습을 보인다. 그의 변론은 철학적 분위기를 풍기며 죄를 지으면 고난을 겪는다는 논리를 주장한다. 훈계성 비웃음으로 욥을 힘들게 한다. 엘리바스의 신관은 엘리바스가 바라는 하나님은 악한 자를 징계하고 선한 자를 복 주시는 의로운 하나님이라는 신관을 가지고 있다.

✦ 엘리바스의 변론의 특징

1. 고난의 원인이 죄에 있다고 주장. (욥 4:7-8)
2. 근본이 불투명한 환상과 같은 주관적인 체험을 근거로 변론함.(욥 4:12-21)
3. 자신이 경험한 바가 곧 진리의 전체인 양 과장하여 말한다. (욥 5:1-7)
4. 하나님의 깊은 섭리를 세속적 인과응보론으로 변론한다. (욥 5:9-16)
5. 도덕률을 근거하여 변론한다. (욥 15:17-19)
6. 욥의 고난의 진정한 원인을 깨닫지 못한 채 회개만을 촉구한다. (욥 5:17-27) 엘리바스의 신앙관은 인본주의를 뛰어넘지 못하여 고난이 받는 건 죄 때문이다. 자신이 체험한 바가

진리인 양 착각 속에 있다. 하나님의 깊은 섭리를 깨닫지 못하고 세속적인 인과응보론을 주장하며 도덕률에 취해 변론하고 잘못되었으니 회개하라는 주장을 펼친다. 엘리바스의 신앙은 하나님의 깊은 뜻을 깨닫지 못하고 있으며 신본주의의 깊은 단계를깨달아야 욥을 공격하는 일에만 전념하지 않고 하나님의 따뜻한 사랑을 모른다는 인본주의적 신앙관이 그의 가슴에 흐르고 있다.

✦ 빌닷

빌닷의 이름의 뜻은 논쟁의 아들이다. 이름에서 볼 수 있듯 그는 전통전승을 중히 여기며 역사가나 법률가의 이미지를 가지고 있다. 빌닷의 주장은 고난은 틀림없이 죄 때문이란 생각 때문에 욥에게 악한 자는 항상 고난 가운데 있다는 논조를 가지고 훈계한다.

빌닷의 반론의 특징

빌닷의 신관은 확고부동한 입법자이며 심판자인 하나님에 대한 관념을 가지고 있다고 볼 수 있으며 그의 변론의 특징은 다음과 같다.

1. 하나님의 공의를 인과응보론으로 설명한다. (욥 8:1-7)
2. 악인은 벌을 의인은 복을 받는다는 철저한 흑백논리를 주장한다. (욥 8:13-20)
3. 하나님의 말씀보다 전승에 근거한 변론. (욥 8:8-10)
4. 자신의 감정에 치우쳐 욥을 비난함. (욥 18:1-4)

5. 자연 현상에 의거하여 하나님의 공의를 설명. (욥 18:11-19)

6. 하나님과 인간을 창조주와 피조물과의 관계로만 파악하고
   인격적 관계에 무지함. (욥 25:1-6)

신앙관 공의보다 인과응보론을 악인은 벌, 의인은 복이다는 흑백논리를 주장하고 하나님 말씀보다 전승에 치우친 신앙관 자연 현상을 하나님의 공의로 규정하는 잘못된 신앙관 하나님과 인간을 창조와 피조물의 관계에 중점을 두며 인격적 관계에 매우 무지하다.

✦ 소발의 뜻

거친 또 지저귀는 자. 소발은 도덕가나 독단적 교리주의자이며 그의 논증의 근거는 가정이다. 다소 거칠고 둔한 모습을 느끼게 하는 소발은 인습적인 분위기로 악한 자의 생각이 짧다고 훈계한다. 소발의 신관. 굽는 것을 곧게 하시는 하나님을 믿으며 그의 변론은 다음과 같다

1. 욥의 고난은 하나님께 대한 불평에서 비롯되었다.
   (욥 11:4-6)

2. 하나님의 오묘한 섭리를 교리적으로만 설명. (욥11:7-11)

3. 욥에게 직접적으로 회개를 촉구함. (욥 11:12-20)

4. 모든 고난은 죄의 결과다. 전통적인 가치관으로 변론.
   (욥 20:2-4)

5. 하나님의 공의만을 강조하고 사랑은 도외시함. (욥 20:27-28)

✦ 소발의 신앙관

욥의 고난이 하나님께 대한 불평이다. 하나님의 오묘한 섭리를 깨닫지 못한다. 욥의 신앙관(信仰觀)을 파악하지 못하고 직설적으로 회개를 촉구하며 모든 고난은 죄의 결과다. 하나님의 공의를 강조한다. 하나님의 사랑이 전혀 없다.

✦ 엘리후의 변론의 특징

이지적인 신학자의 모습을 보이는 엘리후. 그는 나의 하나님이라는 뜻을 가지고 있다. 엘리후는 젊은이답게 교육을 통한 논증의 근거를 보이며 예민하고 분을 내어 혈기를 내보인다. 그의 논리는 약간의 교만함을 드러낸다.엘리후의 신앙관. 그의 논리는 하나님께서는 정결케 하시고 교훈하신다는 논리로 욥에게 겸손하며 하나님께 순종하라고 훈계한다.

✦ 엘리후의 신관

그가 알고 있는 하나님은 훈련자이시며 교사이신 하나님이시다.

✦ 엘리후의 변론이 세 사람과 다른 변론은

1. 철두철미하게 욥에게 동정심을 갖고 변호자로서 자처하고 있다. 그러한 그의 모습은 네 친구들에게도 노(怒)를 발하는 모습(욥 32:3)을 찾아볼 수 있다.
2. 엘리후는 총명(지혜)은 하나님의 선물로 사람에게 타고난 것이다. (욥 32:8)
3. 엘리후의 변론은 지나친 자신만만함과 작은 교만은 그의 논리를 입증하는 데 실패한다.
4. 그는 분노의 감정으로 논쟁에 임한다.
5. 엘리후가 욥을 변론한다. 하지만 욥의 진정한 속마음을 알지 못한다. 인간이 갖는 유한성의 한계이다. 그의 변론에서 기여한 점은 하나님은 인간의 훈련과 징벌을 목적으로 고난을 주실 수도 있다는 차이점. 신앙관이 있다.

✦ 엘리후의 변론의 특징

하나님의 주권과 섭리를 인정하는 변론이 세 친구와 다르다. 세 친구는 전통과 경험 이성을 통한 가정을 중심으로 그릇된 변론을 한다.

결론: 욥의 세 친구와 엘리후의 변론은 욥의 세 친구는 욥을 위로하려는 변론을 시작했지만 엘리후는 선지적 사명으

로 진리를 수호하기 위해 변론을 시작했다. 욥의 세 친구
는 자신들의 독단적 인본주의적 인과응보에 논리로 욥을
정리하지만 엘리후는 욥 스스로가 자신을 살피도록 유도
하였다.

세 친구가 갖는 한계성은 하나님의 섭리에 대한 무지하고 감정에
치우친 변론이고, 엘리후의 변론은 자기 주관대로욥을 판단하고 정
리함에 있다. 욥의 세 친구와 엘리후 논술을 통해 고난에 대해 깨닫
게 된다.

첫째: 고통의 첫째 이유는 보다 큰 고통을 면하기 위해서 하나
님께서 허락하신 것이다.

둘째: 이러한 고난이 우리에게 임한다 할지라도 우리 인간은
하나님의 행하시는 바를 모두 다 알 수 없다고 논술을
통해 깨닫기를 원한다. 하나님은 전능자이심을 바르게 알
아야 한다.

17. 알파와 오메가

본문 (계 1:8) 주 하나님이 이르시되 나는 알파와 오메가라. 지금도 있고 전에도 있었고 장차 올 자요. 전능한 자라 하시더라.

알파(대문자 A. 소문자 α)는 그리스어 알파벳의 첫 글자. 히브리어 알파벳의 첫 글자는 알레프이다. 히브리 사람들과 그리스 사람들은 알파벳을 숫자로 사용하는 공통된 점이 있다. 알파와 알레프는 첫 번째를 뜻한다. 그러므로 계시록에서 예수그리스도는 "나는 알파와 오메가요, 시작과 끝, 끝마침이요. 처음과 마지막이다." 이 말씀은 주님께서 영원한 분이시며 만물의 기원. 곧 시작이요. 만물의 끝이 되심을 말씀하고 계신 것입니다.

오메가(대문자 Ω 소문자 ω)는 그리스어 알파벳의 마지막 글자를 뜻한다. 알파와 오메가의 관련 성경 구절을 찾아봅시다.

1) (사 44:6) 이스라엘의 왕인 주 곧 그의 구속자이신 만군의 주
   가 이같이 말하노라. "이스라엘의 왕인 여호와, 이스라엘의
   구속자인 만군의 여호와가 이같이 말하노라. 나는 처음이오.
   나는 마지막이라. 나 외에는 다른 신이 없느니라. 하나님은
   유일신 하나님이시니 오직 하나님. 다른 신을 섬겨서는 안된다."
   십계명 말씀 자체가 하나님이시며 세상을 창조한 창조주이니,

나 외에 다른 신을 섬겨서는 안 된다. 그런 의미로 나 외에는 다른 신이 없느니라 강조하셨다.

(사 48:12) 야곱아 내가 부른 자 이스라엘아. 내게 들으라. 나는 그니 나는 처음이요 또 나는 마지막이라.

2) (골 1:14-18) 그 아들(예수) 안에서 우리가 속량 곧 죄 사함을 얻었도다. 그는 보이지 아니하는 하나님의 형상이시오. 모든 피조물보다 먼저 나신이시니. 또한 그가 만물보다 먼저 계시고 만물이 그 안에 함께 섰느니라. 그가 근본이시오. 죽은 자들 가운데서 먼저 나신이시니. 이는 친히 만물의 으뜸이 되려 하심이요.

예수님은 피조물보다 먼저 나셨다. 함은 흙으로 처음 빚어 만들어진 이가 아담이다. 모든 만물보다 앞선 알파. 곧 시작이다. 인간이나 만물이 예수 그리스도보다 먼저 될 수 없다고 바울은 골로새서에서 논증을 보인 것이다.
A-men.

예수는 만물이나 피조물 이전에 있었던 분, 창세 전부터
창조주 하나님과 함께 계셨으며 또 만물과 세상이 창조된 후에 오셨고, 가셔서는 하나님 우편에 앉아 계신다는 것을 믿으시기 원합니다.

그리고 다시 만물의 끝을 매듭지으려고 오십니다. 만물의 끝, 세상의 끝이 이 땅에 임할 때가 옵니다. 그때 예수님은 심판하는 권세를

가지고 오신다 합니다. 이것이 곧 재림입니다.

계 12:5을 봅시다.

여자가 아들을 낳으니 이는 장차(세상 끝) 철장으로 만국을 다스릴 남자라. 그 아이를 하나님 앞과 그 보좌 앞으로 올려가더라. 철장으로 질그릇(세상)을 내리치면 부서집니다. 세상을 심판하는 권능이 철장입니다. 공의로 심판 하는 권세를 가지고 오셔서 마지막을 다스리며 장식한다. 이것이 마지막 역사 오메가 나중입니다.

알파와 오메가의 뜻을 알았으니 이제부터 심도(深到) 있게 다루어 보도록 하겠습니다. 처음과 나중 창세 때 처음 있었던 일에서부터 세상 끝날 마지막 때 일이 어떻게 전개되어 가는지. 창세 때 첫 예언에서부터 마지막 철장 권세를 쥐고 재림하셔서. 마지막을 장식하시는 우리 구주 예수님의 일대기를 흥미 진지하게 풀어 보도록 하겠습니다.

흔히들 예수님하면 동정녀 마리아에게서 탄생해서 목수의 아들로 33년 이생의 삶을 말씀하는 것은 협의의 말씀입니다. 사랑하는 성도 여러분은 공생애 3년 기간을 하나님의 천국 복음을 위해서 일하셨습니다. 이제 광의의 예수님을 이야기해 보겠습니다. 예수님이 처음이라는 알파는 창세 전부터 계셨고 성육신으로 오시기 전에 계셨습니다. 그러니까 창조 때 하나님 곁에서 세상이 만들어지는 것도 보았고 창세기 3:15 원시 복음이 원시적 예언에 출현합니다. 창 3:15을 함께 보도록 하겠습니다. (창 3:15) 내가 너로 여자와 원수가 되게 하고 네 후손(뱀)도 여자의 후손(예수)과 원수가 되리니. 여자의 후손(예수님)은 네 머리를 상하게 할 것이오.(뱀의 머리를 상하게 하신

다) 너는 그의 (예수)발 뒤꿈치(예수께서 십자가에 잠시 죽었다가 3일 만에 부활하신다. 금요일 날 운명하여 일요일 날 부활하신다. 그래서 일요일은 주님의 날이다. 원래는 토요일이 주일이었으나 일요일에 예배드리는 것은 가톨릭의 지배를 1260년 동안 받아와서 안식일이 일요일로 변모했습니다.

본문에서 예수님은 뱀(사단)에게 발뒤꿈치를 물려야 한다는 원시적 예언에 따라 발뒤꿈치를 물려 죽어야만 원시적 예언이 이루어집니다. 그래서 예수님은 뱀(사단)에게 발뒤꿈치를 물려서 십자가에 돌아가십니다. 이것이 첫 번째 창세기에 나오는 원시적 예언 예수님의 시작입니다. 그러나 예수를 잘 모르는 분은 2022년 전 예수 탄생만 기억하고 처음이요. 나중은 해석 못 할 수 있습니다.

이제 본문 중 본론에서 처음과 나중 알파와 오메가를
심도(深到) 있게 다루도록 하겠습니다.
(전 3:1) 천하에 범사는 기한이 있다고 성경은 말합니다.
이 세상이 창조될 때가 있는가 하면, 이 세상이 심판받아 없어질 때도 있다고 합니다. 학교에 입학할 때가 있으면 졸업할 때도 또한 있는 것이며 무엇보다 인생(人生)에 소중한 생명, 즉 태어날 때가 있으면 죽는 날도 있다고 표시되었습니다. 피조물은 반드시 흙으로 돌아갑니다. 생명의 시작과 끝. 알파와 오메가입니다.

에덴동산에서 말씀하신 원시적 복음 예언이 어디까지 왔습니까? 뱀이 여자의 후손 발뒤꿈치까지 물었다. 여기까지 왔습니다. 아직 남아있는 것은 여자의 후손이 뱀의 머리를 상하게 하는 것입니다.

이 과정을 한번 자세히 언급해보겠습니다.

뱀과 여자의 후손과 원수가 된 사연은 왜일까요? 뱀이 선악과를 가지고 찾아와 하와를 꼬시고, 아담도 선악과를 따먹게 유혹하였습니다. 아담과 하와는 선악과를 따먹지 말라는 하나님의 명령을 거슬렀습니다. 거슬리면 뭐라고 하셨습니까? 정녕 죽으리라. 그러나 하나님은 하와나 아담을 죽이지 않으시고 에덴동산에서 쫓아내셨습니다. 에덴동산은 죄가 없는 자만 사는 곳이기에 타락하고 죄짓는 사람은 살 수가 없습니다.

(창 3:24) 말씀을 보도록 하겠습니다. 이같이 하나님이 그 사람을 쫓아내시고 에덴동산 동쪽에 그룹들과 두루 도는 화연검 불칼을 두어 생명나무 길을 지키게 하시니라. 아담과 하와가 에덴동산에서 뱀의 유혹에 속아 쫓겨났으니 원수가 되리라는 말씀처럼 원수가 된 것입니다. 이 세상을 사는 동안 여자의 후손과 뱀의 후손은 원수가 되어 세상 끝날까지 싸우게 됩니다. 처음, 알파, 영원 전부터 계신 예수님께서 뱀의 유혹을 받은 아담과 하와가 이 세상에서 쫓겨난 것을, 긍휼히 여기시고 서기 2022년 유대 나라 베들레헴에 오십니다. 오셔서 말씀하십니다.

"힘들지? 선악과를 따먹은 죄로 짐승을 잡아 제사 드리며 죗값을 톡톡히 치르고 살았지?"

하나님의 율법을 지키지 아니하면 죽음을 면치 못하는데 이스라엘 백성들은 하나님께서 주신 십계명 율례 규례 등을 지키며 살아야 했습니다.

삼위일체 하나님이 이 세상 사는 것을 쭉 지켜보시니, 참으로 암담합니다. 대제사장이 일 년에 한 번 지성소에 들어가는데 제사를 잘못 드리면 그 자리에서 죽습니다. 죽은 것은 부정하다 하여 지성소에서 손으로 만지지 않습니다. 그래서 지성소에 들어갈 때 제사장은 허리에 동아줄을 매고 들어갑니다. 혹시 죽으면 몸에 묶은 줄을 잡아당겨 끌어냅니다. 하나님을 만나는 곳이 지성소입니다.

예수께서 하나님께 말씀하십니다.

"저 인생들이 율법 613가지를 지킬 수 없습니다. 제가 이(인간이 사는 세상) 땅에 내려가서 하나님의 계명을 전하며, 아버지께 드리는 제물이 되어 화목제가 되겠사오니, 아버지여 나를 지구촌에 보내어 주옵소서." 하나님께서 아들의 소원을 들으시고 이사야 선지자를 통해 예언을 하게 하십니다. 성경 구절을 함께 살펴보도록 하겠습니다.

(사 7:14) 그러므로 주께서 친히 징조를 너희에게 주실것이라. 보라 처녀(동정녀 마리아)가 잉태하여 아들을 낳을 것이요. 그의 이름을 임마누엘이라 하리라. 예수 그리스도를 보내신다는 예언입니다.

(마 5:2) 베들레헴(떡 고을) 에브라다(베들레헴의 옛지명, 열매)야. 너는 유다 족속 중에 작을지라도 이스라엘을 다스릴 자가 네게서 내게로 나올 것이라. 그이 근본은 상고 영원(영원하신 분)에 있느니라.

영원: 태초부터 계신 분.

베들레헴: 떡 고을, 떡집에서 생명의 떡이 되시는 예수 그리스도가 탄생하겠다는 예언.

에브라다: 포도 열매. 한 알의 밀알 되신 예수그리스도가 출현

하여 생명의 열매들이 결실되고 또한 결실되고 있으니 어찌 놀랄 일이 아닙니까? 생명 떡인 예수가 밀알로 오실 것을 미가 선지자는 주전 700년 전 예언하였습니다.

베들레헴(떡)과 에브라다(포도 열매, 포도주)가 성만찬과 연결된다는 사실에 참으로 신기하고 놀랍습니다. 베들레헴=마콤(히브리어), Bet(집), Lechem(빵)=베들레헴, 떡집, 빵집이다. 예수님 태어나신 곳.

베들레헴 이란 동네가 스블론 지파에 나옵니다. 스블론 지파 베들레헴과 구별하기 위해서 에브라다라는 이름을 써서 구별하였다. 베들레헴(떡집, 떡을 상징) 에브라다(열매지만 포도 열매이니 포도주가 된다) 베들레헴 에브라다의 뜻이 나중에 예수님의 성만찬을 예고하니 성경의 신비로움에 탄복(歎服)을 하게 됩니다.

참고로 베들레헴은 유다 지파의 100여 개 성읍에 포함되지도 못한 초라한 동네이다. 그러나 너는 작을지라도 이스라엘을 다스릴 자인 예수께서 탄생한다고 예언하셨다.

(슥 9:9) 시온의 딸아. 크게 기뻐할지어다. 예루살렘의 딸아. 즐거이 부를지어다. 보라, 네 왕이 네게 임하나니.

그는 공의로우시며 구원을 베푸시며 겸손하여서 나귀를 타시나니. 나귀의 작은 것, 곧 나귀 새끼니라. 예수께서 나귀 새끼를 타고 예루살렘에 입성하셨다.

✦ 예수님의 사역

(창 3:15) 뱀의 후손이 여자의 발뒤꿈치를 문다는 원시 복음의 뒷받침 예언 시편 22:16-18 논증. 개들이 나를 에워쌌으며(예 죽으심) 악한 무리가 나를 둘러 내 수족을 찔렀나이다. 그들이 나를 주목하여 보고 내 겉옷을 나누며 속옷을 제비 뽑았나이다. 예수님의 사역 중 십자가에 못 박히는 사역을 시편 저자는 시 22:16-18에 기록하였다. 예수의 탄생과 죽음이 있으나 시간상 줄입니다.

예수가 뱀의 머리를 상하게 하는 역사를 알아야 한다. 조금 전에 개들이 에워싸고 내 수족을 찔렀나이다. (못 박다.) 창세 때 이미 원시적 예언 뱀의 후손이 여자의 후손(예수) 발뒤꿈치를 물게 될 것을 창 3:15은 예언하고 있다. 이 말씀이 이루어졌다.

예수님은 알파(처음 시작)이다. 에덴동산에서도 사단인 뱀의 후손과 예언적으로 한바탕 싸울 것이라고 하며 등장한다. 이것이 알파 처음 시작이다. 오메가는 뱀의 머리를 상하게 하는 것이다.

뱀의 머리를 상하게 하시는 예수님! 예수님은 (계 12:5) 여자가 낳은 남자아이로 오셔서 철장으로 만국을 다스리신다고 사도 요한이 계시하였다. 철장은 질그릇 같은 인간이나 마귀를 때려 부수고 이기는 능력이요. 권세이다.그런 예수님이 마지막 나중 오메가로 또다시 재림하여 오신다니 기이하도다.

태초부터 계셨고(처음 알파) 창세 때 에덴동산에서 뱀의 후손과 예언 속에 나타나시더니 하나님 나라, 즉 복음을 전하시고 뱀에게 발뒤꿈치를 물리셨다. (발뒤꿈치를 물리니 예수는 잠시 죽었다. 그리고 3일 만에 부활하신다.) 그분 예수가 무덤에서 부활하여 승천하시고 너희들이 본 그대로 구름 타고 오신다. 성경은 말하였으니 본문의 말씀처럼 나는 알파와 오메가요. 처음과 나중 시작과 끝이라. 나 예수가 에덴동산에서 인간들에게 죄를 들여온 뱀. 곧 사단과 한판 할 것을 계 3:15에 선포하셨다. 그가 뱀의 후손에게 발뒤꿈치를 물렸지만 생명이신 예수가 잠시 죽은 척하다가 부활하여 승천하셨고 너희 있을 곳을 예비하러 아버지 우편으로 간다. 그리고 큰 나팔 소리와 함께 내가 온다. (계 1:8) 주 하나님이 이르시되 나는 알파와 오메가라 지금도 있고 전에도 있었고 장차 올 자요 전능하신 자라 하시더라. 시작과 끝을 마무리 짓기 위해 오신다.

예수님은 알파와 오메가이시다. 사단(뱀)은 에덴동산에서 하와를 꼬셔서 선악과를 따먹게 하였고 결국 에덴동산에 죄를 가지고 살게 하는 미혹의 영으로 역사하셨다. 미혹의 영은 더러운 사단이요. 악마가 가인에게 들어가 가인이 아벨을 죽이는 세상 최초의 살인자로 만들었고 빛은 하나님의 말씀이요. 성령의 역사로 인도하나, 어둠은 거짓말하는 악령의 역사로 인간을 죄 가운데로 인도한다.

그러므로 의인이 없어 결국은 노아의 때에 물로 심판하셨으며, 의인 다섯 명이 없어서 소돔과 고모라를 유황불로 심판하고 옛 뱀이라는 사단이 자라서 용이 된다. 용이 계시록에서 물을 강 같이 토하여 여자의 후손을 죽이려 하나, 땅이 도와서 피하게 하더라. 결국 여자의 후손인 예수께서 철장 권세를 가지고 이 땅을 다스리시니 사단은 무저갱(無底坑 바닥이 없이 깊은 구덩이 눅 8:31 계 9:11 영원한 구렁텅이)에 갇힌다.

  천 년이 차기까지 뱀과 용의 권세는 무저갱에 갇히고 예수의 복음과 인내의 말씀을 믿고 지키는 자와 읽는 자, 듣는 자, 실권(實權 실제로 행사할 수 있는 권리나 권세)하는 자는 알파와 오메가의 마지막 때인 예수 재림으로 이마에 하나님의 이름과 어린양의 이름이 인(印)으로 인(印)쳐진 자는(고후 1:22, 엡 1:13) 첫째 부활에 참여하는 축복을 누리리라. 알파와 오메가이신 예수의 계명을 잘 지켜서 거룩한 성. 예루살렘 성에 우리 모두 들어가길 예수 이름으로 축복합니다.

A-men

18.   영광의 주만 바라보며

2022년 5월 16일 백병엽 피택 장로.

영광(靈光)의 주(主)만 바라보며 오늘도 신앙(信仰)의 여정(旅程)을 걷나이다.

가다가 돌부리에 걸려 넘어져도 툭툭 털고 일어나게 하옵소서.

못볼 것을 봐도 시선(視線)을 의(義)로 뛰어넘게 하소서.

유대인들의 가시 채 핍박에도 굴하지 말게 하소서.

잔인한 로마 네로의 화형주(火刑柱) 공포 속에서도 주를 찬양(讚揚)하리로다.

스데반 집사(執事)처럼 영광의 주를 바라보며 죽음을 미소로 화답(和答)하게 하소서.

의를 위해 핍박 받으며 순교(殉教)하는 것이 크리스천의 최고의 가치신앙(価値信仰)이나이다.

영광의 주만 바라보게 하소서.

다소 사람 바울처럼 영광(榮光)의 주(主)만 바라보게 하소서.

시 472편 시(詩)를 쓰다.

19. 어부의 가녀린 기도

주여!
첫사랑 처음 믿음이 영원히 변질되지 말게 하옵소서.

오늘도 바다에 그물을 던질 때 많은 물고기 떼가 주님의 축복 속으로 몰려들게 하옵시고

믿음 가지고 그물을 던지는 신실한 어부로 살게 하시며 주께서 응원하실 때 풍성한 물고기 수확이 그물 던진 어부의 가슴에 기쁨의 물결이 일게 하옵소서.

신실한 영혼 구원 사업이 나날이 번창하게 하시며 기획한 자나 던지는 자가 함께 기뻐하는 시간되게 하옵소서.
소망의 닻을 올리고 갈릴리를 노래하며 갈릴리를 사랑하며 갈릴리에서 물고기를 낚다가 메시아를 만나게 하옵소서.
물고기를 낚아 천국의 시민권을 얻게 하시며 물고기로 하나님 나라 세금을 내게 하소서.

던져라. 얻어지리라.
던져라. 함성이 터지리라.
던져라. 영혼 구원 사업이 기쁨으로 충만하게 하옵소서.

20. 인(印) 하나님의 도장

인(印)이란 하나님의 백성이라 표시할 때 쓰인 단어다. 하나님께 속했으니 어느 누구도 건들지 마라. 주 여호와께서 간섭하시니 어느 누구도 건들 수 없고 건드려봐야 해코지 당하지 않게 주께서 지켜주신다. 보증의 仁(인)인 것이다.

주 여호와께서 인 치시면 감히 누가 넘보리오. 넘보지 말라는 하나님 아버지의 권역의 표시이기도 하다.

성령으로 인 친다. 인이란 원래 성령으로 인 치는 것이다. 하나님의 말씀이 옳다고 시인하면 성령께서 인 쳐 주신다. (성령 인)

피로 인 친다. (혈血인)

피로 인치는 과정을 살펴보자.
구약에 나오는 애굽 왕 바로에게 하나님은 내 백성 이스라엘을 넘보지 마라.

나 만군의 여호와가 애굽을 벌하려고 한다. 내 백성 이스라엘 모두는 문지방에 어린양의 피를 바르라. 재앙이 다녀갈 때 건너뛰고 지나가리라.

그러나 애굽의 장자와 첫 번째 것의 모든 짐승은 죽일 것이다. 하나님께서 경고하셨다. 이것을 피로 인쳤다 해서 혈(血)인이라 지어 보았다.

어린양의 피를 문설주에 피를 발랐다. 유월절 혈인이라 지어 본다.

구약은 자물통이요. 신약은 열쇠라. 신묘막측(新妙莫測)하다. 어떻게 구약에서 어린양이 등장하는데 신약에서도 어린양이 등장하며 피로써 인 치는 장면이 신구약에 등장할까? 표기는 다르지만 뜻은 어린양이 도장으로 상징되는데 가히 놀라지 않을 수 없다.

신구약에 나타난 하나님의 섭리가 신기하기만 하다. 출애굽의 상징인 어린양은 짐승 어린양이요. 신약에 나타난 어린양은 성육신으로 오신 예수님이시다. 내용인즉 짐승 어린양이나 성육신 예수 어린양이나 제사 지낼 때 사용하는 어린양이며 예수는 화목제의 제물을 상징하고 있다. 내용의 상징성은 동일하다.

구약에서 피는 어린양 짐승의 피요. 신약 계시록에서 피는 어린양 되신 예수의 피로 기록되어 있으니 참 신기하다.

구약에서 어린양과 신약에서 어린양은 무슨 뜻이 담겨 있나 해독해 보자.

구약에서 어린양은 지성소에서 하나님께 제사 지낼 때 번제물인 어린양을 상징한다.

　신약의 제사 번제물은 어린양을 상징하는 예수 그리스도이시다. 예수께서 인류의 죄를 대신해 화목제가 되신 것이다. 번제물이 되어 죄사함의 통로가 되시며 지성소의 휘장을 찢으셨다.

　[논증1] 요 1장 26절 보라. 무거운 짐을 지고 가는 어린양을 보라!

　[논증2] 계 21장 9절 내게 말하여 이르되 이리 오라. 내가 신부,
　　　　곧 어린양의 아내를 내게 보이리라 하고.
　[논증3] 마 27장 50-51 예수께서 다시 크게 소리 지르시고 영혼
　　　　이 떠나시리라. 이에 성소 휘장이 찢어져 둘이 되고 땅
　　　　이 진동하며 바위가 터지고 [논증3]은 예수께서 화목제
　　　　제물이 된 것을 증명해 보이는 장면입니다.

　이 어린양이 예수그리스도를 지칭하셨다 맞습니까?
　네 맞습니다.

　계시록은 예수의 표 어린양의 표를 이마에 맞아야 구원자라 일컫고 있습니다. (계 14장 1절) 내가 보니 보라. 어린양이 시온산에 섰고 그와 함께 십사만 사천이 그들의 이마에 어린양의 이름과 그 아버지의 이름이 쓴 것이 있더라. 말세에 구원 받으면 어린양의 이마에 도장 인으로 찍혀 있어야 한다. 성서는 말합니다.
　어느 이단의 이름으로 구원 받는 게 아닙니다. 꼭 어린양의 이름

이 있어야 구원 받습니다. 논증해 보이겠습니다

(행 4:12절) 다른 이로써 구원 받을 수 없으니 천하 사람 중에 구원을 받을 만한 다른 이름을 우리에게 주신 일이 없음이라 하였더라.

인 치는 역사를 모르면 구원은 받을 수 없습니다. 하나님의 백성이다 보증(保証)하는 것입니다. 계약문서에 도장을 찍듯 어린양의 표를 이마에 표합니다. 짐승도 자기편이라 666이라는 숫자로 표시합니다.

여러분 말세에 666이라는 표를 받아서는 안됩니다. 짐승의 표, 사탄의 표라 그 표를 받는 자는 사망에 이릅니다. 표를 분별하는 자가 되시길 예수님 이름으로 축복합니다.

인 친다의 표현은? 인 친다의 표현을 살펴봅시다.

제가 3가지로 분류해 보겠습니다.
1. 성령으로 인 친다.
2. 말씀으로 인 친다.
   (롬 10:10절) 마음으로 믿어 의에 이르고 입으로 시인하여 구원에 이르느니라. 11절 누구든지 그를 믿는 자는 부끄러움을 당하지 않는다. (구원의 상징)

3. 어린양의 피로 인 친다.
   [논증1] (계 12장 11절) 우리 형제들이 어린양의 피와 자기들이

증언하는 말씀으로 이겼으니 그들은 죽기까지.

[논증2] (계 14장 1절) 내가 보니 어린양이 시온산에 섰고 그
와 함께 십사만 사천이 서 있는데 그들의 이마에 어린양의
이름과 그 아버지의 이름 쓴 것이 있더라.

계시록의 예수의 피로 인 친다고 기록되어 있습니다.

인은 어디에다 칠까요?

손과 미간과 이마에 인 쳤다, 구약에 기록되어 있습니다.
인을 쳤다는 것은 구원의 보증입니다 인(印)은 도장이며 주 하나님
의 도장입니다.

사단의 인
(계 13:16) 그가 모든 자. 곧 작은 자나, 큰 자나, 부자나, 가난한
자나, 자유인이나 종들에게 그 오른손이나 이마에 표를 받게 하고
17 누구든지 이 표를 가진 자 외에는 매매를 못하게 하니 이 표는
짐승의 이름이나 그 이름의 수라. 18 지혜가 있으니 총명한 자는 그
짐승의 수를 세어 보라. 그것은 사람의 수니 그의 수는 666이니라.

양심의 화인 (불 도장)
(딤전 4장 2절) 자기 양심이 화인을 맞아서 외식함으로 거짓말을 하는
자라. 거짓 선지자 같은 자 사단편의 화인은 맞지 말아야 합니다. 예수

를 잘 믿어 성령으로 인치심 받으시길 간절히 기도합니다.

(계 12장 10절) 예수의 증언은 예언의 영이라 계시록의 모든 예언이 속히 이루어지기를 기도합니다. 오늘 여기에 저와 여러분이 성령으로 인 치심 받기를 축복합니다. 인을 받되 어린양 예수의 표 인 침을 받아야 구원에 이릅니다. 오늘의 말씀. 인 친다를 모두 마치겠습니다.

21. 피 뿌린 옷

　피는 생명입니다. 구약에서는 양이나 암소 비둘기를 잡습니다. 피를 번제 단에 뿌립니다. 양을 잡을 때 피가 옷에 튀겨 피가 묻습니다. 이것이 피 묻은 옷입니다.

　신약의 피 묻은 옷은 하나님 말씀이다. 계 19:13은 그렇게 표현했습니다. 신약에서 제사에 쓰일 피는 예수 그리스도입니다.

　십자가에서 창에 찔려 죽습니다. 그 피가 옷에 묻습니다. 그 피로 예수의 피로 죄 사함을 받는 것입니다.

　왜 예수의 피냐? 예수는 생명이기에 그렇습니다.

　나는 길이요, 진리요, 생명이니. 생명이 예수님이십니다.생명의 주인이 예수님이십니다.
　예수께서 죽은 나사로를 살리신 것은 생명의 주인이기에 살리신 것이며 예수님도 죽음에서 살아나셨습니다.

　예수님 말씀이 옳습니다. 예수님 자신이 생명이라는 것을 보여 주셨습니다
　나사로를 살리신 예.

자신이 부활하신 예.

논증을 보여 주셨습니다.

피는 생명입니다.

구약에서는 피째 먹지 말라 하십니다. 생명을 경시(輕視) 여기지
말고 존중하라는 여호와 하나님의 말씀이 구약에 나옵니다.

예수께서 율법의 613가지를 못 지키니 내가 화목제가
되어 드리니. 이제 율법에서 해방되라. 짐승의 피로 제사 안 지내
도 된다. 나 예수의 피로 죄사함을 받거라.

들어보세요.

주 예수를 믿으라. 그리하면 너와 네 집에 구원을 얻으리로다.
(행 16:31)

예수께서 갈보리 산 십자가에 피를 흘립니다. 그 피가 옷에 묻으
니. 피 묻은 옷이며 피 묻은 옷은 하나님 말씀이더라. 말씀은 생명
입니다.

백마를 타고 피 뿌린 옷을 입은 예수께서 짐승과 거짓 선지자들
과 싸우신다. 그때 하늘의 군대가 따르더라. 백마란 성결, 순종, 권
위, 고결함을 뜻합니다. 문학에서 멋진 남편감으로 쓸 때 백마 탄

왕자님 표현을 씁니다.

예수께서 백마 탄 자입니다. 백마 탄 자 예수께서 피 뿌린 옷을 입었더라. 예수님은 뱀의 머리를 상하게 하더라 (창 3:15) 피 묻은 옷, 피 뿌린 옷 이해가 되셨나요?

피 뿌린 옷을 입고 짐승과 우상과 거짓 선지자를 멸하시는 예수의 계시를 믿고 이기는 자 되어 새 예루살렘성에 다 들어가시길 축복합니다.

22. 피 뿌린 옷 2

本文 계 19:11-16

13절 또 그가 피 뿌린 옷을 입었는데 그 이름은 하나님의
말씀이라 칭하더라.

✦ 주요단어해설

① 백마 탄 자 (계19:11) 백마 탄 자는 예수그리스도.
백마의 상징: 충성, 성결, 순종을 상징하는 용어로 백마 탄
왕자님 귀하신 신분을 상징. 임금은 백마를 탄다. 「계시록
19:11, 6:2 흰말 백마」 예수그리스도가 백마 탄 자이다.

② 백마 탄 자의 이름:충신과 진실이다. 공의(하나님의 의의 잣
대), 심판(마지막 때, 세상 끝)

③ (계 19:2) 관을 쓰다. 조선 시대 관직에는 관료가 모자. 관을
썼다. 성도들도 면류관을 쓴다. 예수님은 가시관 뒤에 만주
의 주(계 19:16)로 임금의 관을 쓰신다. 자기밖에 모르리라. 2
절에 말씀하시지만 (계 19:16) 옷과 다리에 만왕의 왕이요,
만주의 주라 이름이 쓰였더라. 그가 백마 탄 자 예수 그리스
도시라.

(계 19:14) 하늘의 군대(천사들) 흰 세마포를 입었고 백마를

탔다. (하나님의 아들 그리스도 천사만이 백마를 탄다. 하늘의 군대가 예수 그리스도를 따르더라.)

④ 계 19:15 그의 입에서 예리한 검. 하나님의 말씀

예리한 검: 히 4:12 좌우에 날 선 어떤 검보다 예리하여 혼과 영 관절 골수를 쪼갠다. 친히 그들을 철장으로 다스린다.

(철장 권세)

⑤ (계 19:16) 그의 옷과 넓적다리에 이름이 기록되어 있는데 "만왕의 왕, 또 만주의 주"라 하였더라.

위의 모든 말씀은 그리스도의 재림을 상징적으로 나타내고 있다. 그가 제사장 복을 벗고 백마를 탔다는 것은, 그의 중보 사업이 끝났다는 것을 의미한다.

예수께서는 이제 군대의 대장으로 나타난다. 충신과 진실, 공의의 심판 같은 말들은 다 하나님께만 해당되는 말이다. 그 대장은 피 뿌린 세마포를 입었다. 그의 입에서는 날카로운 검이 나오고, 저희를 철장으로 다스리며 맹렬한 진노의 포도주 틀을 밟겠다는 것은 다 그리스도를 나타내며 그 옷과 다리에

만왕의 왕이요!!

만주의 주!!

라 하였다고 했으니 그는 예수그리스도가 틀림없다.

이제 피 뿌린 옷을 펼쳐보자.

구약의 피(생명존중) 피째 먹지 말라. (레위기 17:4) 생명을 존중해라.

경시해서는 안된다. (하나님의 말씀) 모든 생물은 그 피가 생명과 일체라. 그러므로 내가 이스라엘 자손에게 이르기를 너희는 어떤 육체의 생명은 그것의 피인즉 그 피를 먹는 모든 자는 끊어지리라.

(창 9:3-4) 살아서 움직이는 모든 것은 너희의 먹을 것이 될지라. 내가 모든 것을 푸른 채소 같이 너희에게 주었느니라. 그러나 고기를 생명과 더불어, 즉 거기에 있는 피째 먹지 말지니라. 구약에서 피는 생명을 말하는 것이며 존중하라. 생명을 소중히 여기라는 것입니다. 애굽에 내린 피의 재앙을 기억합시다.

(출 12:13) 그 피가 너희의 거하는 집에 있어서 너희를 위하여 표적이 될지라. 내가 피를 볼 때 너희를 넘어가리니 재앙이 너희에게 내려 멸하지 아니하리라고 말씀하십니다. 피는 생명존중의 상징입니다. 애굽의 장자들을 죽이려 재앙을 내립니다. 하나님은 애굽의 장자와 어린아이부터 어른에 이르기까지 죽이실 계획을 세우시고, 이스라엘 백성에게는 재앙이 손 닿지 않도록 미리 예방하게 하십니다.

이스라엘 내 백성아. 문설주에 피를 바르라. 문설주의 피를 보면 내 백성 집이니. 재앙이 건너뛰어 이스라엘의 장자들은 죽음을 면하리라.

피는 생명입니다. 구역은 강조합니다. 이스라엘 백성 문설주에 바른 피는 양의 피입니다. 신약에는 똑같습니다. 구약은 동물인 양의 피를 제사 드리고 제사 드릴 때 양의 피와 소의 피, 제사에 쓰이는 피는 번제단 주위에 뿌립니다.

조금 전에 말씀드렸듯이 생명이 존중이니, 씻어 청결케 하고 너희 죄를 사해준다. 그렇지 않으면 죄의 값으로 너희들은 정녕 죽어야 한다. 하나님은 소와 양, 비둘기를 바치게 하시고 그 피는 번제단에 뿌립니다. 뿌림과 동시에 죄 사함의 역사가 일어납니다. 이 피가 피 뿌린 옷(계19:13 또 그가 피 뿌린 옷을 입었는데 그 이름은 하나님의 말씀이라 칭하더라)의 논증으로 이어집니다. 신약에서는 동물의 피로 제사 지내는 일을 폐한다. 수많은 피가 소모되며 성전 주위가 피비린내 난다. 이것을 이제 대신할 길이 열린다. 그것은 독생자 예수를 화목제로 드리기 위해, 갈보리 산상에서 십자가에 못 박는다. 그 피가 너희들의 죄를 사하게 될 것이다. 내 아들 예수가 피 흘려 산 제물이 되었으니 다시는 짐승을 잡는 일은 안해도 된다.

구약에서 제사의 모델은 아벨의 제사였습니다. 가인과 아벨의 제사를 예시하시며 곡식 제사보다 양의 피의 제사를 높게 평가하신 만군의 여호와 하나님의 깊은 뜻을 통찰하실 수 있게 되는 성도님들 되시길. 간절히 원합니다.

가인이 곡식으로 제사를 드렸지만, 정성이 부족해서 안받으신 것은 사실입니다. 오늘 피 뿌린 옷을 설교 제목으로 삼고 피의 존엄성을 살피다 보니 아벨의 제사는 동물의 피 제사였습니다. 아벨이 정성껏 제사를 드려 여호와 하나님의 마음을 삽니다.

구약에서 하나님은 피(혈액 blood) 곧 생명존중을 다룹니다. 구약에서 피는 죄를 사하여 주는데 사용하였습니다. 죄의 대가 지불을 하는데 동물의 피를 하나님께 드려야 했습니다. 암소를 잡든지, 양을 잡을 때는 어떤 모습일까요? 그렇습니다. 피가 튀지요. 피가 튀면 어디에 묻을까요? 옷에 묻습니다. 이 옷 이름을 피가 튀긴 옷이라 해야 하겠지만 국어 순화용 언어로 피 뿌린 옷이라 계시록은 말씀하신 것입니다.

피가 번제단에 뿌려져 죄의 대가를 지불하기까지 엄청난 일들을 겪어야 합니다. 양을 드릴 때(제물로 바칠 때) 흠이 없어야 합니다. 흠없는 양을 구해서 하나님께 바치는 것입니다. 그냥 바치는 게 아닙니다. 양을 잡아야 하니까 피를 보게 되고, 그 피가 옷에 묻는 것은 기정사실이지요. 그래서 요한계시록에 피 뿌린 옷이 등장합니다. 이 피는 예수의 피가 뿌려져야지 아무 사람의 피가 뿌려져 봐야 의미가 없습니다.

노예의 피, 보통 사람의 피, 대통령의 피, 인간의 피가 아니라 흠없는 양을 잡듯 흠없는 독생자 예수의 피라야
죄 사함을 받을 수 있는 속죄의 길, 속죄의 통로가 열리는 것입니다. 임금의 피도 하나님은 받지 않습니다. 그것은 흠이 있기 때문입니다. 흠이 없는 것은 오로지 예수그리스도 한 분입니다. 예수 그리스도께서 산 제물이 되었으며 그가 드려질 때(창으로 옆구리 찔릴 때) 피가 옷에 묻습니다. 피가 뿌려진다 합니다. 예수의 피가 옷에 묻을 때 피 뿌린 옷이라고 하시면서 피 뿌린 옷은 하나님의 말씀입니다.

(계 19:13) 본문을 읽고 말씀을 이어가겠습니다. 13절 또 그가 피

뿌린 옷을 입었는데 그 이름은 하나님의 말씀이라 칭하더라. 계시록의 피 뿌린 옷은 하나님의 말씀입니다. 예수의 피로 이루어진 것입니다.

백마 탄 자 예수께서 피 뿌린 옷을 입고 짐승과 거짓 선지자들과 최후의 전쟁을 하십니다.

(계 19:14) 하늘의 군대 백마 탄 자들이 흰 세마포를 입고, 예수님의 뒤를 따르더라 계시록은 말씀하십니다. 백마 탄 자가 이단 이○○ 김○○ 하면 잘못된 성서의 오류입니다. 백마 탄 자는 예수 그리스도입니다. 백마는 충성, 순종, 성결, 고귀한 뜻을 담고 있습니다. 인간의 신분으로 백마 탄 자라고 전하는 거짓 선지자는 모두 가짜입니다.
흠이 없는 거룩하고 성결하고 순종을 보이신 예수님을 상징합니다. 말세 때 "내가 백마 탄 자야."하고 떠들어대면 적그리스도 임을 깨닫기 간절히 원합니다.
백마 탄 자가 피 뿌린 옷을 입었습니다. 그분이 예수 그리스도이십니다. 다시 반복하지만 피는 생명을 상징합니다. 예수님은 생명입니다. 그래서 피 뿌린 옷을 입고 계시록에 나타납니다. 이렇게 성경은 짝으로 되어있습니다. 신묘막측(神妙莫測 신통하고 묘하여 미리 추측할 수 없음) 합니다.

말세에 천국 데려간다 하는 거짓 선지자들이 유혹하고 미혹하거든 계시록에 나오는 "백마 탄 자를 아시나요? 두 번째 그가 피 뿌린 옷을 입었는데 무슨 뜻이며, 구약의 피와 신약의 피는 같을까요? 백마 탄 자가 입은 피 뿌린 옷은 무슨 죄가 묻어 있나요?" 물으시고 우물쭈물대거나 그런 것 모른다고 하면 적 그리스도이구나, 아시길. 예수 그리스도의 이름으로 축복합니다. 오늘의 말씀을 다시 정리해 드리고 말씀을 모두 마치겠습니다.

1. 피는 생명이다. 생명의 존엄성을 피는 말하고 있다.그래서 구약에서 피째 먹지 말라고 하셨다. 번제단 에서 피를 뿌리는 것은 동물의 피지만 너희의 죗값을 동물의 생명과 바꿔 죄 사함을 받게 해준다는 하나님의 깊은 뜻을 알아야 한다. 하나님께 드리는 제물 '양'은 흠이 없어야 한다. 아무 것이나 드린다고 해서 하나님이 받으시는 것이 아니다. 하나님의 마음을 산 아벨처럼 흠과 티가 없는 그런 양이나 소를 드려야만 하나님께서 그 제사를 받으신다.

애굽의 이야기도 잊지 마시고 생물의 첫 번째 것을 죽이는 재앙이 임할 때 "이스라엘아, 너희는 문설주에 피를 바르라. 그리하면 재앙이 건너뛴다." 그래서 피는 대단합니다. 피는 생명입니다.

신약에서는 이 세상을 구원하기 위해 메시아 예수께서 오십니다. 오신 것으로 구원이 이루어진 것은 아닙니다.예수께서 본문처럼 피를 옷에다 뿌리고, 백마 탄 자로 다시 오셔서 짐승과 거짓 선지자를 이기고 승리해야 구원의 목표가 이루어집니다. 그러기 전에는 뱀에게 발뒤꿈치만 물려야 합니다.

부활의 권세로 예수께서 살아나셔서 뱀의 머리를 상하게 합니다. 그분이 바로 계시록 19장에 나오는 백마 타고 피 뿌린 옷을 입은 예수입니다. 그분 뒤를 하늘의 군대가 따르더라.

이 얼마나 놀랍고 오묘한 말씀입니까? 꿀 같이 달지요. 달고 오묘한 그 말씀 생명의 말씀. 백마를 타고 피 뿌린 옷을 입은 예수그리스도를 재림하시는 날 영접하여 저와 여러분이 새 예루살렘성에서 천 년 안식을 누리시길 예수 이름으로 축복합니다. 오늘의 말씀 【피 뿌린 옷】 이것으로 말씀을 모두 마치겠습니다.

A-men. Hallelujah.

23. 主 祈禱文 주 기도문

The Lord's Prayer

Our Father in heaven

hallowed be your name.

Your kingdom come,

Your will be done on earth,

as it is in heaven,

Give us today our daily bread

And forgive us our debts,

as we also have forgiven our debtors,

And lead us not into temptation,

but deliver us from the evil one,

For yours is the kingdom, and the power,

and the glory, forever.

A-men

주기도문은 약 2천 년 전 예수님께서 유대인들이 중언부언하는 기도를 들으시고 제자들에게 가르치신 기도이다. 당시 유대인들은 평소에 기도문을 외우고 다닐 만큼 열심이었고, 집단마다 각각의 기도문이 있었습니다. 그렇게 특화된 기도를 갖고 싶어 하는 제자들에게 주님은 예수를 좇는 자들이 드려야 하는 참 기도로 주기도문을 주십니다.

우리의 소원을 이루거나 문제 해결을 위한 기도가 아닌 성도의 정체성을 규정하고 우리 성도가 도달하게 될 궁극의 목적지를 소개하고 있는 것이 바로 주님이 주신 기도입니다.

여호와께 송축하는 방법이 제시된 주기도문입니다.

예수님께서 직접 말씀하십니다.

요 15:15에 내가 너희들의 친구이며 딤전 2:5에 중보자. 즉 아버지와 우리와의 관계의 중간에서 중간 역할을 하는 중간 위치에 있는 분으로 영어로는 미디에이트(Mediator)라 한다. 그러니까 우리와 항상 가까이 지내시기 때문에 우리는 항상 그분의 이름으로 예수님의 이름으로 기도하는 것이다.

산상수훈(마5-7)에서 유대인들에게 예수님이 가르쳐 주신 후 (마 6:7) 또 기도할 때 이방인과 같이 중언부언하지 말라. 그들은 말을 많이 하여야 들으실 줄 생각하느니라. 기도는 하는데 사람에게 인정받기 위해서 기도하는 그 기도는 가짜라는 겁니다. 중언부언(重言复言)이 말은 영어로 Meaning less, 즉 의미 없는 prayer라는 것입니다.

누구에게 의미가 없다는 겁니까? 기도를 듣는 분, 성부, 성자, 성령, 하나님 이분들에게는 의미가 없는 듣기도 싫은 기도라는 겁니다. 그러면서 예수님이 제자들에게 "내가 기도하는 방법을 가르쳐 줄 게 진짜 의미있는 기도는 이것이다."라면서 이렇게 기도해라. 그랬습니다. 이 말을 그냥 카피해서 중얼중얼 외우는 게 아니고 그 안에 깔려있는 하나님의 마음이 있습니다. 그래서 오늘 이 부분을 우리가 한번 보려고 합니다.

첫째. 주기도문은 삼위 하나님의 고상한 인격이 있습니다. 기도의 대상은 성부 하나님께 집중하는 겁니다. 예수님의 기도가 아니고 예수님께서 우리에게 가르치시는 기도입니다. 그 목적은 삼위 하나님이 송축 받게 만드는 기도문입니다. 기도란 무엇인가? 삼위 하나님과 나와 인격적으로 나누는 겁니다. 하늘에 계신 내 아버지라고 하지 않고 우리 아버지, 즉 나만이 송축하는 이 아니고 다같이 송축하는 겁니다. 기도는 많이들 하는데 예수께서 제자들에게 가르친 모범이 되는 기도문으로 하나님의 나라와 그의 의(義)를 간절히 구하면 필요한 것을 얻을 수 있다는 예수의 사상이 나타나 있습니다. 신약성서 마태복음 6장과 누가복음 11장에 수록되어 있습니다.

참고: 가톨릭에서는 주의 기도라고 함. 「준」 기도문, 주도문(主禱文)

주기도문

하늘에 계신 우리 아버지여,

이름이 거룩히 여김을 받으시오며,

나라이 임하옵시며

뜻이 하늘에서 이룬 것 같이 땅에서도 이루어지이다

오늘날 우리에게 일용할 양식을 주옵시고

우리가 우리에게 죄지은 자를 사하여 준 것 같이

우리 죄를 사하여 주옵시고,

우리를 시험에 들게 하지 마옵시고,

다만 악에서 구하옵소서.

대개 나라와 권세와 영광이 아버지께 있사옵나이다. 아멘

이름   (여호와 스스로 계신 자 하나님 야훼.)

거룩(Holly): 뜻이 매우 높고 위대함의 어근. 성부, 성자, 성령
            외엔 거룩의 성(聖)은 쓸 수가 없다.

임(臨)하다: 1) 어떤 사태나 일에 직면하다.
            2) 장소에 도달하다. 나라이 임하다. 하늘나라에
            도달하다. 일용할(일용) 날마다 쓰다. 일용할 양식
            (our daily bread): 날마다 필요한 사람의 먹거리. 기
            원은우리의 마음과 생각이 매일 하나님의 말씀을
            통해 영양을 공급 받고 살찌워지게 해달라고 하는
            기도.
            (요 6:35) 내가 생명의 떡이니 내게 오는 자는 결코

주리지 아니할 것이요. 나를 믿는 자는 영원히 목
마르지 아니하리라.

두 번째 해석: 우리의 일용할 양식은 곧 생명의 떡이 되신 예수
그리스도입니다. 우리는 예수님으로부터 그날에
필요한 능력과 도움과 힘을 공급 받지 아니하고
는 하루도 살 수 없음을 말합니다.

세 번째 해석: 문자 그대로 양식. 현세적으로 삶을 유지하는 데
필요한 모든 것을 의미함. 일종의 음식. 구약에
서의 양식 염소젖. (잠27:27) 나무 열매.
(렘 11:19) 출 16장 참조 출애굽 당시 이스라엘
백성에게 먹을 것 만나를 주셨는데 일주일 치
한 달 치를 주신 게 아니라 아침마다 그날 먹을
것을 주셨다.
(마 6:34) 내일 일은 염려하지 마라. 내일 일은
내일 염려할 것이요. 한날 괴로움은 그날에 족하
니라. 일용할 양식의 기원기도. 영과 육을 위한
두 가지 양식을 달라는 기원이 바람직하다. 학자
들은 육의 양식으로 강점을 두고 있다.

우리에게. (해석)
왜 내가 아니고 우리라고 기도하셨나? 이것은 이기적이고 자기중심
적인 기도를 드리지 말라. 나 자신보다 다른 사람을 위해 기도 하기를

바라는 예수님의 마음이 담겨있다. 그러므로 그리스도인은 자기만이
아니고 공동체를 생각하며 살아가고 기도해야 합니다.

　(공동체: 우리)

　주옵시고(주다 to give)라는 단어의 의미를 잘 설명해 주고 있다.
　팔짱을 끼고 앉아서 음식이 떨어질 때까지 기다리고 있으라는 뜻
이 아니다. 하나님은 음식을 만들어서 기도하는 사람의 입에 떠 넣
어 주시지 않는다. 기도는 어떤 일을 손 하나 까딱하지 않고 이룰
수 있는 주문 같은 것이 아니다. 이 기도를 통해 예수님이 우리에게
가르쳐 주시고자 하는 것은 하나님을 떠나서 하나님 없이는 어떤 양
식도 얻을 수 없다는 것을 깨우쳐 주려고 하시는 의도를 내포하고
계신다.

　생명체와 인간이 얻을 수 있는 양식은 하나님으로부터 나오는 것
이다. 우리는 양식을 얻기 위해 수고해야 한다. 땅을 갈고 씨앗을 뿌
리고 수고해서 얻어야 한다. 더 많은 수고와 땀을 흘리며 간절히 하
나님 아버지께 일용할 양식을 주세요. 즉 주옵시고라고 기도를 드려
야 한다.

　대개(大蓋): 그러므로 왜 그런가 하면 고어이다. (마 6:9-13) 대개
　　　　　　란 말이 없다. (생략) 헬라어 호티(for 왜냐하면), 수
　　　　　　(thine 당신의), 우리나라(큰 원칙으로 보건대), 에스틴
　　　　　　(is 있기 때문입니다). 대개는 왜냐하면이란 뜻으로
　　　　　　좋은 표현이다.

　주기도문의 해석 중 오류를 범하는 이단을 지적할까 합니다. 아버지(하나님 지칭)라는 단어의 의미는 자기를 낳아준 남자. 자녀를 둔 남자가 바로 아버지이다. 전 세계 기독교인들은 하나님을 아버지라 부른다. 그러면서 유도하기를 우리가 하나님을 아버지라 부르는 하나님의 자녀라면 우리에게 하늘 아버지뿐만 아니라 또 누가 계셔야 할까?

　(생략) 잠시 뒤로 하고 (갈 4:26) 오직 위에 있는 예루살렘은 자유자니, 곧 우리의 어머니라→이것이 성경해석 오류이다. 하늘나라에 어머니도 계시다는 하나님의 교회 해석이다. 해석을 잘못한 것이다. 오직 위에 있는 예루살렘(하늘의 예루살렘이다), 예루살렘 (슥 8:3) 진리의 성읍이다. 진리가 너희를 낳았다. 맞습니다. 하나님의 교회 해석은 하나님과 여인 어머니가 있다고 말하고 있다. 성경해석의 오류다. 하나님은 스스로 존재하신 분이며 하늘의 어머니는 없다. 위에 있는 예루살렘은 진리를 가리키는 어머니이다. 진리 말씀으로 오늘날 내가 너를 낳았다 하신다. 위에 있는 예루살렘이 자유자니 하나님의 부인 하늘 어머니? 심각한 오류에 빠지지 않기를 권한다. 그것은 비진리이다. 그리고 맺기를 하나님의 자녀들에게는 하늘 아버지뿐만 아니라 하늘 어머니도 계신다. 아멘입니다— 하고 맺었다. 이상한 이단들의 해석을 주의하시라. 하늘 어머니는 없다.

✦ 주기도문의 분석

기도의 대상은 하나님이시다.

주기도문은 7가지 간구로 이루어졌다. 하나님에 관한 기도 3가지, 우리에게 필요에 대한 4가지, 모두 7가지 기도로 이루어졌다. 기도 순서는 하나님에 관한 것이 먼저요. 사랑에 관한 것이 나중이다. 먼저 하나님의 영광을 구하고 다음은 우리에게 필요한 것을 구한다. (마 6:33) 예수님께서 너희는 먼저 그의 나라와 그의 의를 구하라. 그리하면 이 모든 것을 더하시리라.

주기도문은 아버지의 이름을 부르는 것으로 시작하고 아버지의 이름을 찬양하는 것으로 끝맺는다. 하나님 중심적인 기도가 올바른 기도다.

1. 하늘에 계신 우리 아버지여: 하나님 아들의 영이 있는 자가 하나님의 자녀다. 모든 자가 하나님의 자녀가 아니요. 거듭난 자가 하나님의 자녀다. (요 8:44) 너희는 너희 아비 마귀에게서 났으니 너희는 아비의 욕심을 너희도 행하고자 하느니라. 너희는 본질상 진노의 자식이었다. 아바, 아버지라 부르는 양자의 영을 받고 하는 아버지께 드리는 주기도문을 할 수 있다.

2. 이름이 거룩히 여김을 받으시오며.
   십계명 중 세 번째 계명. 너희는 여호와의 이름을 망령되어 일컫지 말라. (해석) 누구든지 하나님의 이름을 더럽히면 심판을 받게 된다. 구원을 받은 그리스도인들의 생활이 잘못될 때 하나님의 이름이 더럽혀진다.

"거룩히 여김을 받도록 행동거지를 조심하자."

(겔 36:20) 열국에서 내 거룩한 이름이 그들로 인하여 더러워졌나니……. 그들을 가리켜 이르기를, 이들은 여호와의 백성이라도 여호와의 땅에서 떠난 자다.

[논증1] 하나님의 이름을 더럽히면 하나님의 자녀 명분을 떠난 자라 관심 대상에서 벗어난다. (롬 2:2) 바울 사도가 유대인들에게 "하나님의 이름이 너희로 인하여 이방인 중에서 모독을 받도다."

[논증2] (마 5:16) 이같이 너희 빛을 각 사람 앞에 비취게 하여 저희로 너희 착한 행실을 보고 하늘에 계신 아버지께 영광을 돌리게 하라. 빛=행동, 행함.

3. 뜻이 하늘에서 이루어진 것 같이 땅에서도 이루어지이다.

뜻 (기도의 내용 포함)

논증(論証)1: 천국 문의 열쇠를 쥔 베드로에게 천국 문의 열쇠 권한은 열면 닫을 자 없고 닫으면 풀 자가 없다. 예수님의 복음 권세 계승이 베드로에게 12사도에게 이 땅의 목회자들에게 이어져 내려온다. 땅에서 매면 매어지고 풀면 하늘에서도 풀어지니, 하늘에서 이룬 것 같이 땅에서 이루어진다.

베드로나 제자들이 권위, 권세도 하나님의 세계를 대변한다. 성도들의 기도 또한 하늘에서 이룬 것 같이 땅에서 이루어 진다. 베드로에게 천국 문의 열쇠를 주시면 매면 매고 풀리면 풀어지고 권한을 위임한다고 말씀하신다.

논증2: (마 26:39) 내 아버지여 만일 할만하시거든 이 잔을 내게서 지나가게 하옵소서. (이것이 하늘의 뜻) 그러나 나의 원대로 마옵시고 아버지의 원대로 하옵소서. (하늘의 뜻대로 땅의 예수님의 십자가를 져야하는 운명을 이루어 달라고 기도하셨고 아버지의 뜻대로 땅에서 이루어져 예수님께서 십 자가를 지시겠다. 기도장면입니다.

주기도문은 이처럼 우리가 하늘 아버지께 구하면 아버지 하나님께서 꼭 이루어주신다는 확신을 가지고 기도해야 합니다. 하나님께 기도할 때 내 뜻을 부인하고 아버지의 뜻을 이루는 것을 인생의 목표로 삼고 살도록 기도해야 합니다.

✦ 우리들의 간구(petition)

1. 공급 간구

우리에게 필요한 양식을 주소서. 일용할 양식을 주　옵소서. 양식은 우리 삶의 가장 기본적인 필요를 상징한다. 양식을 매일매일 구해야 하는 것이다. 광야 40년에서 보듯 매일 메추라기 만나를 내리셨다. 일주일 치를 내린 적이 없다. 복원 당첨이나 사업의 대박처럼 평생 먹고 쌓아 놓으려는 기도를 하면 안 받으신다. 매일매일 one day at time. 우리의 삶의 필요를 구해야 합니다.

2. 우리들의 간구 두 번째

두번째 간구는 용서이다. 우리가 우리에게 죄지은 자를 사해준 것 같이 우리 죄를 사하여 주옵소서. 용서, forgiveness, 기도. 우리는 주님께 우리의 죄로 인해 치러야 할 많은 결과들을 안고 살아야 한다. 예를 들어 남에게 소리를 지르거나 화를 냈다면 상대방과의 관계가 깨어진다. 깨어진 관계를 복원시켜달라고 하면서 회개하고 용서하면서 주님께 간구한다. 그래야 우리의 죄를 사하여 주신다.

3. 우리들의 간구 세 번째.

세 번째 간구는 victory, 즉 승리이다. 우리를 시험에 들지 말게 하시며 사탄의 시험을 이기고 시험에 들지 말게 해달라고 기도하고 악에서 구하여 주옵소서. A men.

기도해야 한다. 시험에 든다면 자녀 노릇을 못한다. 하나님을 불신하고 원망한다. 꼭 승리의 기도를 통해 하나님 자녀로 영원히 행복하게 살게 해달라고 기도 드립시다.

4. 우리들의 기도 간구 네 번째.

보호(protection): 우리는 우는 사자와 같은 사탄과의 싸움에서 반드시 승리하게 해달라고 기도하십시오. "다만 악에서 구하옵소서." 사탄은 하나님 자녀가 무너지고 고꾸라지고 하나님 곁을 떠나는 것을 좋아합니다. 사탄은 먹이 사냥을 향해 호시탐탐 노립니다. 하나님! 사탄의 계율(戒律) 속에 빠져 넘어지면 안됩니다. 아버지여! 오 주여! 다만 악에서 구하옵소서. 이것으로 주기도문에 들어있는 7가지 간구, 하나님에 대한 3가지 간구와 우리에게 대한 4가지 간구를 모두 마칩니다.

✦ 주기도문의 요약

예수님 당시에 기도란 여러 유대 공동체들의 정체성 요약이었으며 주기도문은 예수님이 시작한 하나님 나라 운동의 사상과 신학의 요약이라 말할 수 있다. 예수님께서 가르치신 기도가 주기도문이다. 하나님 나라 복음과 하나님과 우리와의 관계 설정을 잘 알리시고 압축하여 표현하고 있다. 횡설수설하지 마라. 중언부언 하지 마라. 내가 기도의 근간을 세우니 내가 세운 기도문처럼 일상생활 기도를 해라. 주님이 가르치신 기도가 주기도문이다.

✦ 주기도문의 서론, 본론, 결론

서론: 하늘에 계신 우리 아버지여. 이름이 거룩히 여김을 받으
시오며 나라이 임하옵시며 땅에서 이룬 것 같이 하늘에
서도 이루어지이다.

본론: 오늘날 우리가 우리에게 죄지은 자를 사하여 준 것 같이
우리 죄를 사하여 주옵시고 우리를 시험에 들게 하지 마
옵시고 다만 악에서 구하옵소서.

결론: 대개 나라와 권세와 영광이 아버지께 영원히 있사옵나이다.
아멘. (마 6:9-12)

24. 오병이어와 칠병이어

　오병이어(五餠二漁)는 보리떡 다섯 개와 물고기 두 마리를 가리키고 칠병이어(七餠二漁)는 보리떡 일곱 개와 물고기 두 마리를 가리킵니다.

　벳새다 들녘에서 예수님께서 기적을 보이신 두 사건입니다. 칠병이어는 마태복음과 마가복음에서 나오는 말씀입니다. 공통된 오병이어와 칠병이어는 떡과 물고기란 점입니다. 떡은 예수님 자신을 가리키지요. (요한복음 6:33) "하나님의 떡은 하늘에서 내려 세상에게 생명을 주는 것이니라." 6:48 "내가 곧 생명의 떡이로라"고 말씀하십니다.

　물고기 두 마리는 무슨 뜻이옵니까? 요나의 표적을 아느냐? 요나가 물고기에 3일 동안 갇힌 사건은 예수님의 3일 후의 부활을 의미한다. 여기서 작은 물고기 두 마리는, 예수님의 초림과 재림을 두 번 언급하는데 그 기간에 작은 예수, 즉 예수님의 제자들이 그리스도의 양을 칠 것을 뜻한다.

　오병이어는 유대 지방에서, 칠병이어는 데가볼리(주로 이방인들이 거주) 지방에서 나타내신 기적입니다. 4천 명(마 15:32-38, 막 8:1-9)을 먹이고, 일곱 광주리에 가득 차게 거두었으며(칠병이어) -5천 명을(사복음서 기록. 마 14:15-21, 막 6:35-44, 눅 9:12-17, 요6:5-13) 먹이고도, 남은 조각을 열두 광주리에 (오병이어) 가득 차게 거두었습니다.

오병이어와 칠병이어는 믿지 않는 유대인과 이방인들에게 하나님
의 진리를 믿으라는 기적을 행하신 것입니다.

영적인 의미는 오병이어는 모세 5경을 칠병이어는 계1:20에 나타
난 일곱 교회, 즉 신약시대의 예수님의 떡을 말씀하신 것입니다.

성경의 숨겨진 의미를 모르고 문자 그대로 해석한다면 성도들에게
말씀을 심도(深到) 있게 전하지 못하는 것이므로 목회 끝날까지 늘 연
구하며 묵상해서 받은 바 은혜를 목양하는 데 사용하는 저와 여러분
되시기를 주님의 이름으로 축복합니다. 많은 은혜 받으시옵소서.

25. 맥추감사절 기도문

영광을 받으시기에 합당하신 하나님. 오늘은 맥추감사절기이옵나이다. 예찬 가족들 올 상반기동안 고이 품어 주시고 은혜로운 말씀으로 양육하심을 무한 감사드립니다. 맥추감사절기에 수확한 것을 감사하는 마음을 담아 아버지 하나님께 감사 표시할 수 있게 하신 주 하나님 감사합니다. 눈물을 흘리며 씨를 뿌리는 자는 기쁨으로 단을 거두리로다. 추수의 감사 헌물을 드리는 아름다운 손이 되게 하여 주옵소서. 맥추감사가 아벨의 제사가 되어 아버지의 보좌에 상달 되게 하옵소서. 표면적 유대인이 유대인이 아니요. 말과 행동이 그리스도의 모본을 닮는 이면적 유대인 예찬 가족이 되게 하옵소서.

영생의 말씀이 OO교회에 있나니. 오늘 하늘 아버지께서 무슨 말씀을 하실지 OOO 담임 목사님을 통하여 말씀하시옵고 예수님의 말씀을 대언하게 하시며 말씀 전하며 말씀 전하실 때 생명수의 강이 흐르게 하소서.

영생 받기로 작정한 예찬 가족들이 귀 기울이나이다. 생명의 떡을 예찬 가족에게 주시옵소서. 인내할 수 있는 믿음과 성도들 간에 아가페 사랑을 나누게 하시고 그리스도의 모본을 실천하게 하옵소서. 단에서 전하신 말씀이 우리 영혼에 위로와 소망과 격려의 기쁨이 되

게하여 주시길. 소망할 때에 사랑 많으신 예수 그리스도 이름으로
감사하며 기도 드리옵나이다.

A-men

26. 칠월 마지막 주 기도문

사랑의 주 하나님! 오늘은 7월의 마지막 주일입니다.지난 일주일 동안 주님 은혜 아래 품어 주심을 무한 감사합니다. 미리 정하신 예찬 가족들을 부르시고 부르신 예찬 가족들을 의롭다 하시며 하나님 나라가 이루어질 때 영화롭게 하옵소서. (롬 8장 30절)

무더운 폭염(暴炎) 속에서도 지켜주시고 어린양의 피로 인쳐 주시어 재앙이 건너뛰게 하옵소서. 예배를 그리워하며 사모하며 하늘나라에 소망을 둔 예찬 가족들. 예표된 참 그리스도인으로 인정하여 하나님의 나라가 이루어질 때 새 예루살렘에 다 들어가게 하옵소서.

말씀을 증거 하시는 OOO 담임 목사님 양어깨를 붙드시며 예수님의 말씀을 대언하게 하옵소서. 하늘의 메시지를 전할 때 마음으로 믿어 의에 이르고 입으로 시인하여 구원에 이르게 하옵소서. (롬 10장10절)
말씀을 통하여 세마포 옷을 빨아 입는 시간되게 하시며 생명수의 강이 예찬교회에 폭포수 같이 흐르게 하옵소서.

모이면 기도하고 흩어지면 전도하는, 사랑 받는 예찬 가족 되기를 주님께 간구하며 사랑 많으신 예수 그리스도 이름으로 기도 올리옵나이다.

A-men

27. 8월 주일 대표 기도문

은혜가 풍성하신 하나님. 8월의 둘째 주를 맞이하였나이다.은혜와 진리가 우리를 일깨우는 시간 되게 하소서. 일주일 동안의 무더위와 장마속에 찌뿌둥한 일기로 몸과 마음이 지쳤나이다.

오늘 예배하는 시간을 통해 성령의 단비로 우리의 마음을 시원하게 하시며 행복의 미소가 꽃 피우게 하시옵소서.

소중한 시간이 흘러갑니다. 주를 위해 올해의 남은 시간 잘 사용하게 하시고 풍요로움으로 풍성한 열매 맺는 가을을 맞이하게 하소서.

OO교회 가족들 주께서 지켜 주시고 건강하게 지켜 주시며 예수의 피로 인(印)쳐 주시고 코로나 재앙이 건너뛰게 하소서. 담임목사님 말씀을 전하실 때 여호와의 영이 임하여 생명수의 강이 흐르게 하옵소서. 오늘 하나님께서 주시는 메시지 뜻을 잘 받아들여서 가슴 깊이 새기게 하시고 받은 바 은혜를 믿지 않는 자에게 함께 나누게 하소서.

예배하는 시간. 예수의 피로 저희를 정결케 하시사 성결하게 살게 하시고 경건의 삶을 살아가게 하옵소서.

주님 오시는 날 잘했다 칭찬 받는 주님의 백성으로 삼으시어. 시온산 어린양과 함께 모세의 노래 어린양의 노래, 새 예루살렘의 노래 부르게 하시길 원하오며 사랑 많으신 예수 그리스도 이름으로 기도 드리옵나이다.

A-men